Albert Réville

## Théodore Parker sa vie et ses oeuvres

un chapitre de de l'historie de l'abolition de l'esclavage aux États-Unis

Albert Réville

**Théodore Parker sa vie et ses oeuvres**
*un chapitre de de l'historie de l'abolition de l'esclavage aux États-Unis*

ISBN/EAN: 9783741170829

Manufactured in Europe, USA, Canada, Australia, Japa

Cover: Foto ©Andreas Hilbeck / pixelio.de

Manufactured and distributed by brebook publishing software
(www.brebook.com)

Albert Réville

**Théodore Parker sa vie et ses oeuvres**

# THÉODORE

# PARKER

## SA VIE ET SES ŒUVRES

UN CHAPITRE DE L'HISTOIRE DE L'ABOLITION
DE L'ESCLAVAGE AUX ÉTATS-UNIS

PAR

## ALBERT RÉVILLE

C. REINWALD, ÉDITEUR     J. CHERBULIEZ, LIBRAIRE

15, RUE DES SAINTS-PÈRES     10, RUE DE LA MONNAIE

1865

# THÉODORE PARKER

## SA VIE ET SES OEUVRES

J'ai toujours considéré comme une des bonnes
fortunes de ma carrière d'écrivain d'avoir pu, grâce à
l'incomparable organe de la *Revue des Deux Mondes*[1],
attirer l'attention du grand public sur l'éminent
prédicateur unitaire de Boston, Théodore Parker.
Son nom sans doute était déjà connu dans plusieurs
cercles religieux ; mais, en dehors de l'Amérique
surtout, sa notoriété était loin d'être proportionnelle à ses mérites. Depuis la publication de cet
article, de nombreux indices, surgissant en quelque
sorte aux quatre coins de l'horizon, témoignent
de l'intérêt croissant qui s'attache aux idées et au

[1]. Numéro du 1er octobre 1861.

caractère de cet homme vraiment admirable,
l'une de ces âmes supérieures du xix⁰ siècle que le
soleil de l'avenir a éclairées de ses premiers rayons.
C'est donc avec tout l'empressement que des occupations multipliées me permettaient d'apporter à
cette tâche, que je me suis rendu au désir exprimé
par quelques-uns de ses anciens amis de reproduire sa biographie avec plus de détails et d'expli-
cations que les limites d'un article de revue n'en
autorisaient dans mon premier travail. En le com-
posant, d'ailleurs, je n'avais eu à ma disposition
que quelques articles de journaux, notices funè-
bres, communications bienveillantes, et depuis lors
les sources à consulter pour retracer l'attachante
histoire de la vie de Parker se sont accrues. Nous
devons, entre autres, à l'un de ses amis, M. J. Weiss,
l'inappréciable avantage de connaître sa volu-
mineuse correspondance, du moins dans tout ce
qu'elle a d'intéressant pour le public[1]. Quelques
inconvénients, provenant d'une distribution, à
notre avis peu commode, des nombreuses lettres
reproduites par l'honorable biographe, ne sauraient
diminuer notre reconnaissance pour le grand
service qu'il nous a rendu. Nous lui savons gré

---

1. Life and correspondence of Th. Parker, by J. Weiss.
Londres, 1863.

aussi d'avoir parsemé son récit de notes empruntées au *journal* intime que Parker avait l'habitude de rédiger pour lui-même, et dont les extraits, plus encore que des faits racontés et même que des lettres amicales, nous permettent de pénétrer jusqu'à son noble cœur.

Cette étude, reprise d'après des sources nouvelles, m'a conduit à rectifier sur plus d'un point mon premier travail, du moins pour ce qui concerne le cadre extérieur de la biographie. Car, quant au fond, je ne puis que persister dans le jugement que j'ai porté dès le principe sur le réformateur américain. Les gigantesques événements dont sa patrie a été et est encore le théâtre, cette crise colossale qui, au moment où ces lignes sont écrites, marche vers un dénouement conforme à ses espérances après avoir réalisé toutes les craintes de son patriotisme éclairé, voilà le commentaire le plus éloquent de cette existence prématurément brisée. J'espère donc que ce livre contribuera pour une part quelconque au mouvement plein de promesses qui entraîne le genre humain dans la voie du progrès religieux, moral et social. Je ne crois pas que notre siècle soit, comme on le dit souvent, plus irréligieux, plus immoral, plus mauvais que les autres. Je pense même qu'on pourrait sans trop de peine démontrer le contraire. Ce qui est vrai, c'est que,

par suite du développement de l'instruction générale, toutes les tendances possibles de l'esprit humain ont aujourd'hui leurs organes et par conséquent leur puissance visible. Il ne faut donc pas
s'étonner de voir, aux deux pôles du domaine de
la pensée, le matérialisme et la superstition s'affirmer avec un retentissement dont le passé n'offre
guère d'exemples, et profiter de tous les points
d'appui que notre génération peut leur offrir dans
les défaillances et les misères qui lui sont propres.
On ne doit ni fermer les yeux devant leur action
énervante, ni s'en alarmer outre mesure. Mais il
faut leur opposer la grande démonstration de vie
et de puissance dont parle l'apôtre, et en particulier
empêcher que ce siècle n'oublie ceux de ses enfants qui ont vécu de ces trois amours sacrées
et solidaires : Dieu, l'homme et la liberté.

# CHAPITRE PREMIER.

## L'ENFANCE ET LA PREMIÈRE JEUNESSE.

Naissance de Th. Parker. — Sa famille. — Son éducation domestique.
— La petite tortue. — La petite fée. — Les lectures. — La Bible
aux myrtiles. — Entrée au collège Harvard. — Temps durs à
Boston. — Plus doux à Watertown. — L'aube des beaux jours se
lève. — Miss Lydia.

Théodore Parker naquit le 24 août 1810 dans
l'état de Massachussets, à Lexington, où sa famille,
de la vieille roche puritaine, originaire du comté
d'York et passée en Amérique depuis 1635, s'était
fixée au commencement du XVIIIe siècle. Son grand-
père se distingua comme soldat lors de la guerre du
Canada, à la prise de Québec, mais surtout dans
la guerre de l'indépendance américaine. Il déploya même un véritable héroïsme au combat de
Bunker's Hill, qui ouvrit la lutte sanglante d'où
l'Union américaine devait sortir si glorieusement
triomphante. Son père, qui avait cinquante ans en
▬▬0, joignait, comme tant de cultivateurs de la

Nouvelle-Angleterre[1], une instruction solide à une
grande habileté manuelle. Plus mécanicien encore
que fermier, d'une force remarquable en mathé-
matiques, il fabriquait pour le voisinage des roues
de moulin, des pompes, des instruments d'agri-
culture. Il était aussi grand lecteur, aimant beaucoup la Bible, bien que passablement sceptique sur
le point des miracles, grand partisan de l'instruction populaire et tâchant de la développer le plus
possible dans le cercle rustique dont il était un des
oracles les plus écoutés. C'était un de ces hommes
froids et forts, profondément honnêtes, qui n'hésitent jamais entre le devoir et l'intérêt, et dont le
souvenir reste une bénédiction pour leurs enfants
engagés à leur tour dans la bataille de la vie. — Sa
femme, non moins zélée dans l'accomplissement
de ses devoirs, était pourtant d'un caractère très-
différent. Gracieuse, délicate, adroite comme une
fée et charitable comme une sainte, tel est le portrait que nous en a laissé son fils qui la perdit jeune
encore, et qui en avait conservé un délicieux souvenir. Bien souvent, dans ses rêves, il revit son bel
œil bleu de puritaine, franc, pur, austère, mais

1. On sait que ce nom désigne les six États qui forment la
partie N.-E. des États-Unis, savoir, ceux du Maine, de Vermont,
de Connecticut, de Rhode-Island, de Massachussets et de New-
Hampshire.

tout brillant d'amour pour son Benjamin : car
Théodore était le plus jeune de ses dix enfants.

Les Parker étaient unitaires, comme tant d'autres descendants des *pères pèlerins*, à Boston et
dans toute la Nouvelle-Angleterre. On sait que
l'unitarisme est une branche du protestantisme
dont le dogme principal est l'unité absolue de
Dieu. Partant de là, les unitaires rejettent le dogme
de la Trinité qui enseigne que Dieu est un, et
pourtant existe en trois personnes distinctes,
égales, co-éternelles. Ils ne reconnaissent donc que
le Père pour Dieu, voient dans le Saint-Esprit sa
puissance, son action, non pas une personne, et
assignent au Fils un rang subordonné. En général,
disons que leur théologie a quelque chose de moins
tragique, de plus optimiste que les anciens sys-
tèmes protestants. Toutefois ce libéralisme dogmatique n'avait amené aucun changement notable
dans la manière de vivre de la famille Parker,
qui continuait à mener l'existence laborieuse et
simple de ses ancêtres. Le ménage était besoi-
gneux. Les enfants étaient venus en grand nombre. La vieille grand'mère vivait encore, plus
qu'octogénaire. Les enfants la voyaient descendre
chaque jour à l'heure du dîner, venant solen-
nellement occuper à table la place d'honneur
qui lui était toujours réservée. Après quoi elle

prenait son tricot, à moins que le jour ne fût un
dimanche. Ce jour-là elle lisait sa vieille Bible in-4°,
édition d'Oxford, « qu'elle tenait de son mari qui
l'avait reçue en échange d'une charge de foin dé-
livrée à Boston, » ou bien dans le *Puritan Hymn Book*
de Cambridge. C'était Théodore qui, deux fois par
jour, devait porter dans sa chambre, à sa vénérable
aïeule, le *cordial* dont elle avait l'habitude.

Malgré toutes ces charges, une aisance relative
régnait dans la maison, grâce à la vie sobre, au
travail courageux du père, que ses fils aînés ai-
daient déjà, et à l'économie ingénieuse de la mère.
Celle-ci était l'ange de cet intérieur, et si le père en
représentait la prose correcte et régulière, elle en
était la poésie. Elle aimait la prière silencieuse,
intérieure; les poëtes anglais faisaient sa lecture
favorite ; elle chantait à ses enfants les ballades
populaires et prenait le plus grand soin de leur
éducation morale. Pendant les longues soirées
d'hiver le père faisait à sa femme et à ses enfants
des lectures instructives qu'il commentait avec
clarté et bon sens. Un trait à noter, c'est que tout
ce monde, les femmes comme les hommes, lisait
les journaux du pays. Tout cela respirait l'honnêteté, la décence, le respect de soi-même ; c'était
la famille protestante d'autrefois, un peu repliée
sur elle-même, mais avide de savoir, sympathique

à la lumière, où le père est le prêtre, la mère le
confesseur, du reste unie, paisible et contente.

Ceux qui aiment à penser que les dispositions
morales sont héréditaires, pourront trouver une
confirmation de leurs vues dans cette esquisse de
la famille Parker. Ils retrouveront en effet chez
leur fils Théodore, à côté de l'érudition, que seul
des siens il put acquérir, le sens pratique du père,
les inclinations poétiques et mystiques de la mère,
et même l'humeur guerroyante du grand-père.

On comprend du reste que si l'entourage du
jeune Théodore n'offrait pas à ses premières années
de bien grandes ressources pour le développement
de l'intelligence, il était impossible de vivre dans
un milieu plus favorable à la formation du caractère. Ses parents cherchaient à développer systé-
matiquement en lui les facultés dont l'usage con-
tribue le plus à mûrir le jugement, savoir la
comparaison, l'observation, l'habitude de se décider
en se rendant compte des motifs déterminants. On
lui apprit de bonne heure à consulter son propre
sentiment religieux et moral. « L'esprit d'examen,
dit-il, était encouragé en moi de toutes les manières
et dans tous les sens. » Il pouvait lire tous les livres
de la maison, mais il ne lui était pas permis d'en
prendre un nouveau avant d'avoir montré qu'il
comprenait ce qu'il avait lu dans le précédent. Ce

1.

qui achèvera de donner une idée de cette éducation forte et simple, c'est cette déclaration qu'il
a faite lui-même : « Durant toute mon enfance, je
n'entendis pas mes parents proférer un seul mot
qui fût irréligieux ou superstitieux. »

Nous le laisserons encore raconter lui-même un
incident de sa vie enfantine, dans lequel on dis-
cerne déjà ce qu'il sera plus tard, l'homme de la
conscience impérieuse, indomptable.

J'étais encore un bambin en jupons, je n'avais pas
plus de quatre ans. Par un beau jour de printemps,
mon père me mena par la main à quelque distance de
la ferme, mais il m'ordonna bientôt d'y revenir seul.
Sur ma route se trouvait un petit étang, dont l'eau re-
couvrait en ce moment un assez large espace. J'aperçus
une *rhodora* [1] tout épanouie. C'est une fleur rare dans
la contrée, et je me dirigeai de son côté. Arrivé là, je
découvris une petite tortue tachetée qui se chauffait au
soleil dans l'eau peu profonde où baignait la tige de cette
belle plante. Aussitôt je levai mon bâton pour en frapper
la pauvre bête; car bien que je n'eusse jamais tué la
moindre créature, j'avais pourtant vu d'autres enfants
s'amuser à détruire des oiseaux, des écureuils, et d'au-

---

1. Je dois à une obligeante communication de M. le professeur
Martins, de Montpellier, de savoir qu'il s'agit ici d'une plante
américaine connue sous le nom de *Rhodora du Canada*. C'est
une plante de la famille des Bruyères (*Ericacées*), voisine des
Azalées, des Rhododendrons, des Kalmias, etc.

tres petits animaux, et j'avais envie de suivre leur mauvais exemple. Mais tout à coup quelque chose arrêta
mon bras, et j'entendis en moi-même une voix claire
et forte qui disait : « Cela est mal ! » Tout surpris de
cette émotion nouvelle, de cette puissance inconnue
qui, en moi et malgré moi, s'opposait à mes actions, je
retins mon bâton en l'air jusqu'à ce que j'eusse perdu
de vue la tortue et la belle fleur. Je courus à la maison
et racontai la chose à ma mère, en lui demandant qui
donc m'avait dit que c'était mal. Je la vis essuyer une
larme avec son tablier et, me prenant dans ses bras,
elle me dit : « On appelle cela quelquefois la cons-
« cience, mais j'aime mieux l'appeler la voix du bon
« Dieu dans nos âmes. Si tu l'écoutes et lui obéis, alors
« elle te parlera toujours plus clairement et te guidera
« toujours bien ; mais si tu fais la sourde oreille, si tu
« lui désobéis, elle deviendra peu à peu plus obscure et
« te laissera sans guide en pleines ténèbres. » Là-dessus
elle me quitta, émue, troublée de ce qu'elle avait entendu, mais sans doute repassant tout cela dans son
cœur maternel, tandis que je continuais de m'émer-
veiller et de réfléchir autant que peut le faire un pauvre
enfant. Mais je puis affirmer qu'aucun événement dans
ma vie ne m'a laissé d'impression aussi profonde et aussi
durable.

C'est là un éveil vigoureux de la conscience
chez un enfant, mais cet enfant est un petit *yankee*
qui, tout en admirant la voix intérieure qui lui

parle, est tout près de trouver fort impertinente
cette intervention d'un tiers dans ses affaires.

A six ans il alla à l'école, où il semble qu'une
certaine disposition à la raillerie le faisait un peu
redouter de ses petits camarades. Il imitait avec une
rare perfection les manières, le langage, la tenue
des autres : quelque chose de ce talent dangereux,
fréquent chez les hommes richement doués sous
le triple rapport de l'esprit, de l'imagination et de
la sympathie, lui resta plus tard à l'Université et
dans sa vie publique. Du reste, il devint fort, adroit,
et protecteur en titre des petits opprimés. A sept
ans, il eut, pour une petite fille du voisinage, une
de ces inclinations enfantines, plus fréquentes
qu'on ne pense, pour ainsi dire inconscientes, et
dont le souvenir demeure suave et parfumé jusqu'au soir de la vie.

J'avais environ sept ans, écrivait-il un jour à un ami,
M. George Ripley, lorsqu'une toute jolie petite fille fit
son apparition à notre humble école de village. Elle
avait de sept à huit ans. Elle me fascinait au point que
je ne pouvais plus regarder mes livres, et je fus grondé
pour n'avoir pas su mes leçons : ce qui ne m'était jamais arrivé auparavant, et ce qui ne m'arriva plus
après le départ de la petite fée. Elle ne resta qu'une semaine avec nous, et je pleurai amèrement quand elle
s'en alla. Elle était si jolie! je n'osais pas lui parler,

mais j'aimais à tourner autour d'elle comme un mou-
cheron autour d'une fleur des champs. Elle s'appelait
Narcissa. Elle est tombée dans l'océan des âges, et disparut avant que j'eusse atteint ma huitième année.

Ce sont là, il est vrai, les indices d'une grande
précocité, attestée d'ailleurs par l'étonnante rapidité de son développement physique et intellectuel.
De très-bonne heure il dut partager son temps
entre l'école et les travaux de la ferme. Le père Parker avait ses raisons pour mettre vite ses enfants à
l'ouvrage. Cela n'empêcha pas Théodore d'être, dès
l'âge de huit ans, un lecteur insatiable. Il avait peu
de volumes à sa disposition, mais ce petit nombre
valait bien des bibliothèques. Il avait la Bible, les
poëtes anglais, favoris de sa mère, quelques clas-
siques latins et grecs, Homère, Plutarque, Virgile,
qu'il lut d'abord dans des traductions, bientôt dans
l'original. Car un ministre unitaire des environs,
M. W. White, remarquant ses heureuses dispositions, lui donna des leçons de latin et de grec[1].

1. Le nom de Jésus, qu'il remarqua dans un naïf cantique
latin, ne lui laissa pas de repos qu'il n'eût deviné le sens de la
cantilène :

> Dormi, Jesu ; mater ridet
> Quæ tam dulcem somnum videt ;
> Dormi, Jesu blandule !
> Si non dormis, mater plorat ;
> Inter fila cantans orat.
> Blande, veni, somnule.

De plus, son père avait des livres de mathéma-
tiques, de voyages, d'histoire naturelle, qu'il dévora
de manière à les savoir par cœur. A dix ans il avait
catalogué à sa manière la flore des environs. A
douze, par une belle nuit, il remarqua lui-même
à l'œil nu l'apparence de croissant propre à la
planète Vénus. Aussitôt il cherche partout un livre
d'astronomie et le lit avec rage. Il dépassait déjà,
par son savoir précoce, la plupart des enfants
élevés dans les villes, et, en véritable Américain, il
trouvait toujours quelque procédé ingénieux pour
parer aux inconvénients de sa position. Par
exemple, il désirait ardemment avoir une Bible à
son usage. Celle de la famille était peu portative et
trop précieuse pour qu'on la lui abandonnât, et il
n'avait pas un sou vaillant pour en acheter une.
Mais il ne fut pas embarrassé pour si peu. Il alla
cueillir des myrtiles dans la forêt voisine, les vendit
au marché de Boston et amassa tout doucement la
somme, heureusement peu élevée, qui suffit en
Amérique pour solder l'achat d'un exemplaire du
divin livre. Il trouva encore du temps pour apprendre le français et l'espagnol. C'est ainsi que
s'écoula son adolescence.

Cependant à mesure que les jeunes Parker gran-
dissaient, les besoins du ménage allaient en diminuant, et à la seule condition de ne pas être à

charge à ses parents, Théodore put aviser aux
moyens de faire son chemin dans une carrière
libérale. Un soir de l'été de 1830, il avait été absent
toute la journée et ne rentra qu'à minuit. Se dirigeant aussitôt vers la chambre de son vieux père :
« Père, lui dit-il, je suis entré aujourd'hui au collége Harvard. » Ce collége est une sorte d'université fondée à Cambridge, non loin de Boston, et où
les jeunes gens de la Nouvelle-Angleterre viennent
en grand nombre prendre leurs degrés. Il avait
employé la journée entière à passer l'examen requis
des postulants à l'inscription. Le vieillard ne fut
pas moins inquiet à l'ouïe de cette nouvelle qu'il
ne l'avait été de l'absence prolongée de son fils.
« Hé quoi! Théodore, lui dit-il, tu sais que je ne
suis pas en état de supporter de pareilles dépenses!
— Je le sais, père, mais mon intention est de pour-
voir à mon entretien en donnant des leçons ou en
ouvrant une école. » Son plan était en effet de se
tirer d'affaire en combinant le métier d'instituteur
avec l'étude des matières traitées dans les cours
académiques et en se présentant régulièrement aux
examens.

Ce plan était plus facile à concevoir qu'à exécu-
ter. Il fallut toute son énergie opiniâtre, toute sa
sobriété, toute son ardeur au travail pour venir à
bout des innombrables obstacles qui se dressèrent

sur sa route. Il vécut d'abord à Boston, sous-maître
dans une école privée, gagnant de 75 à 80 francs
par mois, consacrant la majeure partie de ses nuits
à l'étude, ne fréquentant aucune maison amie,
aucun lieu de divertissement, quelquefois décou-
ragé, mélancolique, désirant mourir, mais se rele-
vant toujours de ses défaillances momentanées,
reprenant le courage de son honnête et fière pauvreté, se souvenant peut-être de la vieille devise de
sa famille : *Semper aude*. Sa santé souffrait rudement
de ses excès de travail, et le malaise physique ag-
gravait visiblement le malaise moral. Enfin, voyant
qu'il n'arriverait jamais à ses fins à Boston, il se
transporta à Watertown où, sans un sou, sans un
élève, il ouvrit une école pour son propre compte.
Il commença avec deux élèves, bientôt il en eut
plus de cinquante. Car les enfants faisaient sous sa
direction de merveilleux progrès, ce qu'ils devaient
surtout à l'affection extraordinaire que le maître
avait su leur inspirer. Il commençait donc à se ré-
concilier avec la destinée. La seule ombre à ce
tableau fut la pression que les parents des enfants
de son école exercèrent sur lui pour qu'il renvoyât
une petite fille de couleur qui lui avait été confiée.
On sait combien, à cet égard, le préjugé était puissant et l'est encore aux États-Unis. Parker s'est
reproché toute sa vie d'avoir cédé à cette exigence.

Mais il y allait de l'existence de son école à peine fondée, de toutes ses espérances, et ses idées sur les devoirs de notre race envers les noirs n'avaient pas encore la fixité ni surtout l'énergie qu'elles acquièrent depuis.

Du reste l'aube des beaux jours commençait à se lever pour lui. Toujours économe, dur envers lui-même jusqu'à la cruauté, il amassait sou à sou l'argent qui devait lui permettre d'aller étudier pour tout de bon à l'université. Le pasteur unitaire du lieu, M. Francis, homme intelligent et fort instruit, appelé par la suite à occuper une chaire professorale à Cambridge, lui avait ouvert en même temps sa maison et sa bibliothèque. Parker, qui avait appris l'allemand pendant son séjour à Boston, s'initia chez lui à la littérature et surtout à la théologie germaniques, choses pour ainsi dire inconnues dans ce temps en Amérique, non moins, au fait, que dans maint autre pays plus rapproché du Rhin. C'étaient seulement quelques esprits d'élite qui commençaient alors à deviner que dans les universités allemandes s'élaborait une science religieuse incomparable et destinée à transformer toutes les théologies officielles. Malgré ces nombreuses lectures, à côté des heures que, pour les motifs que l'on sait, il devait consacrer à la direction de son école, il trouvait encore le moyen

d'aller deux fois par semaine à Cambridge prendre
des leçons d'hébreu. Bien mieux, il eut encore le
temps de devenir amoureux et de le dire à la personne que cela devait intéresser le plus, miss Lydia
Cabot, charmante jeune fille, d'une beauté remarquable, qui donnait aussi des leçons dans la petite
ville et était *sa collègue à l'école du dimanche* [1]. C'est
encore un charmant incident de sa vie de jeune
homme que l'entrevue qu'il eut avec son vieux
père pour lui faire part de ses intentions matrimoniales. Il la raconte lui-même dans une lettre à sa
fiancée :

Watertown, mardi soir, 30 octobre 1833.

J'ai été chez mon père. Il ne tarda pas à revenir de
l'église. Je l'emmenai au jardin, et l'informai de la fatale affaire, comme il vous plaît d'appeler cela.

Une larme brilla dans ses yeux vénérables. — « Vraiment ? dit-il. »— Vraiment, repris-je, et je tâchai de décrire *quelques-unes* de vos bonnes qualités. — Il faudra
attendre un bon bout de temps, observa-t-il. — Oui, mais

1. On appelle ainsi dans les pays protestants des cours élé-
mentaires de religion que des jeunes gens des deux sexes font
le dimanche aux enfants de la paroisse pour les préparer à
l'instruction religieuse donnée par le pasteur. — La famille Cabot
est une famille ancienne et honorée du Massachussets : elle croit
pouvoir rattacher ses origines au fameux navigateur Sébastien
Cabot.

nous sommes jeunes, et nous espérons obtenir votre approbation. — Oui, oui ! la femme de votre choix me conviendra toujours ; mais, Théodore, ajouta-t-il, et ses paroles s'enfoncèrent avant dans mon cœur, il vous faut être un homme de bien et un bon mari, et c'est une grande entreprise. » Je lui fis toute sorte de promesses, et puisse le ciel être témoin de ma fidélité à les tenir !

Il y eut bien alors quelques moments de relâche dans les travaux de chaque jour. Il se trouva que les bords du Beaver Creek, les vieux chênes qui l'ombragent, les collines environnantes formaient le plus beau paysage des cinq parties du monde. Les fleurs cueillies dans les excursions champêtres ne furent pas rapportées au logis uniquement pour l'amour de la botanique. Mais la petite lampe de l'infatigable travailleur n'en demeura allumée que plus avant dans la nuit. Enfin Parker se vit en possession d'un petit capital tout juste suffisant pour passer le temps requis à l'université.

# CHAPITRE II.

## L'ÉDUCATION RELIGIEUSE.

La religion de la famille Parker. — L'unitarisme. — Ses avantages. — Ses défauts. — Rupture définitive de Parker avec le calvinisme. — Timidités et hardiesses. — Ce qu'il fit à l'université. — *Old Paulus.* — De la grande condition du progrès religieux. — Ce que disaient de la Bible la tradition et la critique. — L'histoire des dogmes. — Les religions comparées. — Les miracles. — Le Christianisme essentiel. — La paroisse de West-Roxbury.

Il nous faut revenir sur nos pas pour nous rendre compte des principes et du développement religieux de Théodore Parker.

Ses parents, avons-nous dit, étaient de pieux unitaires. Leur unitarisme n'avait rien d'étroit ni de dogmatique. De tout ce que l'on sait de l'enfance de Parker il ressort que le dogme proprement dit tenait fort peu de place dans les conversations et dans les lectures de la famille. Le caractère froid et pratique du père, la disposition plus sentimentale et rêveuse de la mère, contribuaient également à éloigner de l'horizon domestique ce qui est ou purement théorique ou resserré dans d'étroites et infranchissables formules. On lisait donc la Bible, on se rendait exactement à l'église, mais on cherchait avant tout dans le livre sacré et dans la prédication hebdomadaire ce qui allait au cœur, ce qui éclairait la conscience, ce qui parlait de Dieu à l'âme, sans se préoccuper beaucoup du reste. Admirablement conseillé et dirigé sous le rapport moral, le jeune Théodore fut donc à peu près abandonné à lui-même quant aux doctrines religieuses; mais sa réflexion enfantine ne tarda pas à se porter sur ce domaine qui excitait son désir de savoir plus encore que tout le reste. Il en résulta que ses croyances religieuses se formèrent en même temps que lui, non pas sans doute sans subir l'influence de la tradition environnante, ce qui eût été impossible, mais sans que jamais il vît en elles un joug pénible, sous lequel il faut se courber sans mot dire. « Ma tête, » a-t-il dit quelque part, « n'est pas plus naturelle à mon corps que ma religion à mon âme. » Dès qu'il commença à réfléchir, il ressentit une indicible horreur à l'idée des peines éternelles qu'il avait vues formulées dans un vieux catéchisme, et ce fut un délicieux soulagement pour lui quand il sut qu'il y avait d'excellents chrétiens qui n'y croyaient pas. Il écoutait avec ravissement

ce que sa mère lui disait du beau caractère de
Jésus. Ses bonnes amies, les fleurs et les étoiles,
lui racontèrent de très-bonne heure la gloire de
Dieu. Il était surtout saisi par le sentiment de l'in-
finité de Dieu, et de tout temps il trouva une joie
intense dans la pensée de cette omni-présence, de
cette activité sans limites, qui pénètrent toutes
choses et se révèlent à l'esprit religieux dans tous
les phénomènes de l'univers. Du reste, ses idées
d'adolescent sur la Bible, son inspiration, les miracles, n'avaient rien encore de bien défini et ne
dépassaient pas le niveau moyen des croyances
unitaires au sein desquelles il était élevé.

Il est vrai que cette éducation unitaire était pour
le jeune homme un privilège immense. De combien de préjugés et d'étroitesses n'était-il pas préservé par cela même! L'unitarisme aspirait à
donner à l'homme une religion éclairée, morali-
sante, d'accord avec les institutions, les libertés,
les besoins nouveaux de la société moderne. Il se
rattachait par son culte, sa morale, son esprit
général, à la grande Église réformée; mais, tout
en fondant comme elle ses doctrines sur la Bible,
il tâchait d'interpréter les livres saints de façon
que les vieux dogmes irrationnels et contradictoires fussent éliminés de l'enseignement religieux. Rien dans l'unitarisme ne contrariait, tout

favorisait au contraire le progrès social et politique. Il répandait une atmosphère bienfaisante de libéralisme progressif et de tolérance religieuse. Il n'avait aucune complaisance pour cette dévotion austère, monacale, supportable peut-être au sein des populations qui n'ont pas le travail productif en honneur; mais il maintenait avec fermeté les grands principes de la morale chrétienne qui doivent diriger une vie laborieuse, inspirer les vertus domestiques et sociales. Aussi était-ce dans ces rangs que se recrutaient les patrons les plus courageux et les plus influents des grandes améliorations publiques et des institutions philanthropiques. Tandis que, sur la question de l'esclavage par exemple, l'orthodoxie du Sud de l'Union, et en grande partie celle du Nord, devenaient de plus en plus les humbles servantes des intérêts égoïstes inféodés au maintien de cette horrible institution; tandis que, dans une superstitieuse adoration de la lettre biblique, oubliant que si la lettre de l'Évangile n'a rien de formel contre l'esclavage, son esprit le condamne péremptoirement, elles ne rougissaient pas de mettre ce régime barbare sous la protection des livres saints, — c'était surtout du sein de l'unitarisme que naissait le ferment abolitionniste, longtemps dédaigné, aujourd'hui la première puissance de l'Union. Cette Église unitaire,

large et progressive, libérale et sérieuse, voyait
donc ses adhérents augmenter chaque jour en
nombre dans la Nouvelle-Angleterre, et là où elle
ne se substituait pas par voie de conquête aux autres églises, elle entretenait un foyer permanent de
libéralisme et de réforme qui rayonnait sur les autres sociétés religieuses. C'est par là, par cette voie
indirecte, que l'unitarisme a le plus agi sur l'état
religieux en Amérique, et l'on se tromperait fort
si l'on prenait le chiffre officiel de ses partisans
pour la mesure exacte de ses progrès réels. Peu
à peu un grand nombre d'églises universalistes,
baptistes, presbytériennes, se laissaient pénétrer
par le levain du libéralisme unitaire et se trans-
formaient graduellement. Des prédicateurs d'un
grand mérite, tels que Henri Ware et l'illustre Channing, accéléraient encore ce mouvement pacifique
et compensaient, le second surtout, les défauts de
la tendance unitaire par la chaleur communicative
de leur talent et de leur cœur.

Nous parlons de défauts : en effet, à côté de l'excellent esprit philanthropique et libéral qui distin-
guait le parti unitaire, il y avait des lacunes
graves qui devaient se faire d'autant plus sentir
que son influence grandissait. Sous le rapport théologique surtout, l'unitarisme était plus riche de
bonnes intentions que de résultats. Beaucoup

d'hommes éclairés, qui éprouvaient le besoin d'une
religion simple et pratique et ne pouvaient plus
supporter le joug de la vieille orthodoxie, respi-
raient à leur aise dans cette atmosphère plus douce
et plus large. Reste à savoir si, en s'adoucissant, la
religion ne s'était pas quelque peu affadie. Une
certaine sécheresse, un rationalisme vulgaire et
bourgeois laissaient parfois regretter les dogmes,
irrationnels sans doute, mais imposants, gran-
dioses, de l'orthodoxie traditionnelle. Le déisme,
avec sa froide religiosité, perçait à chaque instant.
Le mysticisme, cet élément inséparable de toute
religion vivante, et parfaitement légitime tant que,
se bornant à la sphère du sentiment, il ne prétend
pas régenter arbitrairement la conscience et la
raison, se trouvait quelque peu réduit dans l'unitarisme à l'état d'un ange dont on aurait coupé les
ailes. La philosophie et la critique biblique lui faisaient absolument défaut comme à tout le protestantisme anglo-saxon de ce temps-là. C'était encore
le sensualisme de Locke qui trônait dans les écoles
théologiques de l'ancienne et de la nouvelle Angleterre. Comme un tel système réduit l'âme humaine
à la plus complète passivité, comme il aboutit lo-
giquement au matérialisme ou au scepticisme, et
que pourtant il ne peut ni ne veut détruire les
voix intérieures de l'âme qui réclament énergi-

quement des croyances, des devoirs, des espérances, ses partisans se réfugient ordinairement
dans l'idée d'une révélation extérieure, miraculeuse, et s'imposant à l'homme avec l'arbitraire de
l'autorité absolue. Aussi l'unitarisme, si libéral en
matière de dogme, était-il resté très-attaché au
point de vue surnaturel et aux anciennes idées
concernant l'origine et l'autorité miraculeuse des
livres de la Bible. Il était tout aussi habile que
l'orthodoxie à plier au gré de ses désirs les textes
concordant mal avec ses doctrines particulières,
et si le malheur eût voulu que le symbole d'Atha-
nase se fût trouvé dans l'Écriture, ses théologiens
eussent certainement entrepris de démontrer qu'il
n'enseigne pas la Trinité.

Telle était, avec ses avantages et ses inconvénients, la situation théologique dont Parker allait
trouver à Cambridge les représentants les plus
éminents. Au surplus, il avait pu étudier de près
la vieille orthodoxie calviniste, qui était encore
la croyance de la majorité et qui, chaque année,
grâce à l'émigration d'Europe, aux Anglais surtout,
recevait des renforts considérables, compensant
amplement ses pertes. Dans son enfance et autour
de la maison paternelle, il avait connu d'honorables partisans de la vieille foi des *pères pèlerins*.
Pendant son séjour à Boston comme sous-maître,

il suivit assidûment les prédications orthodoxes du fameux Lyman Beecher, alors dans tout l'éclat de son talent. « Une année de cette prédication, dit-il, acheva de tuer en moi tout le prestige que la théologie calviniste pouvait encore exercer sur mon esprit. » Les côtés sombres de cette doctrine, qui enseigne un Dieu prédestinant arbitrairement quelques hommes au salut et l'immense majorité du genre humain à l'éternelle damnation, lui furent toujours profondément antipathiques.

Cependant il ne soupçonnait pas encore lui-même les conséquences de la détermination qu'il avait prise de chercher la vérité religieuse en toute indépendance. En s'initiant chez le docteur Francis à la littérature et à la théologie allemandes, il avait été surpris et même souvent choqué de la liberté de parole et de pensée qui régnait en matière biblique dans ces parages inconnus, et qui contrastait si fortement avec le respect profond, méticuleux, facilement superstitieux, que l'Église unitaire, comme toutes les Églises protestantes américaines, professait pour la Bible et son contenu tout entier. Lorsqu'il se mit à lire l'*Introduction à l'Ancien Testament* d'Eichhorn, c'est à genoux qu'il demanda à Dieu de ne pas être égaré, dans sa recherche de la vérité, par les raisonnements des incrédules. Nous avons, de ses croyances religieuses à cette époque, un résumé adressé par lui-même à l'un de ses neveux.

. . . Vous désirez savoir ce que je crois. Je crois en la Bible. Cela vous satisfait-il ? Non, direz-vous; tous les chrétiens professent la même croyance, et comme ils diffèrent entre eux !

Je commence donc. Je crois qu'il y a un seul Dieu, existant de toute éternité, pour qui le passé, le présent et l'avenir sont également présents. Je crois qu'il est tout-puissant, bon, miséricordieux, récompensant les bons et punissant les méchants dans cette vie et dans l'autre. Cette punition peut être éternelle[1]. Par conséquent je ne crois pas que les joies et les peines de la vie future soient corporelles. Des plaisirs matériels fatigueraient bientôt, et Dieu nous préserve de châtiments pires que ceux de la conscience.

Je crois que les livres de l'Ancien et du Nouveau Testament ont été écrits par des hommes inspirés de Dieu, en vue de certains desseins; mais je ne crois pas qu'ils aient été toujours inspirés. Je crois que le Christ est le Fils de Dieu, conçu et né d'une manière miraculeuse,

1. Dans cette confession de foi, évidemment inspirée par la crainte de froisser une âme en heurtant trop brusquement ses croyances, Parker entend par la possibilité des peines éternelles celle qui résulterait d'une persévérance volontaire et éternelle dans le péché.

et qu'il est venu prêcher une meilleure religion par laquelle l'homme pût être sauvé.

Cette religion, je le crois, procure à l'homme le bonheur suprême dans cette vie et lui promet l'éternelle félicité dans un autre monde. Je ne pense pas que nos péchés nous soient pardonnés parce que le Christ est mort. Je ne puis concevoir pourquoi ils le seraient pour cette raison, bien que nombre de grands et excellents hommes aient partagé cette croyance. Je crois que Dieu sait tout ce que nous ferons, mais ne nous détermine pas à faire quoi que ce soit.

Comme on le voit, dans cette exposition de ses croyances, les doctrines orthodoxes sont adoucies, ou réduites à leur *minimum*, ou même complétement éliminées. La Trinité n'est plus représentée là que par la naissance miraculeuse de Jésus. L'inspiration de la Bible n'est pas constante, donc elle n'est pas absolue, d'où il suit que c'est à la conscience de l'homme qu'il appartient de décider, en lisant le volume sacré, quels sont les enseignements vraiment divins, quels sont ceux qui ne sauraient prétendre à cette prérogative. L'autorité dictatoriale de la Bible est donc virtuellement ruinée. Mais Parker ne s'avouait pas encore cela. On aura remarqué aussi le point de vue utilitaire, optimiste, de cette confession de foi : ceci est un trait que Parker devait à toute son éducation, à sa franche

et forte nature : il le conservera, mais l'ennoblira
toujours plus par un spiritualisme des plus élevés.
Il faut suivre maintenant les transformations que
subit sa foi religieuse à mesure que le champ de
ses études s'élargit.

A l'université, comme à Boston, comme à Watertown, il fut le plus infatigable travailleur qu'on
eût jamais vu. C'est au point qu'au bout de
quelques mois il avait dépassé la plupart de ses
professeurs eux-mêmes. Il excellait dans les exercices de discussion, mais ne promettait pas encore
d'être le brillant orateur qu'il a été depuis, ce qui
n'a rien d'étonnant. La prédication comme exercice, devant un auditoire imaginaire, est pour l'étudiant en théologie protestant ce que la *messe blanche*
avec l'hostie non consacrée est pour le jeune lévite
catholique. Parker a été un grand et puissant orateur à partir du jour où la prédication fut devenue
pour lui une lutte, un combat à outrance. Le côté
sarcastique de son caractère se déployait à l'aise
dans ces exercices juvéniles. Un jour qu'il lui était
échappé de dire sans façon le *vieux Paul*, *old
Paulus*, en parlant de l'apôtre des Gentils, il répondit au professeur qui le blâmait de cette expression irrévérente qu'il avait bien raison, et continua de développer son thème en faisant allusion
à plusieurs reprises au « gentleman de Tarse. »

Mais il ne faudrait pas juger de ses dispositions réelles par cette boutade momentanée qui se rattachait chez lui à une antipathie croissante pour tout ce qui sentait le factice et le convenu. Il est telle manière de citer *old Paulus* qui dénote une étude plus approfondie, partant plus respectueuse des écrits du premier des réformateurs de l'Église, que bien des prosopopées en l'honneur du saint canonisé. On se familiarise aisément avec les grandeurs qu'on examine de près et beaucoup. Or, Parker examinait beaucoup, et de toujours plus près. Il lisait les pères, savourait avec délices la grande littérature mystique, s'initiait à l'histoire des dogmes et des religions antiques, s'entourait des meilleurs exégètes allemands, et avide d'élargir toujours plus le cercle de ses études, voyant le monde grandir à mesure qu'il le connaissait mieux, il parvenait à mener de front avec l'étude de la théologie celle d'une dizaine de langues mortes ou vivantes[1]. Sa santé souffrait de nouveau des excès de travail

1. On peut voir par les échantillons que son journal et sa correspondance contiennent de sa manière de parler les langues étrangères, qu'il avait voulu les connaître afin de pouvoir lire les grands auteurs dans l'original, et aussi de se faire une idée du problème, dont il comprenait déjà l'immense importance et qui fait l'intérêt de cette belle science moderne qu'on appelle la philologie comparée. Il se soucia peu de les parler correctement, pourvu qu'il pût se faire comprendre. C'est ainsi que racontant,

qu'il s'imposait. Quelquefois une main chérie,
on devine laquelle, lui adressait de Watertown de
ces prières qui, en pareil cas, sont des ordres bien
doux à recevoir, pour qu'il ne compromît pas son
avenir par un labeur exagéré. Pendant quelques
jours on était obéissant; mais la passion de s'instruire, de voir clair, le *go ahead* du Yankee reprenait le dessus. Tout en explorant ainsi l'histoire et
la carte du monde, il apprenait bien des choses.

Il est impossible qu'en s'élargissant, l'idéal ne
s'élève pas. Il serait facile de montrer que tous les
grands progrès religieux du genre humain ont
coïncidé avec un élargissement notable de l'horizon
intellectuel. La philosophie grecque la plus élevée
est née après que les événements eurent mis en
contact les Grecs et l'Orient. Le judaïsme des
temps qui précédèrent le Christ s'est formé, non
sous la dictée, mais au milieu et sous l'impulsion
plus ou moins directe des influences persanes et
grecques. Le christianisme arrive au moment où
le monde ancien, jusqu'alors parqué en nationa-

lors de son premier voyage à travers la France, comment il dut
prendre la diligence d'Avignon à Arles, en compagnie d'une
énorme matrone qu'il appelle *Madame Fumeau*, il décrit en
termes moitié anglais, moitié français, l'accident qui arriva à son
parapluie laissé dans la voiture pendant qu'on passait le Rhône :
*Madame Fumeau se mit sur la* (s'assit dessus) *therefore, voilà ma
parapluie cassée.*

lités indifférentes, si ce n'est hostiles, les unes aux
autres, prend connaissance de lui-même, et où les
étroitesses nationales doivent disparaître dans la
communauté des souffrances et de la sujétion à
Rome. La Réforme a eu pour générateur l'esprit
nouveau, plein d'indépendance et de hardiesse,
que l'antiquité retrouvée, de grandes découvertes,
la connaissance du monde plus que triplée avaient
inspiré à l'Europe moderne. Et de nos jours où les
découvertes géographiques, scientifiques, indus-
trielles, changent de nouveau la face du monde,
n'assistons-nous pas à une évolution nouvelle de
l'impérissable idée chrétienne? La raison de ces
coïncidences est simple. Tout progrès religieux ne
s'accomplit que moyennant un certain affaiblisse-
ment du prestige de la tradition. Tant qu'elle parle
seule, la tradition donne à tous ses enseignements
le cachet de l'éternel et de l'universel, l'apparence
de l'absolu : de là sa puissance religieuse, car le
cachet de l'absolu, c'est un caractère divin. Rien
donc ne ruine plus sûrement son autorité que de
découvrir qu'il n'y a là qu'une apparence. Je suis
bien loin de penser que l'étude des langues et des
religions comparées, les belles investigations de
l'astronomie et de la géologie, les modernes travaux de la critique historique et biblique doivent
nous détacher de l'Évangile et nous faire désirer

une religion absolument nouvelle. J'estime au contraire que si quelque chose plaide en faveur de la religion de Jésus, c'est qu'elle demeure intacte, du moins quant à ses principes essentiels, au milieu de la transformation des idées et des esprits. Mais je dis qu'à la vue de tout ce qu'on sait aujourd'hui sur le monde et son histoire, toute la vieille théologie est à réformer, toutes les vieilles méthodes de présenter ou de défendre la divinité de l'Évangile sont convaincues d'impuissance, tous les vieux dogmes sont menacés de mort, et que ceux-là seulement sont les amis intelligents du christianisme qui, discernant les signes des temps, travaillent selon leurs forces à le renouveler d'accord avec l'esprit de son fondateur et avec les impérieux besoins de l'esprit moderne.

Tel fut à peu près le cours que suivirent les idées de Parker, à mesure que les choses divines et humaines se révélèrent à son âme passionnée de vérité. Nous avons dit que l'unitarisme américain, fort en avant des autres églises au point de vue des dogmes proprement dits, se mouvait encore sur le même terrain qu'elles quant à l'idée d'une révélation extérieure, miraculeuse, imposant son autorité à la conscience et à la raison, et exclusivement contenue dans la Bible. C'était par des interprétations, tantôt fort légitimes, tantôt fort arbitraires, qu'il se flattait de faire taire les réclamations du sens moral et de l'intelligence éclairée. En fait la critique biblique, déjà complétement émancipée en Allemagne, était encore chez lui dans l'enfance. Parker, qui lisait les Allemands, ne tarda pas à se sentir à l'étroit dans les théories de ses professeurs qui prenaient toujours la Bible en bloc, comme un tout irréductible, sans se préoccuper autrement des circonstances qui avaient présidé à la rédaction, aux remaniements, à la réunion des livres qui la composent.

La tradition lui disait : « La Bible est une, elle est la révélation de Dieu à l'humanité, c'est un livre surnaturel qui, de sa première à sa dernière ligne, est parole de Dieu. » — Mais voici ce que la critique lui apprenait. D'abord, quand il en serait ainsi, encore faudrait-il, pour que la Bible que le peuple lit actuellement fût un livre infaillible, que les traductions elles-mêmes le fussent, et quant aux savants qui peuvent la lire dans l'original, qu'ils ne fussent pas eux-mêmes très-indécis et très-partagés sur le sens qu'il faut donner à nombre de passages importants. — Puis nous devrions posséder ce texte miraculeux dans son intégralité, sans l'ombre d'une variante, et c'est par dizaines de milliers que l'on compte aujourd'hui les variantes dans le texte biblique. — Mais surtout la tradition

a-t-elle donc oublié que la Bible n'est, dans l'économie chrétienne, ni un fait primitif, ni un fait
simple et irréductible? Telle que nous la possédons
aujourd'hui, elle se compose de deux parties bien
distinctes, l'Ancien et le Nouveau Testament : le
premier, source régulatrice de la religion juive ;
le second, document de la religion chrétienne ori-
ginelle. Mais le premier se compose de trente-neuf
livres écrits par des auteurs différents espacés sur
plusieurs siècles ; le second, de vingt-sept livres,
divers aussi par leur origine et leur but. Qui a
réuni à deux reprises ces deux collections? On
n'en sait rien pour l'Ancien Testament, qui n'était
pas même rigoureusement clos quand Jésus vint
au monde. On ne le sait pas davantage quant au
Nouveau, dont le canon ne fut arrêté avec précision
qu'au v⁰ siècle, après bien des variations et des tâ-
tonnements, après que tel des écrits qui le composent actuellement eut été longtemps ignoré ou
rejeté, et que tel autre, exclu aujourd'hui du canon,
eut longtemps été en possession d'une autorité
égale à celle des livres canoniques. Sur quelle inspiration miraculeuse les collecteurs du canon se
sont-ils donc appuyés pour faire leur triage? Ils
étaient faillibles comme nous. Comment donc soutenir l'infaillibilité d'un livre sorti d'une opération
faite par des hommes sujets à l'erreur?

Si du moins un examen attentif des livres canoniques justifiait complétement leur œuvre! Mais tant s'en faut qu'il en soit ainsi. Le canon traditionnel attribue à Moïse cinq livres évidemment composés de documents divers par la date et par l'esprit, dont le dernier raconte sa mort ; au prophète Ésaïe, des prédications qui doivent être scindées en deux groupes forts distincts et séparés l'un de l'autre par une période d'au moins cent cinquante ans ; au roi David, un très-grand nombre de psaumes dont une grande partie, sinon la très-grande majorité, lui est de beaucoup postérieure; à Daniel, qui est censé avoir vécu au temps de la captivité de Babylone, une série d'oracles visiblement rédigés sous le règne d'Antiochus Épiphane. — De même le Nouveau Testament actuel attribue à l'apôtre Paul l'épître aux Hébreux, qui ne peut être de lui, et à l'apôtre Pierre une seconde épître qui suppose que toute la première génération chrétienne était morte quand elle fut écrite (II Pierre, III, 3-9). Ce sont là les faits les plus saillants que la critique ait mis en lumière, et si positivement démontrés que les plus méticuleux, parmi ceux qui s'en sont sérieusement occupés, ont dû se rendre à la force de l'évidence. — Si maintenant, faisant abstraction des auteurs, nous passons au contenu de ces livres, pouvons-nous

regarder comme une révélation divine continue
ces récits ou ces enseignements où il est si facile
de relever tant d'erreurs astronomiques, physiques,
historiques; ces narrations qui se contredisent; ces
miracles décidément impossibles, même pour ceux
qui croient volontiers au miracle, et dont le
caractère légendaire ou mythique s'impose à tout
esprit non prévenu; ces idées grossières de Dieu
représenté comme un être imparfait, colère, vin-
dicatif et arbitraire? S'imagine-t-on d'ailleurs que
la Bible contienne d'un bout à l'autre une seule et
même doctrine? C'est ce que les unitaires pensent
encore, et de là leurs tours de force en fait d'inter-
prétation. Sur ce point ils n'ont rien à reprocher
aux autres sectes chrétiennes qui toutes s'ingénient
à tordre le sens des déclarations scripturaires
jusqu'à ce qu'elles soient parvenues à les faire
cadrer avec leurs dogmes particuliers. Mais, pour
l'observateur attentif, cette unité de la doctrine
biblique est une illusion. Pour nous borner au
Nouveau Testament, autre est la doctrine des
trois premiers évangiles, autre celle du quatrième;
autre est l'enseignement de l'apôtre Paul, autre
celui de l'épître de Jacques ou de l'Apocalypse. Qu'il
ne soit donc plus question d'imposer aux chrétiens *la doctrine* de la Bible, car il y en a plusieurs.

On conçoit comment, ces portes une fois percées

dans le mur de clôture de l'enceinte consacrée, le
flot de la critique ne tarde pas à tout envahir.
L'histoire des dogmes chrétiens contribuera non
moins puissamment à détacher le jeune théologien de la tradition dogmatique du passé. Elle a
été déjà faite en Allemagne, et d'une main magis-
trale. Si l'unitaire y trouve d'amples confirmations
des griefs de sa secte contre les dogmes de la
Trinité, du péché originel, de la rédemption par le
sang du Christ, s'il voit qu'elle a eu parfaitement
raison de dire que le christianisme en lui-même
est fort indépendant de ces doctrines, qu'il a vécu
avant elles et par conséquent leur survivra, il doit
reconnaître aussi que l'église de son choix n'a pas
échappé plus que les autres à l'illusion qui leur
a fait croire à toutes que l'antiquité chrétienne a
été précisément ce qu'elles sont, et il devra se dire
qu'il est vain de vouloir à tout prix se régler sur
une église primitive qui a eu aussi sa part d'erreurs
et de défauts graves. Le vrai christianisme, celui
qui répond réellement à l'esprit et aux intentions
du maître, est en avant, non pas en arrière de
nous.

Enfin l'étude des religions comparées, des mythologies, des peuples et des langues vient poser
au penseur une question rénovatrice de la théologie tout entière. Le christianisme, quelque

supérieur qu'il soit à toutes les religions historiques, est-il tellement séparé de celles-ci par son
origine miraculeuse que l'on doive le leur opposer
purement et simplement comme la vérité à l'erreur,
l'œuvre de Dieu à celle des hommes? Ou plutôt
l'histoire des religions ne présente-t-elle pas des
phénomènes que l'on peut dire, non pas égaux,
mais semblables à ceux qu'on peut observer en
étudiant les origines du christianisme? Zoroastre,
Mahomet, Bouddha surtout, sont-ils jugés quand
on les a relégués sans autre forme de procès dans
la catégorie des imposteurs ou des hallucinés? Et
quand on voit que l'on peut classer les religions
comme les genres et les espèces de la nature
vivante, quand on découvre la loi immanente de
ce développement religieux de l'humanité qui s'est
élevée peu à peu, sur ce domaine comme sur
d'autres, de la matière à l'esprit, du fétichisme le
plus enfantin à la conception la plus sublime de
l'être divin, ne serait-il pas infiniment plus rationnel d'admettre que, non-seulement le christianisme et le judaïsme, mais encore tout le mouvement ascensionnel de l'humanité cherchant son
Dieu est le déploiement imposant d'une seule et
même loi de croissance? A ce point de vue, Jésus,
fils de l'humanité attirée par Dieu, a prononcé le
mot que la conscience humaine avant lui s'essayait

à bégayer, mais en le prononçant il l'a rendu
clair et facile pour tous.

Telles étaient les idées, les doutes, les découvertes qui se croisaient dans l'intelligence de Théodore Parker durant son séjour à l'université. Déjà,
de concert avec quelques amis, il rédigeait pour le
*Scriptural Interpreter* des articles sur l'Ancien Testament où perçait l'influence que les critiques
allemands commençaient à exercer sur ces esprits
indépendants et sérieux. C'est ainsi, par exemple,
qu'on démontrait comment le chapitre LIII d'Ésaïe
n'est pas du tout une prédiction de la personne et
de la mort de Jésus, mais une description idéale
du juste ou du serviteur de l'Éternel, tel qu'il était
pendant la captivité de Babylone. En général on
faisait voir que les prophéties, rapportées de l'Ancien Testament à la personne de Jésus, manquaient
de toute validité en tant que prédictions miracu-
leuses. Il y eut un cri de surprise et bientôt de
terreur dans les rangs des vieux unitaires. Ils ne
se demandèrent pas : Ces jeunes gens ont-ils tort
ou raison? mais : Où allons-nous? Et qu'épargne-
ra-t-on si l'on y va de la sorte?

Il est clair que des arguments de cette force ne
suffisaient pas pour faire reculer les hardis explo-
rateurs. Du reste Parker n'avait pas organisé
encore ses idées théologiques. Beaucoup de choses

étaient encore chez lui à l'état chaotique. Par
exemple, quant au surnaturel, il n'avait pas encore,
ainsi qu'il le dit lui-même, l'idée de Dieu qu'il eut
plus tard et qui, une fois acquise, lui rendit l'ad-
mission d'un miracle réel aussi impossible que
celle d'un triangle rond. On peut seulement
observer qu'à partir de cette époque, sa foi dans
les miracles bibliques va toujours en diminuant.
A mesure, en effet, qu'il promenait sur les pages
de la Bible le flambeau d'une libre critique, il devait
se convaincre toujours plus qu'il n'y avait pas un
seul miracle suffisamment attesté pour qu'un
homme pût se croire tenu de subordonner son
expérience quotidienne au témoignage d'un écrivain peut-être inexact, peut-être mal renseigné,
peut-être enfin trompé par son propre enthou-
siasme. Plein d'admiration pour les vertus héroïques et l'incomparable beauté morale du Christ,
il se disait déjà que c'était leur ôter toute valeur
que leur assigner pour cause une naissance et une
nature extra-humaines. Cette naissance miraculeuse de Jésus est sans doute enseignée dans deux
évangiles. Mais les deux autres, tout le reste du
Nouveau Testament, n'en savent rien, et les évangiles eux-mêmes qui la rapportent contiennent
d'autres données qui la démentent. Puis une
grande idée s'emparait toujours plus de l'esprit de

Parker, celle de la perfection absolue de Dieu, et
elle devait lui servir désormais de pierre de touche
pour apprécier les doctrines religieuses. Enfin,
plongeant au fond de cette mer tumultueuse d'opinions de toute espèce qui s'entre-choquent et se
réduisent mutuellement en poussière, son esprit
judicieux et pratique cherche le fond résistant,
permanent, sur lequel il faut jeter l'ancre, et il le
trouve en ceci, qu'il n'est rien de meilleur pour
un être quelconque, qu'il ne peut non plus y avoir
pour lui d'obligation plus impérieuse que d'obéir à
la loi de son être; donc, pour l'homme à la loi de la
nature spirituelle. Être bon et faire le bien dans la
foi au Père céleste, c'est le sentiment chrétien
proprement dit, il n'est rien de supérieur à cela
au ciel ni sur la terre, et c'est le fondement sur
lequel il faut toujours édifier. C'est aussi là-dessus
qu'il veut construire [1].

1. Il ne faudrait pas croire que le sentiment religieux chez
Parker se trouvât desséché ou amoindri à la suite de cette inves-
tigation persévérante et libre. Nous aurons plus d'une fois l'occasion d'observer que ce qui fait l'originalité et la puissance de
Parker, c'est cette réunion du mysticisme et du rationalisme,
saisis l'un et l'autre par leur côté légitime. C'est en 1830 qu'il
composa ces beaux vers :

> Jesus, there is no dearer name than thine,
> Which time has blazoned on his mighty scroll;
> No wreaths nor garlands ever did entwine

Cependant les années du noviciat théologique
touchaient à leur terme. Bientôt il put prêcher en
qualité de candidat au saint ministère et se faire
connaître dans plusieurs localités, en attendant
qu'une paroisse vacante l'appelât comme pasteur
à poste fixe. C'était en 1836. Il partageait son temps
entre ces prédications itinérantes qui lui valaient
déjà une certaine réputation, et ses travaux théologiques toujours poussés avec ardeur. C'est alors

> So fair a temple of so vast a soul.
> There every virtue set his triumph-seal ;
> Wisdom conjoined with strength and radiant grace
> In a sweet copy Heaven to reveal
> And stamp perfection on a mortal face.
> Once the earth wert Thou, before men's eyes,
> That did not half Thy beauteous brightness see,
> E'en as the emmet does not read the skies
> Nor our weak orbs look through immensity.

Ce que nous essayons de traduire ainsi, en invoquant l'indulgence due à toute traduction de vers en une langue étrangère :

Jésus, il n'est pas de nom plus précieux que le tien, — Ce nom
que le temps a blasonné sur sa puissante voûte, — Et jamais
frises ni guirlandes ne se sont déroulées — Autour d'un si beau
temple que celui de ta grande âme. — Chez toi chaque vertu a
posé le sceau de son triomphe. — La sagesse s'est alliée à la
vaillance et à la grâce — Pour révéler le ciel dans une douce
image — Et imprimer la perfection sur des traits mortels. —
Tu passas jadis sur la terre devant les yeux des hommes —
Qui ne virent pas à moitié ta sublime splendeur, — Pas plus
que la fourmi ne sait lire dans les cieux, — Et que nos faibles
yeux ne pénètrent l'immensité.

qu'il conçut le dessein de faire paraître une traduction de l'*Introduction à l'Ancien Testament* du
professeur De Wette. C'était en ce temps le meilleur
ouvrage de ce genre. Avec la candeur du jeune
homme qui croit que le monde est comme lui dis-
posé d'avance à se tourner vers la lumière, il en
espérait beaucoup de bien en vue des progrès d'une
saine théologie. Il voulait surtout briser par ce
moyen, dans l'opinion des gens éclairés, cette bi-
bliolâtrie qui enchaînait tant d'intelligences. Il dut
avouer par la suite qu'il s'était bien trompé dans
ses calculs. Mais, dans cet espoir, il se livrait avec
sa fougueuse ardeur à ce travail de traduction,
enrichissant d'ailleurs l'ouvrage allemand d'une
masse de notes fournies par sa propre érudition et
le rectifiant même quelquefois. Ce fut vers le même
temps qu'il eut la douleur de perdre son vieux père.
Sa douce et pieuse compagne l'avait de quelques
années précédé dans la tombe. Leur souvenir resta
comme embaumé dans le noble cœur de leur fils.
On peut s'en apercevoir souvent dans ses discours
religieux.

En 1837, la petite paroisse unitaire de West-
Roxbury, située à peu de distance de Boston, fit
choix de lui comme pasteur. La communauté se
composait d'une soixantaine de familles, vivant
pour la plupart dans une modeste aisance, quel

3.

ques-unes riches et instruites. Les devoirs pasto-
raux n'étaient pas absorbants. Le pays était beau.
La cure, d'une simplicité charmante, était enfouie
dans la verdure, et, selon une coutume assez répandue dans les contrées protestantes, le pasteur
avait le libre accès des jardins du voisinage. Son
goût pour la méditation à travers champs ou au
milieu des fleurs, qu'il aimait avec passion, trouvait là pleine satisfaction. Il pouvait aller aisément
à Boston, et y profiter des derniers entretiens du
docteur Channing, dont il fréquentait beaucoup la
maison. Ses paroissiens écoutaient avec plaisir
ses sermons pleins d'originalité, de poésie, d'applications à leur vie simple et honnête. Ce fut dans
cette retraite parfumée qu'il alla s'établir avec sa
chère Lydia, devenue la compagne de sa vie.

# CHAPITRE III.

## LA CRISE RELIGIEUSE.

Enseignement religieux de Parker. — Un nuage orageux se forme. — Les hérésies du pasteur unitaire. — L'unitarisme parvenu. — Un sermon incendiaire. — Parker mis à l'index. — Un diacre modèle. — La *Résolution* de Boston. — Les conférences. — De la religion en général. — Dieu. — L'immortalité. — Jésus-Christ. — La Bible. — Les Églises. — La vérité nécessaire.

Nous traduirons ici un fragment d'une lettre adressée par Théodore Parker, le 10 août 1838, à l'un de ses amis, M. W. Silsbee. On y verra un exposé, tracé par lui-même, de sa méthode comme prédicateur, et des vues religieuses auxquelles il était parvenu.

Dans mes entretiens religieux, je dis à mes paroissiens que la religion est aussi nécessaire à leur âme que le pain à leur corps, la lumière à leurs yeux, la pensée à leur esprit. Je leur demande de regarder dans leurs cœurs pour voir s'il n'en est pas ainsi. Ils me disent que je leur tiens le langage du bon sens, et que

cela est vrai. On me questionne souvent sur des points
qui frisent l'hérésie. Je leur dis que Moïse et les auteurs
de l'Ancien Testament avaient des notions peu élevées
de Dieu, mais pourtant les meilleures qu'on pût avoir
de leur temps. Ils comprennent cela et croient ce que
le Nouveau Testament leur enseigne sur Dieu. — Quant
au Christ, ils sentent la beauté de son caractère quand
ils voient en lui un homme ayant les mêmes besoins
qu'eux, les mêmes épreuves, les mêmes tentations, les
mêmes joies, les mêmes chagrins, et pourtant toujours
supérieur à la tentation, sorti victorieux de chaque
épreuve. Ils retrouvent en eux-mêmes.des choses analogues.

J'insiste principalement sur quelques grands points,
savoir la noblesse de la nature humaine, l'idéal sublime
que l'homme devrait se proposer, sa dégradation actuelle, ses inclinations basses, ses vains plaisirs, la
nécessité d'être fidèle à ses convictions, quelles qu'elles
soient, avec la certitude qu'à cette condition l'homme
fait travailler pour lui la toute-puissance elle-même de
Dieu, de même que le mécanicien emploie toute la puissance de la rivière pour faire tourner sa roue.

J'insiste aussi sur la perfection et la providence de
Dieu, sur l'exactitude et la beauté de ses lois physiques,
morales, religieuses. Ma confiance dans la Bible s'est
accrue. Ce n'est pas un livre scellé, c'est un livre ouvert. Je pense qu'il y a trois témoignages de Dieu dans
la création : 1° *les œuvres de la nature* : elles ne le
révèlent pas entièrement; nous ne pouvons encore ré-

soudre toutes les contradictions qu'on y rencontre;
2° *la parole de nos semblables* : j'entends par là toute
la sagesse du passé, inclus les Écritures; il y a dans
celles-ci des parties qui diffèrent beaucoup en degré,
mais non en genre, des autres écrits; 3° *les sentiments
infinis de chaque âme individuelle*. — A présent, j'ap-
pule fort sur le premier témoignage, plus encore sur le
second, mais surtout sur le troisième. Car tout homme
peut avoir dans son cœur des révélations aussi splen-
dides que celles d'un Moïse, d'un David et d'un Paul;
j'ajouterais même qu'un Jésus, mais je ne pense pas que
jamais homme ait eu une conscience de Dieu aussi parfaite que lui.

Les premiers temps du séjour de Parker à West-
Roxbury furent d'une tranquillité parfaite. Ses
idées, quoique neuves et hardies, étaient acceptées
volontiers, son charmant caractère et son sérieux
achevaient de lui gagner les cœurs. Peu à peu cependant l'idylle devait faire place au drame. Au
fait on peut douter que Théodore Parker se fût
contenté à la longue d'une existence aussi paisible. Son besoin d'activité, la conscience qu'il
avait de ses talents et du bien qu'il pouvait faire
à son pays, l'idée que, pour opérer une réforme
théologique, c'est dans un centre d'hommes
éclairés, préparés par leurs besoins moraux à
l'œuvre réformatrice, qu'il faut travailler, tout con-

courait à lui inspirer le désir d'exercer ses forces sur
un plus vaste théâtre que celui de West-Roxbury.
On peut même signaler sur son journal quelques
traces d'abattement, de mélancolie, évidemment
engendrée par la monotonie et le genre relativement mesquin de la vie qui se déroulait à ses yeux.
Mais un nuage orageux ne tarda pas à se former
dans cette atmosphère trop calme.

Depuis plus d'une année il avait dans un tiroir
de son bureau deux sermons roulant sur les contradictions qu'on peut relever dans la Bible. Ce fut
seulement après avoir consulté des amis et des personnes d'expérience, qui, pour la plupart, il est
vrai, eussent préféré qu'il n'en fit rien, qu'il se
décida à les prêcher. A sa grande surprise, à sa
grande joie, il se trouva que ses paroissiens n'en
furent nullement choqués, ceux-là même d'entre
eux qui ne sympathisaient pas complétement avec
lui. Il arrive souvent aux prédicateurs, sur la foi
des conservateurs timorés qu'ils consultent, de se
représenter la masse plus éloignée qu'elle n'est
en réalité des vues libérales.

Mais la rumeur fut grande parmi les unitaires
bibliques. Puis Parker parla à mainte reprise de
son espérance que l'avenir verrait naître d'autres
Christs, encore supérieurs à celui que nous devons
au passé. Je présume qu'ici son expression était

plus paradoxale que sa pensée. C'était surtout sa foi dans le progrès futur du genre humain qu'il voulait exprimer par là, et comme s'il eût été jaloux de la perfection que le passé pouvait léguer à l'avenir. Peut-être qu'avec plus de réflexion il eût évité cette manière fâcheuse de formuler une vérité que ne renierait certes pas celui qui a pu dire : *L'homme qui croit en moi fera les mêmes œuvres que moi, il en fera même de plus grandes* (Jean, xiv, 12). Il y a dans le champ du génie et surtout de l'inspiration religieuse de ces grandeurs qui ne se mesurent pas, et qui par conséquent défient qu'on les dépasse. On doit aussi se demander si l'humanité n'a pas un chemin déterminé à parcourir dans son histoire ici-bas, et si en vertu des lois présidant à sa constitution intime, certaines grandeurs individuelles ne doivent pas demeurer sans rivales, quels que soient les progrès accomplis par la masse. Mais cette manière d'envisager une question, en soi purement spéculative et sans conséquence actuelle, fit qu'un grand nombre des coreligionnaires de Parker reculèrent d'effroi, et il commença d'être *bien porté*, dans les cercles aristocratiques de Boston, d'énoncer des jugements perfidement compatissants sur le *pauvre incrédule* de West-Roxbury.

Autres griefs. Parker répandait l'idée que la di-

vinité du christianisme repose tout entière sur
sa valeur religieuse et morale, et que la preuve tirée
des miracles est radicalement impuissante. Partout
on voit les partisans du miracle réagir contre ces
deux thèses avec une sorte de colère concentrée,
tenant à ce que des miracles qui ne prouvent
rien sont inutiles, et que des miracles inutiles, ils
le sentent bien, sont bien vite éliminés de la
conscience et de l'histoire. Parker publiait une excellente critique du fameux livre de Strauss sur la
*Vie de Jésus*, en montrant les qualités et les défauts
avec autant d'impartialité que de pénétration, mais
à peu près personne autour de lui ne comprenait
ce qui avait amené et historiquement justifié l'entreprise du docteur allemand, de sorte qu'on ne
savait aucun gré à Parker de la modération ni
de la supériorité de son point de vue. Dans d'autres articles encore, il avait semé des idées allemandes sur la philosophie, l'immanence de Dieu
dans le monde et dans l'histoire, les éléments my-
thiques de la Bible, idées qui le faisaient ranger
parmi les panthéistes et les spinosistes par ceux
qui n'avaient pas même une teinture des études
spéciales nécessaires à une appréciation quelque
peu éclairée de questions de ce genre. Déjà nombre
de ses collègues avaient déclaré qu'ils ne lui céde-
raient plus leurs chaires. L'unitarisme américain,

comme tant d'autres partis politiques et religieux
parvenus à la puissance, n'osait pas aller jusqu'au
bout du principe de foi libre qui fait sa vitalité.
Après avoir tant souffert lui-même des mépris, de
l'ignorance, de l'étroitesse des églises moins éloi-
gnées de la tradition, maintenant qu'il s'était creusé
un lit profond et large, qu'il avait en quelque sorte
forcé le respect et la considération des autres sectes,
au lieu de travailler au développement de son principe libéral, il trouvait de meilleur goût, plus
commode, d'emprunter à ses vieilles rivales les
armes rouillées de leur intolérance. Il ne s'agissait pas tant de réfuter Parker que de le faire
taire, et l'on s'imaginait ainsi maintenir la paix,
sans voir qu'après tout on n'obtenait par là que
le silence, et que, les questions une fois posées, il
n'a jamais été donné au silence de les résoudre.

Au surplus, dans l'Église protestante, en Amérique surtout, n'obtient pas le silence qui veut. Le
fait même des procédés exclusifs dirigés contre
Parker attirait, sur lui et sur les points de doctrine
qu'il avait soulevés, l'attention de beaucoup de
gens qui, autrement, n'eussent pensé ni à l'homme
ni à sa théologie.

Ce fut surtout un sermon prêché à Boston, le
13 mai 1841, qui mit le feu aux poudres. Il s'agissait de consacrer au saint ministère un jeune can

didal. Parker, qui devait coopérer à cette cérémonie avec plusieurs de ses collègues, avait été chargé du discours de consécration[1], et il avait mis cette occasion à profit pour développer ses vues sur le christianisme, ses éléments transitoires et sa valeur permanente. Il avait rangé dans la première catégorie bien des choses que la théologie traditionnelle considérait au contraire comme les colonnes du temple, et malgré le soin qu'il avait pris de moins attaquer directement les croyances qu'il ne partageait plus que d'en montrer l'indifférence au point de vue d'une piété positive et réelle, les conservateurs se montrèrent fort *sensitive*, selon l'expression anglaise, impressionnables au plus haut degré, sur les matières traitées, et ne virent plus en Théodore Parker qu'un révolutionnaire des plus dangereux.

Il en résulta une controverse violente, dans laquelle Parker, à peu près abandonné à lui-même, dut tenir tête à une foule d'attaques et d'injures fanatiques parties de tous les points de l'horizon. Que Parker, encore dans toute la vigueur de la jeunesse, avec la claire conscience de son bon droit, révolté des dénis de justice, des calomnies,

1. Voir les fragments traduits à la fin de cet ouvrage sous le titre : *Ce qui passe et ce qui demeure dans le christianisme.*

du peu d'amour de la vérité dont faisaient preuve nombre d'anciens amis dont il eût attendu tout autre chose, enclin par caractère à riposter par le sarcasme et l'ironie, que Parker, dis-je, n'ait pas su toujours conserver dans ce débat le calme et la modération qu'on doit toujours désirer, c'est ce qu'on ne peut contester. On sait d'ailleurs qu'en fait de discussions politiques et religieuses, la modération, rare partout, n'est pas précisément une vertu américaine. Après tout, ce n'est pas avec des compliments qu'on réforme une société religieuse. Il vient des instants où l'on est bien forcé de dire en face aux pharisiens ce qu'ils sont et de jeter au feu les bulles qui vous envoient brûler éternellement en enfer.

Nous n'entrerons pas dans les détails, aujourd'hui sans intérêt, de cette controverse qui entretint pendant des mois la presse quotidienne et périodique du Massachussets, sans compter d'innombrables brochures que, comme toujours en pareil cas, firent paraître des zélateurs empressés de rendre témoignage à leur parfaite ignorance des questions soulevées. Une sorte de terrorisme moral fut organisé contre Parker, la timidité des uns y contribua aussi bien que les passions surexcitées des autres. Il se trouva bientôt que toutes les chaires unitaires, à l'exception d'une dizaine au

plus, furent fermées à Parker dans toute l'étendue
de la Nouvelle-Angleterre.

Ses paroissiens de West-Roxbury, qui suivaient
ses prédications depuis déjà quatre ans et s'étaient
aisément habitués à de prétendues hérésies faci-
litant, bien loin de la détruire, la vie religieuse et
morale, lui étaient restés fidèles en dépit de toutes
les démarches faites pour les éloigner de leur
pasteur. On lui savait gré surtout de sa franchise.
Citons, comme preuve à l'appui, les réflexions de
l'un de ses diacres du nom de Farrington, excellent
homme et dont nous aimerions bien voir se multiplier la race : « M. Parker, disait-il, distingue
« entre la religion et la théologie. Il a raison. Nous
« aimons sa religion, c'est exactement celle qu'il
« nous faut, nous la comprenons, et cette religion
« est l'essentiel. Quant à sa théologie, nous ne
« sommes pas tout à fait au clair. Il y a dedans plus
« d'une chose qui diffère de ce que nous avions
« appris. Mais aussi on nous avait bien enseigné
« des choses quelque peu singulières. Plusieurs
« points de sa théologie sont justes, nous en sommes
« certains, le tout a le ton du sens commun, et
« si quelque chose sonne parfois étrangement à
« nos oreilles, pourtant nous sommes contents
« de l'entendre parler comme il pense. Car s'il se
« mettait à ne pas prêcher ce qu'il croit, j'aurais

« peur qu'il ne finit par prêcher ce qu'il ne croit
« pas [1]. »

On peut considérer cet honnête diacre comme
l'organe de l'opinion moyenne de la petite paroisse.
Mais on conçoit que les proportions que la lutte
avait prises durent augmenter encore le désir de
Parker de travailler sur un plus vaste champ à
l'œuvre de réforme qu'il avait entreprise. A Boston
les hommes de progrès et d'initiative, que n'ef-
frayait pas la croisade prêchée contre un théologien plus laborieux que les autres et dont tout le
crime était d'avoir franchement mis son enseignement religieux en harmonie avec son savoir et sa
conscience, ne voulurent pas que cette voix courageuse fût étouffée. Ils tinrent une assemblée pour
en délibérer et, à l'unanimité, adoptèrent la mo-
tion pure et simple :

RÉSOLU : *Que le Rév. Théodore Parker sera entendu à
Boston.*

Parker répondit à cet appel qui lui ouvrait la
capitale intellectuelle et commerciale de la Nouvelle-Angleterre. Il vint donc et rencontra des
sympathies qui dépassèrent son attente. Ce n'est
jamais impunément que l'esprit obscurantiste
réussit à dominer dans une société protestante. Les

---

1. *Life and Correspondence*, II, 305.

Églises issues de la réforme ont sans doute leurs
étroitesses, leurs périodes de défaillance ou de
stagnation; mais leur origine ne peut être oubliée
de tous leurs membres, le sentiment que leur raison d'être, leur unique justification dans l'histoire
est la libre acquisition et la libre prédication de la
foi religieuse, finit toujours par faire valoir ses
droits, et c'est toujours à lui qu'appartient le dernier mot dans leurs débats intérieurs.

Les conférences tenues à Boston dans l'hiver de
1841-1842 furent réunies par Théodore Parker en
un volume intitulé *Discussion de sujets religieux*[1].
C'est là qu'on peut trouver un exposé complet de
ses idées théologiques. Nous tâcherons de les reproduire aussi brièvement que possible en ana-
lysant ce remarquable ouvrage[2].

1. *Discourse of Matters pertaining to Religion.*
2. Il faut savoir que la première édition date de 1842 et que,
sauf quelques changements peu importants, tenant surtout à ce
que depuis lors Parker se prononça positivement contre l'au-
thenticité du quatrième évangile, ses idées sont restées essentiellement les mêmes. On pourra juger du caractère véritablement
avancé de sa théologie, en voyant qu'il y a plus de vingt ans,
le jeune théologien de la Nouvelle-Angleterre professait déjà
des opinions et des vues dont l'apparition, récente encore parmi
nous, a fait l'effet d'une nouveauté inouïe, et qui commencent
seulement à se frayer un certain accès au milieu des cercles
intelligents de la vieille Europe.

Livre I⁻ʳ. — De la Religion en général. — Toutes
les institutions humaines sont provenues d'un
principe inhérent à la nature humaine. Rien dans
la société qui ne soit aussi en l'homme. La religion ne fait pas et ne saurait faire exception. Il est
aussi irrationnel de l'attribuer aux artifices des
prêtres et des princes, quoiqu'ils en aient bien
souvent abusé, que de prendre l'art et les ruses
des marchands pour la cause du commerce. Il y a
donc en l'homme un principe religieux naturel.

A ce principe religieux naturel qui, considéré de
plus près, a pour contenu principal le sentiment
d'un infini parfait dont nous dépendons, doit correspondre un objet adéquat. Nous ne pouvons concevoir une tendance sans objet. C'est pourquoi
l'homme croit en Dieu par une intuition spontanée
de sa raison. Les arguments ordinairement allé-
gués pour prouver l'existence de Dieu peuvent
confirmer, mais ils ne sauraient engendrer cette
foi intuitive.

Quant à la conception déterminée que nous nous
formons de Dieu, elle est nécessairement inférieure
à la réalité, le fini ne pouvant comprendre l'infini.
De là tout à la fois la permanence, l'universalité de
l'idée intuitive de Dieu tout le long de l'histoire, et
les innombrables variétés des conceptions que les
hommes se sont faites de Dieu. Les épouvantables

abus que l'homme a si souvent commis au nom de
la religion prouvent la profondeur et la puissance
de cette tendance instinctive de la nature humaine
bien plus encore qu'ils ne plaident contre elle.

Il ne faut pas plus confondre la religion, qui est
un fait, avec la théologie, qui est la science de ce
fait, que les étoiles avec l'astronomie.

Il y a trois grandes formes historiques de la religion : le fétichisme, le polythéisme et le monothéisme. Le premier consiste dans l'adoration des
objets visibles. C'est un culte immédiat de la nature,
ou plutôt de certains phénomènes de la nature qui
éveillent dans l'esprit humain le sens du mystère,
ou de la crainte, ou de la reconnaissance, etc. Il
tend toutefois à généraliser les objets de l'adoration
jusqu'à ce qu'il ait fait une divinité de chacune des
grandes divisions de la nature visible : le ciel, la
terre, la mer. Cette forme de religion n'a que très-
peu de valeur morale, si elle en a.

Le polythéisme consiste dans l'adoration de plusieurs divinités issues de la personnification des
forces matérielles et morales du monde, les premières cédant toujours plus de terrain à celles-ci.
Il faut noter l'opulence de ses formes et de ses
symboles, son charme puissant, surtout en Grèce,
et sa tendance, plus ou moins inconsciente, soit
vers le panthéisme, soit vers le monothéisme. A

son ombre se constitue le sacerdoce, avec ses bienfaits relatifs et ses abus. La guerre est l'état normal de la nature et du genre humain, comme des divinités entre elles. L'esclavage est à l'origine un progrès sur la guerre d'anéantissement, et avec lui commence le travail, la production surabondante et, dès lors, le commerce. L'État et la religion sont un, que cette unité soit ou non fondée sur une théocratie. Le polythéisme tantôt arrête, tantôt favorise le développement moral. C'est surtout au point de vue de la moralité domestique et intérieure comme à celui de la moralité universelle ou *humanitaire* qu'il est en défaut. Il n'inspire guère que des vertus civiques.

Avec le monothéisme apparaissent les grandes idées d'humanité, de droit égal pour tous, de liberté et d'idéal moral absolu. Car le Dieu unique doit être parfait en sagesse, en amour, en volonté. Mais là aussi, là surtout, il faut revenir à la distinction déjà faite entre l'identité de l'idée monothéiste à travers les âges et les nombreuses conceptions, si souvent inférieures, grossières même, que l'homme s'en est faites. Le monothéisme primitif des Hébreux est encore très-incomplet et n'exclut nullement l'existence d'autres dieux que Jéhovah. Lorsque Jéhovah seul est regardé comme vrai Dieu, il s'en faut encore bien que le caractère

4

qui lui est attribué soit celui de la perfection.
L'Ancien Testament le représente sous des traits
fort peu spirituels et vénérables. Mais, de Moïse à
Jésus-Christ, la ligne du monothéisme toujours
plus pur et plus élevé se prolonge jusqu'à ce
qu'elle arrive à la conception du Père céleste.

Il est certaines questions étroitement rattachées
à la religion, celles, entre autres, de l'état primitif
du genre humain et de l'immortalité. Quant à la
première, tout concourt à prouver que les hommes,
qu'ils descendent ou non d'un seul couple primitif
(la solution de cette question obscure ne change
rien au fait de l'unité spirituelle du genre humain),
ont débuté sur la terre par un état extrêmement
bas, tout voisin de l'animalité. Les mythes de l'Éden,
de l'âge d'or et autres semblables, contredits par
d'autres souvenirs encore plus anciens, s'expliquent
par la tendance à idéaliser le passé, et ne répon-
dent à rien de réel. Le royaume de Dieu n'est pas
en arrière, il est en avant.

Quant à la doctrine de l'immortalité, elle est
presque aussi générale que la foi en Dieu, et dérive,
comme celle-ci, de la tendance de la nature humaine vers l'infini. Il faut ici, de même qu'en parlant de la foi en Dieu, distinguer fortement entre
l'idée et la conception de la vie future. Celle-ci,
aussi bien que les arguments avancés pour la dé-

montrer, peut être fort défectueuse. La foi en l'immortalité, d'abord très-vague et parfois même indirectement niée dans plusieurs livres de l'Ancien
Testament, va toujours en s'affermissant et en se
précisant, surtout depuis la captivité. On peut suivre
les marques d'un développement analogue chez
les autres peuples. Si la doctrine de l'Église qui
voue à l'éternelle damnation la grande masse des
hommes était vraie, le don de l'immortalité fait par
Dieu à notre race serait une malédiction bien plus
qu'une prérogative.

La religion, selon qu'elle tourne en superstition,
en fanatisme, ou bien en piété réelle, en amour de
Dieu, est ou la plus redoutable des puissances qui
régissent la marche des choses humaines, ou le
plus grand, le plus salutaire, le plus suave des
bienfaits divins[1].

Livre II. — Relation du sentiment religieux avec
Dieu. — Dieu infiniment parfait, voilà ce que le sentiment religieux requiert. Si, en disant que Dieu
est personnel, on entend qu'il est supérieur aux
limitations des êtres inconscients; si, en disant qu'il
est impersonnel, on veut dire qu'il est supérieur aux
limitations de notre personnalité, on a raison. Mais

1. Voir le morceau traduit à la fin du volume sous le titre de
*Joie religieuse.*

si, en se servant de ces deux termes, on prétend reporter sur lui les limitations de la personnalité ou celles de l'inconscience, on a tort. En tant que perfection infinie, nous devons attribuer à Dieu la toute-puissance, la toute présence (immanence), la justice, l'amour, la sainteté. La nature entière est donc une révélation de l'Être qui pénètre et dirige toutes choses. Les forces de la nature sont ses modes d'action. De là l'uniformité et la stabilité des lois de la nature.

Mais Dieu est en l'homme non moins que dans la nature, et de même qu'à chaque besoin de l'être vivant Dieu fait correspondre dans la nature un objet qui le satisfasse, de même, à notre besoin religieux, il fournit une satisfaction naturelle. C'est la communion de l'âme avec Dieu par le moyen du sentiment religieux, de laquelle aussi dérive le phénomène de l'inspiration. Un tel point de vue écarte aussi bien ce déisme naturaliste qui sépare Dieu du monde, n'admet pas de rapport actuel entre l'homme et Dieu, et réduit la religion à une forme, peut-être utile, mais vide et glacée, que le supernaturalisme qui n'admet de révélation de Dieu à l'homme que moyennant le miracle. La vraie notion, celle du spiritualisme, admet l'action permanente de Dieu sur et dans l'âme humaine, action grâce à laquelle l'âme perçoit directement.

intuitivement, les vérités rationnelles et morales.
Mais l'inspiration, supposant la coopération de
l'âme inspirée, diffère selon la race et selon l'individu, qui peut être plus ou moins richement
doué, qui peut se servir avec plus ou moins
d'énergie des facultés qu'il a reçues. La condition
essentielle de l'inspiration, c'est que l'homme observe purement la loi de son être spirituel. Le
meilleur, le plus sage, le plus religieux, est aussi
le plus inspiré. C'est faute de religion ou de réflexion, que l'homme se croit si éloigné de Dieu
qu'il a besoin de faire reposer sa foi et son espérance sur l'autorité d'une église ou d'un livre.

Livre III. — RELATION DU SENTIMENT RELIGIEUX AVEC
LE CHRISTIANISME. — Le christianisme est-il la religion absolue, c'est-à-dire l'amour parfait de Dieu
et de l'homme, manifesté dans une vie où toutes
les facultés humaines se développent harmonieu-
sement? Pour répondre à cette question, il faut
recourir aux enseignements de Jésus lui-même.
Pour cela, il faut consulter les évangiles, qui ne
prétendent aucunement à cette inspiration miraculeuse que la tradition réclame en leur faveur, et
qui auraient tort d'y prétendre, puisqu'en fait ils
se contredisent fréquemment. Cependant et malgré
tout ce qu'il y a de légendaire et de mythique dans
leurs récits, il faut bien admettre qu'un grand fait,

4.

une vie divine, un enseignement des plus élevés,
sont à la source du courant traditionnel qu'ils ont
recueilli. Laissons de côté le quatrième évangile
qui n'est historique, ni en lui-même, ni dans l'intention de son rédacteur. Grâce aux synoptiques
(trois premiers évangiles, ainsi nommés de leurs
nombreux passages parallèles qu'on peut *mettre en
regard* pour les comparer de plus près), malgré
leurs divergences, nous pouvons reconstruire l'enseignement que Jésus rehaussa par sa noble vie,
et qui consiste à montrer dans l'amour de Dieu et
des hommes le commandement et le bien su-
prêmes. Pourtant on regrette de devoir constater,
à côté d'un incomparable sentiment de la perfection divine, des assertions qui stipulent un enfer
éternel, l'existence personnelle du diable, la fin
prochaine du monde jointe au retour du Messie
triomphant sur les nuées du ciel. Peut-être aussi
serait-on en droit de lui reprocher certaines fautes,
fort excusables, mais enfin certaines fautes. Mais
il n'en est pas moins réel que le principe de la
religion éternelle a été proclamé par lui et ma-
gnifiquement réalisé dans sa vie. La religion de
l'esprit, supérieure aux rites, aux prêtres et aux
dogmes, a donc fait son apparition avec lui, par
lui et en lui.

Il ne faut pas faire reposer l'autorité de la doctrine de Jésus sur des miracles qui sont, ou impossibles, ou attestés très-insuffisamment. Les miracles de saint Bernard seraient plus admissibles que ceux du Christ s'il fallait se décider uniquement en pesant les témoignages. D'autre part, si l'on dit que c'est la doctrine qui prouve les miracles, on proclame par cela même leur inutilité. L'autorité de cette doctrine repose entièrement sur sa vérité.

L'excellence de la doctrine de Jésus ressort, en particulier, de ce qu'elle autorise pleinement l'homme à s'avancer indéfiniment au delà du point où Jésus est resté lui-même. Tout ce qui s'accorde avec la raison, la conscience et le sentiment religieux est essentiellement chrétien. La religion du Christ est donc une religion de liberté, celle du développement continu, de la poursuite incessante du meilleur et du plus parfait. — Une autre de ses supériorités, c'est qu'elle nous propose, non pas un système, mais une méthode de religion et de vie, savoir l'obéissance à la loi intérieure écrite par Dieu sur les tables de nos cœurs. — De plus elle est éminemment pratique et compte pour rien la confession du dogme, l'accomplissement du rite, en comparaison d'une vie sainte et aimante. C'est une religion de la vie quotidienne, du foyer domestique et de la place publique, de la solitude

en pleine campagne et aussi de la participation à
la marche simultanée du genre humain. Elle ne
connaît rien d'une sainteté *vicaire*, et si elle nous
montre un frère priant avec nous le Père céleste,
elle ignore cet *attorney*, ce procureur plaidant avec
Dieu, ou cet innocent, victime expiatoire de péchés
qu'il n'a pas commis, l'un et l'autre forgés par la
théologie traditionnelle.

Autant qu'on peut reconstituer le portrait du
Christ, toute part faite aux limitations et imperfections inévitables de son caractère, on doit s'incliner devant lui comme devant la plus grande
âme qui ait passé sur la terre.

La doctrine évangélique monta des bords du lac
de Galilée à Jérusalem, à Antioche, à Éphèse, à
Athènes, à Corinthe, à Rome, et triompha de tous
ses ennemis. Mais, hélas! ce ne fut pas sans perdre
de sa pureté divine par son mélange avec le judaïsme, le paganisme et la politique. Mais elle est
éternelle par son principe et elle éliminera dans
son application continue les erreurs qui, dès les
premiers jours, en ce Jésus lui-même qui la pro-
clama et lui donna vie et puissance, purent se
mêler avec elle.

LIVRE IV. — RELATION DU SENTIMENT RELIGIEUX AVEC LA
BIBLE. — Les immenses et bienfaisants résultats de
la diffusion de la Bible dans le monde doivent avoir

une cause proportionnelle. Mais il ne faut pas la
chercher ailleurs que dans la sublimité des enseignements que la Bible contient, et cela n'ôte pas
le droit de constater et de repousser les éléments
contradictoires, absurdes ou immoraux, qu'elle
renferme aussi. Comme celle du christianisme en
général, l'autorité de la Bible n'est autre que celle
de la vérité qu'elle contient et qui se justifie elle-
même devant la conscience humaine. Si la Bible
doit disparaître au souffle de la critique, c'est
qu'elle devait disparaître. Mais elle ne disparaîtra
pas, à cause et dans la mesure de la vérité qui est
en elle [1].

Livre V. — RELATION DU SENTIMENT RELIGIEUX AVEC
L'ÉGLISE. — Jésus ne fonda pas d'église. Mais sa
religion, comme toutes les religions, rapprocha
ceux qui la possédaient, et la sympathie commune
pour sa personne resserra singulièrement cette
association religieuse. Au commencement la liberté
trônait au sein des réunions chrétiennes. C'est peu
à peu que, sur l'organisation républicaine, démocratique des premiers temps, se greffa la hiérarchie
épiscopale. Avec Paul qui tâche d'émanciper la
chrétienté des formes juives, s'opère, d'autre part,

1. Voir ce qui a été dit plus haut, p. 35, pour compléter l'analyse de cette partie do l'ouvrage.

l'introduction d'un dogme défini, nécessaire, dans le christianisme. Peu à peu la servitude, soit vis-à-vis du prêtre, soit vis-à-vis du dogme formulé par le prêtre, devient la règle dans l'Église. De là les horreurs spirituelles et temporelles de l'Église du moyen âge et la légitimité de la Réforme. — Celle-ci a scindé d'une manière irrévocable l'unité extérieure de l'Église. Le catholicisme doit sa force et sa part de vérité à ce qu'il reconnaît la continuité de l'action révélatrice et rédemptrice de Dieu parmi les hommes; mais son erreur et sa faiblesse proviennent de ce qu'il prétend renfermer cette action divine dans les cadres de son clergé et dans les formes de sa doctrine; de là son intolérance, sa tyrannie, son effroi de l'examen indépendant, l'état arriéré des populations qui lui sont soumises. — Le mérite du protestantisme est donc d'avoir brisé ce joug intolérable et replacé l'individu dans la position où Jésus voulait qu'il fût, c'est-à-dire en la présence immédiate de Dieu. Son tort fut de vouloir renfermer toute vérité, toute inspiration dans la Bible, et comme celle-ci donnait lieu à plusieurs interprétations, de formuler des confessions de foi obligatoires. De là ses divisions. Ses diverses branches, du calvinisme le plus sombre à l'unitarisme le plus large, ont toutes leurs défauts et leurs qualités. Toutes sont trop étroites, trop

esclaves de la lettre biblique. La critique nous
délivrera de cette dernière servitude. L'avenir
appartient au spiritualisme, qui se propose pour
but suprême l'identité de volonté de l'homme avec
Dieu, et qui subordonne tout, églises, cultes,
formes religieuses, à la grande chose, seule nécessaire, à la seule religion qu'on puisse dire éternelle : Amour de Dieu et amour de l'homme.

Nous devions à nos lecteurs cette analyse condensée de l'exposition, pleine de mouvement et
d'éloquence, que Parker donna de ses doctrines à
ses auditeurs de Boston. Que de fois n'avons-nous
pas été tentés de substituer à notre sec résumé
une traduction continue! Il était également impossible de marquer, chemin faisant, l'incroyable
quantité d'auteurs indiqués en note dans le livre et
dont le nombre, presque effrayant, nous montre
combien le théologien noté d'hérésie avait pris
au sérieux son devoir de chercher la vérité avant
de l'enseigner aux autres. Il ne s'agit pas en ce
moment de faire une critique de ces vues religieuses. Si j'osais émettre un avis personnel, je
dirais que sur certains points, par exemple la
genèse des mythologies, le caractère personnel du
Christ, son enseignement proprement dit, en
général la manière un peu trop hostile selon moi

dont le passé de l'Église est envisagé, je ne saurais me ranger entièrement de l'avis de l'éminent orateur. Mais, ces réserves faites, je ne dissimulerai pas mes ardentes sympathies pour cet ensemble de belles et généreuses doctrines. Théodore Parker est dans la grande lignée des hommes de Dieu qui, chacun en son temps, ont combattu le bon combat de la piété jointe à la liberté. Les erreurs qu'il a pu mêler à ses vues si nobles et si grandes s'en iront. Mais la vérité, dont il a tâché de montrer à tous la splendeur éternelle, cette vérité que l'amour ardent et pur de la perfection qui est en Dieu et doit venir en l'homme est ce qu'il y a de plus beau, de plus nécessaire, au ciel et sur la terre, cette vérité ne périra pas, et nul ne peut contester à Parker la gloire d'en avoir été l'un des plus puissants prédicateurs.

# CHAPITRE IV.

## LE VOYAGE EN EUROPE.

On concevra sans peine que, si cette exposition complète de ses vues religieuses recruta des partisans à Parker au sein de la société bostonienne, elle ne fit qu'aigrir ses adversaires et augmenter leur nombre. Le vénérable Channing, un peu surpris par cette irruption de vues nouvelles qui dépassaient les siennes, mais trop foncièrement libéral pour s'enrôler dans le parti de la compression, était mort au moment où Parker venait de publier ses conférences de Boston (automne de 1842). Parker sentit vivement sa perte. Peut-être Channing seul eût-il été en état d'élever une voix conciliante et écoutée au milieu des passions théo-

5

logiques soulevées. Il fut question d'exclure le pasteur de West-Roxbury de l'association des ministres unitaires de Boston, et dans une séance, à laquelle il assistait, il dut repousser pendant plusieurs heures des accusations aigres-douces, évidemment dictées par le désir de le pousser à une démission volontaire. Quelques membres pourtant témoignèrent quelque sympathie pour sa position et son caractère. Il n'y tint plus et fondit en larmes. Voici ce qu'il écrivait quelques jours après à l'un de ses amis, présent à la séance :

Vous vous trompez un peu, mon cher ami, sur la cause de mes larmes l'autre nuit. Ce n'était pas que vous ou d'autres m'eussiez dit des choses dures. Tous auraient pu m'en dire aussi long qu'ils auraient voulu, je n'en cusse pas cligné l'œil. Ce sont les bonnes choses qu'ont dites B. et G., et ce que votre figure montrait que vous alliez dire vous-même, voilà ce qui m'a fait pleurer. J'eusse pu rendre argument pour argument, coup pour coup, bienveillance pour malveillance, toute la nuit durant. Mais, du moment que quelqu'un prend mon parti et prononce un mot de sympathie, je ne suis plus un homme, je pleure comme une femme...

Mais laissons ce sujet pénible. J'ai toujours su les risques que je courais en émettant des opinions contraires à la théologie courante. Je n'ai pas oublié George Fox, ni Priestley, ni même Abélard, ni saint

Paul. Non pas que je me compare à ces nobles hommes, si ce n'est en ceci que chacun d'eux fut destiné à rester seul, et que je le suis aussi. Je sais ce que Paul ressentait quand il écrivait : « A mon premier interrogatoire, personne ne m'a assisté. » Mais je sais aussi ce que signifie cette parole d'un plus grand que Paul : « Cependant je ne suis pas seul ; car le Père est avec moi. » Si je mourais demain, je pourrais dire :

> I have tho richest, best of consolations,
> The thought that I have given,
> To serve the cause of Heaven,
> The freshness of my early inspirations [1].

Je me soucie peu du résultat que cela aura pour moi personnellement. Toute destinée m'est indifférente, pourvu que j'aie l'occasion de faire mon devoir. Sans doute ma vie sera extérieurement une vie de tristesse et de séparation d'avec d'anciens associés (je ne peux plus dire amis). La société, je le sais, va me regarder avec défiance et les ministres avec haine ; peu m'importe. Intérieurement, ma vie est et doit être une vie de paix profonde, d'une satisfaction, d'un bien-être tel que toutes mes paroles ne sauraient en décrire le charme. Il n'est pas de peine terrestre qui me trouble au delà d'un moment, pas de désappointement qui soit capable de me rendre chagrin, triste ou soupçonneux.

---

1. J'ai la plus riche, la meilleure des consolations, — La pensée que j'ai donné — Pour servir la cause de Dieu — La fraîcheur de mes premières inspirations.

Tous les maux extérieurs, je les secoue comme la neige
tombée sur mon manteau. Je n'eusse jamais pensé que
je serais aussi heureux dans cette vie que je l'ai été ces
deux dernières années. Le côté destructeur de l'œuvre
que je me sens appelé à faire est pénible, mais il est
léger quand je pense à la grande tâche de la construc-
tion. Ne pensez pas que je sois flatté, comme on le dit,
de voir que la foule vient m'entendre. La pensée que je
fais ce que je sais être mon devoir est pour moi une
riche récompense, je n'en connais pas d'aussi grande.
Pourtant j'ai, de plus, la satisfaction de savoir que j'ai
réussi à réveiller l'esprit de religion, de foi en Dieu, chez
vingt ou vingt-cinq hommes qui, auparavant, n'avaient
ni foi, ni religion, ni espérance. Cela seul, et l'expression
de leur gratitude (soit de vive voix, soit par lettres, soit
par l'entremise d'un ami) compense pour moi tout ce
que les ministres du monde entier pourraient dire ou
faire contre moi. Mais pourquoi parler de cela? Seulement pour vous montrer que je ne suis pas près de me
laisser abattre. Plusieurs de mes ancêtres, il y a deux ou
trois cents ans, donnèrent leur tête pour leur religion.
Je ne suis pas appelé à une pareille épreuve, et je peux
bien porter ma croix plus légère.

Tous ceux qui, éprouvant le besoin de la sympathie dans leur vie quotidienne, se sont vus placés
dans l'alternative de perdre cette joie profonde ou
de manquer au devoir, comprendront ce qu'il y a
de résignation dans ce langage résolu. Cette fer-

meté lui était nécessaire. Depuis lors et pendant
les années qui suivirent son installation à Boston,
il fut en butte à une opposition qui aurait décou-
ragé tout autre que lui. Les accusations, les injures,
les menaces dévotes, la haine de la majorité du
peuple ameutée par ses dénonciateurs, tombèrent
sur lui comme une avalanche. Des insultes lui furent adressées en public par des hommes qui se
vantaient naguère de son amitié. On pria tout
haut, dans mainte réunion pieuse, pour qu'il fût
ou converti ou puni d'en haut. On refusa, et ceci
est caractéristique des mœurs américaines, de s'asseoir sur le même canapé, à la même table, de
monter dans le même omnibus. On le traita en
lépreux de l'Église et de la société. Pendant un certain temps, il y eut contre lui une véritable coali-
tion de la presse, patronnée par des coteries riches
et puissantes. On refusait partout ses travaux. Il
ne put pendant plusieurs mois trouver dans toute
l'Union un seul libraire qui consentît à imprimer
ses premiers ouvrages. C'est un éditeur sweden-
borgien de New-York qui prit enfin sur lui de ten-
ter l'aventure. Non-seulement l'Académie de Boston n'osa jamais lui ouvrir ses rangs, où il eût sans
contredit occupé l'une des premières places, mais
encore, quand il voulut s'intéresser à quelques
œuvres de philanthropie chrétienne, il dut le faire

en secret, par des tiers, en se cachant comme pour
une mauvaise action.

Rien n'éteignit son courage, et vraiment il y a
quelque chose qui fortifie dans la vue de cet
homme, qui n'a que son caractère et sa conviction
pour résister à toutes les forces sociales réunies
contre lui, et qui finit par conjurer leur opposition.
N'étant lié que par sa conscience, au-dessus de
tout soupçon d'intérêt personnel, n'étant inféodé
à aucun parti politique ou religieux, il fut fort,
pourrait-on dire, de ce qui était sa faiblesse. Il
continua à mener de front l'activité pastorale et
le travail de cabinet le plus absorbant. Il travaillait
en moyenne quinze heures par jour, se tenant au
courant de tous les progrès de la science européenne. Critique, exégèse, linguistique, philosophie, archéologie, ethnologie comparée, statis-
tique, il voulait tout connaître et communiquer à
ses concitoyens, dans son langage clair et pénétrant, le fruit de ses veilles laborieuses. C'est peu
de temps après ses conférences de Boston que parut
sa traduction de l'*Introduction à l'Ancien Testament*
du professeur De Wette, enrichie, comme nous le
savons, de notes et d'éclaircissements considéra-
rables. De plusieurs côtés on commençait à lui demander de venir se faire entendre. Quand on l'avait
entendu, il était rare qu'on ne le priât pas de revenir,

et, comme il ne voulait pas que ses paroissiens en
souffrissent, c'est aux dépens de ses nuits qu'il parvenait à tenir tête pendant le jour aux exigences
de la situation. A la fin sa santé, qui avait déjà
souffert de ses excès de travail à l'Université, se
trouva fortement ébranlée, et ses amis furent una-
nimes à lui conseiller une année de repos et un
voyage en Europe. Ce devait être pour lui un
moyen tout à la fois de rétablir sa santé et d'a-
grandir encore le cercle de ses connaissances.
L'année qu'il consacra à ce voyage fut, a-t-il dit
lui-même, la plus profitable de sa vie. L'Europe
l'intéressa au plus haut degré. Il fit à Londres la
connaissance de plusieurs hommes distingués dans
les sciences et dans la théologie, entre autres du
professeur Newman. Paris et la France eurent ensuite leur tour. Notre caractère, nos mœurs, nos
monuments, tout, jusqu'aux noms baroques de
plusieurs de nos rues, est noté avec une précision
surprenante sur son journal de voyage. Voici comment il résume le jugement qu'il porte sur nous,
dans une lettre écrite sur un ton humoristique à
l'un de ses amis :

Après tout, il y a chez les Français une certaine unité
de caractère qui a son mérite. Ils sont toujours gais :
gais dans leurs affaires, gais dans leur religion. Leurs

églises mêmes ont un style particulier et toute leur
architecture, du moins à partir de Delorme, est gaie.
Le Français « danserait volontiers devant le Seigneur »
comme le roi David.

A Paris il entendit MM. Damiron, Lenormant et
Jules Simon. Ce dernier, encore jeune, lui sembla
réaliser, selon ses propres expressions, le beau
idéal du professeur faisant son cours. « Jamais,
dit-il, je n'ai lu ni entendu d'exposition de doctrines plus lucides que celle de M. Simon, retra-
çant les idées de Plotin sur la Divinité, bien qu'il
me parût pécher un peu sous le rapport de l'exactitude. » Son amour de la clarté lui rendait nos
bons auteurs particulièrement chers. Il avait beaucoup profité, disait-il, « de la brillante mosaïque
de M. Cousin. »

Il passa ensuite en Italie, visita Gênes, Pise,
Florence. Qui lui eût dit alors que, seize ans plus
tard, il viendrait exhaler son dernier soupir dans
la ville des Médicis!

Extraits de son journal :

Florence. — La première fois que je visitai la belle
église de Santa-Croce, c'était par un jour triste et pluvieux. Ne sachant que faire, j'entrai dans cette maison
des trépassés. Pendant que je copiais des inscriptions, les prêtres chantaient leur office, et, de temps

à autre, l'orgue soupirait une musique qui semblait
descendre du ciel. C'était triste, doux, caressant
l'âme.

N'est-il pas curieux que Galilée ait dû être enterré
dans cette église et y avoir son monument? Car c'est
dans ce cloître que résidait le tribunal qui l'a persécuté.
Ainsi va le monde. Les fils de saint François, à qui le
pape confia le pouvoir inquisitorial en Toscane, se réu-
nissaient dans le cloître de Santa-Croce. Aujourd'hui
le grand-duc de Toscane est heureux de conserver la
moindre relique de Galilée, jusqu'à son doigt qui se
trouve à la bibliothèque Laurentienne... •

J'ai maintenant visité la plupart des merveilles de
cette charmante ville. Je dois dire que les grandes pein-
tures de Raphaël, la *Vierge à la chaise*, le *Jules II*, le
*Léon X*, la *Fornarina*, m'ont impressionné plus que je
n'osais l'espérer. La première fois que j'entrai au palais
Pitti, je ne savais pas ce que je devais regarder, quand
tout à coup mes yeux tombèrent sur la Madone. Quelle
peinture! Dieu du ciel, quelle peinture! Et quel génie!
J'en dois dire autant des grandes œuvres du Titien, la
*Madeleine*, les *Deux Vénus*. Mais le *Laocoon*, la *Vénus de
Médicis*, l'*Apollon* ne m'ont pas saisi autant que je m'y
serais attendu. Les statues en général sont restées un
peu au-dessous de ce que je m'étais imaginé.

Nous pouvons reconnaître à ce dernier trait
l'ami de la vie et du mouvement. La statuaire est
toujours plus abstraite, plus impersonnelle que la

peinture. C'est précisément ce qui fait sa supériorité aux yeux de ses partisans.

Pouzzole et Baïes. — *Memento* la jeune fille près du
Cento Camarelli, qui filait à la mode antique, cette jolie
fille dont Freeman examina les superbes dents, à la
beauté de laquelle je donnai un demi-carlin, et qui s'age-
nouilla pour que nous pussions bien voir son collier.

Puis il gagne Rome « la veuve de deux antiquités. »

Il n'est pas de cité, excepté Jérusalem et Athènes,
qui soit aussi riche que Rome en souvenirs. Deux fois
la capitale du monde, la première fois par la puissance
païenne, physique; la seconde, par la puissance chrétienne, spirituelle! Les deux fois elle a fait le désert
autour d'elle...

Que j'aime à errer le long des rues de Rome, à m'asseoir aux lieux où fut le Forum! Alors, je songe aux armées qui sortaient de la petite ville pour conquérir le
monde. Quelles traces ces sombres géants ont laissées
sur la terre!... Mais quel contraste quand on voit cette
foule de mendiants et de vauriens! O cité du crime
depuis les jours de Romulus jusqu'à ceux d'à présent!
Toi qui lapides les prophètes! Le sang des martyrs est
sur toi de tes premiers à tes derniers jours...

Nous sommes allés voir Sainte-Marie-Majeure. C'est
une église extrêmement riche, mais elle n'a rien d'imposant. Ce n'est pas une architecture religieuse. Il me

semble que l'unitarisme moderne aimerait ce style-là :
Il est clair, actuel, l'œuvre de cerveaux logiques et
démonstratifs, complétement libre de mysticisme...
Nous sommes allés à la prison Mamertine, où mourut
Jugurtha, ainsi que les complices de Catilina. C'est là
aussi que Paul fut prisonnier. Le concierge montre
une source qui jaillit, dit-il, tout exprès pour saint
Pierre (lequel passa dans ces murs neuf mois avec
saint Paul) et qui lui servit à baptiser quarante-neuf
soldats, tous morts martyrs. Une pierre gravée raconte
le même événement. J'ai goûté de cette eau. Absurdité
à part, c'est quelque chose de s'asseoir dans le donjon
où Paul fut prisonnier.

Dimanche, 3 mars 1844. — Nous avons été présentés
au pape en compagnie de quelques autres Américains.
Il était debout, en simple habit de moine, le dos appuyé
contre une sorte de table. Il causa avec M. Greene,
notre introducteur. Il bénit quelques rosaires apportés
par les Américains. Nous restâmes environ vingt mi-
nutes. Sa figure était bienveillante, et il nous regardait
d'un air affable. On parla de l'état de Rome, de la
langue anglaise en Amérique, du fameux cardinal poly-
glotte de la propagande [1]. Le pape fit un signe, et nous
nous retirâmes.

Un fait à noter, et qui a de nombreux parallèles.
Parker fut un moment amadoué par les manières exquises, la politesse raffinée des hauts

1. Le cardinal Maio.

dignitaires de l'Église de Rome. Il les trouva char-
mants, presque séduisants. Non pas que ses tendances et ses idées religieuses en eussent reçu le
moindre choc, mais on le voit pourtant, dans ses
notes et dans ses lettres datées des premiers jours
de son passage à Rome, enclin à une indulgence,
rare chez lui, pour les défenseurs et les soutiens
d'un système, à ses yeux très-funeste. Sa première
désillusion lui vint d'un Romain qu'il interrogea
sur la moralité du clergé indigène. « Un dixième
des prêtres, lui fut-il répondu, se compose d'hommes consciencieux et purs; quant aux autres... »
Au lieu d'achever, le Romain fit un mouvement
d'épaules : « Les murs ont des oreilles, » ajouta-t-il,
et il se tut. Lors même que la proportion indiquée
se ressentirait très-probablement des rancunes,
datant déjà de loin, de la population romaine
contre le gouvernement clérical, une telle déclaration devait faire ouvrir les oreilles toutes grandes
à Parker, à qui un jeune néophyte américain venait d'affirmer que l'état moral du clergé romain
était celui d'une pureté immaculée.

Venise. — J'ai découvert le secret du coloris des
peintres vénitiens. Ils l'ont trouvé dans le ciel, dans la
mer, sur les maisons et les habitants de leur ville. Je
me lève chaque jour une heure ou deux avant le soleil,
et j'attends cette pourpre splendide qui, du point où

le soleil se lève, rayonne dans toutes les directions, puis disparaît dans la clarté du jour. Le silence solennel de la cité des lagunes n'est interrompu que par les pêcheurs allant en mer et dressant leur blanches voiles contre la pourpre de l'horizon. Les cloches nombreuses ne font qu'ajouter au silence général...

Venise est un songe de la mer. La science de l'Occident et la fantaisie de l'Orient semblent s'être donné la main pour la construire. Un Grec aurait pu dire que Neptune, enivré de nectar et d'Amphitrite, s'endormit dans les abîmes de la mer et songea. Venise serait son rêve pétrifié. Le soleil colore étrangement les murs de ses palais et de ses églises. On dirait que leur richesse, en s'enfuyant, a doré leurs murailles.

**Prague.** — Un garçon de dix-neuf ans environ me conduisit au vieux cimetière juif, *alte Friedhof*. C'est un petit enclos d'un ou deux arpents, entouré de vieilles maisons, de vieux murs, tout plein de tombeaux. Les pierres touchent les pierres. Il y a de longues inscriptions en hébreu. La terre est pleine d'ossements israélites. De vieux sureaux ont atteint une prodigieuse grosseur. Ce sont les patriarches de l'endroit. Quelques-uns avaient un pied de diamètre. Le guide me dit qu'ils étaient vieux de six cents ans, et je peux bien le croire. Là sont les tombeaux de doctes rabbins, de bons lévites, de nobles aussi : car, dans ce pays, les juifs s'asseoient à côté des princes. Je n'avais jamais vu de cimetière juif auparavant, et ce terrain me fit une impression que je n'avais amais ressentie. J'ai une sympathie innée

pour ce peuple mystérieux, opprimé depuis des siècles,
toujours vivace pourtant. Je pensai aux services qu'il
a rendus au genre humain et à la récompense qu'il
en a reçue! Abraham, Isaac et Jacob, Moïse et les
prophètes me vinrent en mémoire, et aussi celui qui
fut le point culminant de l'hébraïsme, la fleur de sa
nation. Je n'oublierai jamais les sentiments que j'éprou-
vai en déposant pieusement une pierre sur la tombe
d'un patriarche mort depuis mille ans, et je cueillis
une feuille du sureau dont les racines plongeaient dans
ses cendres.

Berlin. — Entendu W. sur la logique. Il insista longtemps sur la *Bestimmtheit* (détermination). Quand il
lui fallait toucher à quelque chose de bien profond, il
se mettait le bout de l'index entre les yeux, sur l'organe
de l'individualité, et l'abaissait ensuite graduellement
tout le long du nez. Il descend si profondément au-
dessous de la nature des choses qu'il faut quitter, non-
seulement ses habits, mais encore toute sa *Sinnlichkeit*
(l'être sensible), sa mémoire, son sens commun, son
imagination, ses affections. Alors on devient un *blosser
Geist* (un pur esprit), et l'on peut s'enfoncer, s'enfoncer, dans la mer de la philosophie. — *Memento* le jeune
étudiant, à face de poudingue, qui tâcha de saisir la
distinction entre *Dasein* et *réalité* sans y parvenir...

Entendu Schelling[1] sur la philosophie de la révéla-

1. Schelling était entré depuis quelque temps dans sa *dernière
manière*, c'est-à-dire dans sa tentative manquée d'abattre l'hégé-
lianisme et de restaurer l'orthodoxie luthérienne.

tion (*Offenbarung's Philosophie*)... Il a environ soixante-
dix ans. Il est petit, cinq pieds au plus, regard doux,
nez court et un peu relevé, cheveux d'un blanc de
neige, front large, grande bouche, teint pâle, yeux
bleus, jadis très-brillants. Sa voix est faible. Il a perdu
quelques dents, ce qui fait que son articulation n'est
plus très-distincte. L'auditoire se compose de cent cinquante à deux cents personnes... Il me semble regret-
table qu'il ait ouvert ce cours. La plupart de ses auditeurs, m'a-t-on dit, n'y viennent que par curiosité, pour
voir un homme illustre et sourire à l'ouïe de ses
doctrines. D'autres n'y viennent même que pour se
moquer des sénilités d'un homme qui vient « aplatir la
tête au grand serpent du scepticisme, comme si c'était
un saucisson de Gœttingue. » Bien peu, à présent,
adoptent ses idées; on respecte pourtant un homme qui
a tant fait pour la philosophie. Mais les hégéliens le
regardent comme un ennemi du libéralisme, appelé à
Berlin pour aider au maintien de l'ordre de choses
existant.

Il entendit encore à Berlin MM. Vatke, Michelet,
Twesten, Steffens, etc. A Halle il fit la connaissance de M. Tholuck, et à Heidelberg il se lia
d'amitié avec MM. Schlosser et Gervinus. Ce dernier, qui n'avait encore que vingt-cinq ans, venait
d'être appelé à l'université. Nous trouvons, dans
le journal de Parker, un aperçu dont la situation
théologique de l'heure actuelle atteste la finesse et

la perspicacité. C'est en 1844 qu'il écrivait ce qui suit :

Gervinus pense que l'influence de Strauss est finie. Ullmann en dit autant. Je crois qu'ils se trompent. La première influence, celle du tapage, est finie, cela n'est pas douteux. Mais ce qu'il a mis de vérité dans son livre est tombé au fond de la théologie allemande, et la réformera. Il en fut de même des doutes si fièrement exprimés dans les fragments de Wolfenbüttel. On prend souvent une cessation de moyens pour une cessation de la fin. Strauss n'organise pas de parti; son action n'est donc pas visible. Mais ses idées ne sont ni mortes, ni inactives, je m'imagine. Elles feront leur chemin, après tout. Peu à peu, ce qu'elles ont de faux sera éliminé et oublié. Alors paraîtra la vérité de son livre.

Quelques jours après il était à Wittemberg.

Nous entrâmes dans l'église par la porte où Luther afficha ses quatre-vingt-quinze thèses. J'en achetai un exemplaire dans l'église même. C'est une brochure de seize pages. Quel changement depuis ce jour-là! Et quand cette œuvre finira-t-elle? La nuit vint. Je me promenai devant cette porte et m'abandonnai au cours de mes pensées. L'étoile du soir scintillait au ciel. Quelques rares passants allaient et venaient. Un air doux tombait sur ma tête. Je sentis l'esprit du grand réformateur. Trois siècles et un quart! Et quel changement! Dans trois siècles et un quart, on dira que la religion protestante a fait peu de chose jusqu'au moment où nous sommes, en comparaison de ce qui a été fait depuis lors. Oui, si cette œuvre est de Dieu [1]

En allant à Tubingue, il fit route avec un jeune homme qui s'intitulait *Bekleidung's-Kunst-Assessor* (assesseur dans l'art de l'habillement), pour ne pas dire garçon tailleur. Il voyageait, disait-il, en vue des *æsthetischen Angelegenheiten seines Herzens* (intérêts esthétiques de son cœur). Il allait sans doute voir sa promise.

A Tubingue il vit les professeurs Ewald et Baur. Il fut enchanté de l'accueil que lui fit le premier, dont il ne faut pas juger les manières par le style injurieux de ses ouvrages de controverse. A Bâle il fut cordialement accueilli par le professeur De Wette. Il visita également l'Université de Bonn, et de retour en Angleterre, il eut la bonne fortune de se rencontrer en petit comité avec Carlyle, Sterling et enfin M. Martineau, l'éminent prédicateur unitaire, pour lequel il prêcha.

---

1. Sur la place du Marché, à Wittemberg, est une statue en bronze de Luther avec cette inscription :

> Ist's Gotteswerk, so wird's bestehen;
> Ist's Menschenwerk, wird's untergehen.

c'est-à-dire :

> Si cette œuvre est de Dieu, elle subsistera ;
> Si c'est l'œuvre de l'homme, elle disparaîtra.

Le temps du retour était venu. Comme on l'a pu remarquer, au milieu des surprises et des enchantements de son voyage en Europe, le sentiment de sa mission comme théologien réformateur ne l'avait pas quitté. Ses idées libérales, soit en politique, soit en religion, s'étaient fortifiées de tout ce qu'il avait vu. Il avait pressenti, dans notre vieux monde, les signes non douteux d'une transformation religieuse. Mais il avait vu aussi l'énorme force de résistance que des traditions et des institutions séculaires, fondues en quelque sorte dans le sang des peuples de l'Europe, opposaient, par leur seule inertie, aux travaux des hommes d'avenir et de progrès religieux. Il était donc revenu plus convaincu que jamais de la nécessité de cette rénovation spirituelle, et en même temps plein de l'espoir qu'en Amérique, sur cette terre encore si jeune, au sein de cette Union qui comptait à peine un demi-siècle d'âge, l'avénement de l'ère nouvelle serait plus prompt, moins pénible que chez nous. Sans avoir la prétention d'en être l'initiateur en titre, il se sentait appelé à la hâter de sa parole et de sa plume. Il ne lui eût pas été possible de résister à cette vocation.

# CHAPITRE V.

Renouvellement de la lutte. — Le Mélodéon. — Appel définitif à Boston. — Une bonne dame. — Les lectures. — La journée d'un pasteur. — Joies et tristesses. — Les enfants. — Les convertis.

C'est dans l'automne de 1844 qu'à la grande joie de ses paroissiens, Théodore Parker revint dans sa modeste cure de West-Roxbury. Mais il était à prévoir qu'il n'y resterait pas longtemps. A peine était-il de retour que la guerre contre ses idées et sa personne recommença. Des discours sur *les Signes du Temps*, un sermon sur ce texte, dont on devine l'application : *Aucun des chefs ou des Pharisiens a-t-il cru en lui*[1] *?* des charges énergiques contre le pharisaïsme ecclésiastique, ne contribuèrent pas à la faire cesser. Plus que jamais

1. Jean, vii, 48.

il fut mis à l'index de la société unitaire, à plus
forte raison de la majorité orthodoxe. Ses partisans
de Boston crurent donc le moment venu de lui
offrir le moyen de prêcher chaque dimanche dans
cette ville, et, à partir du 16 février 1845, il tint
des prédications hebdomadaires dans une vaste
salle appelée *Mélodéon*, et dont l'usage, pendant la
semaine, n'avait rien de très-édifiant. On y donnait
des concerts, des représentations théâtrales. Quelquefois le prédicateur, en montant le dimanche
matin dans sa chaire, apercevait les frivoles instruments des plaisirs de la veille, qu'on avait à peine
eu le temps de ranger dans un coin de l'édifice.
Mais la nécessité faisait loi, aucun autre local
n'était alors disponible, et d'ailleurs les Américains
là-dessus n'ont pas notre susceptibilité. Le prédicateur et l'auditoire ne tardaient pas à oublier
complétement tout le reste pour se concentrer sur
de hautes et solennelles pensées. Si l'habit n'a
jamais fait le moine, le temple fait encore bien
moins le prédicateur. Bientôt, en dépit des anathèmes, la salle devint trop petite pour contenir
un auditoire qui allait toujours en grossissant.
Avec l'éminent prédicateur, M. Henry Ward Beecher, frère de l'auteur de l'*Oncle Tom*, Théodore
Parker a été jusqu'à sa mort l'orateur le plus
écouté de l'Amérique.

Extraits de son journal :

16 février 1845. — J'ai prêché aujourd'hui pour la première fois au Mélodéon. Le temps était très-défavorable, pluvieux, de la neige épaisse dans les rues qu'on ne pouvait traverser qu'avec difficulté. Cependant il y avait un nombreux auditoire, en majorité composé d'hommes, tout différent de mes auditoires ordinaires. J'ai senti la grandeur de la circonstance; je l'ai même trop sentie. Je n'étais pas à mon aise pendant le service. Je me voyais comme un homme entouré de quelques amis, de quelques ennemis et de beaucoup d'étrangers. Ce jour a été un jour de combat. Une longue, longue campagne s'ouvre devant moi. M'en montrerai-je digne? Combien puis-je faire? Combien supporter? Je ne sais. Je regarde seulement à l'âme de mon âme, sans confiance exagérée en moi-même, mais avec une foi de diamant en Dieu.

Les félicitations de quelques amis m'ont fait beaucoup de bien. J'aime à sentir la main d'un ami. M⁰⁰ *** est venue me trouver dans la petite chambre, et m'a pris la main. Je suis un enfant en certaines choses. J'espère que je le serai toujours.

3 mars. — Je n'ai qu'une ressource, c'est de vaincre le mal par le bien, beaucoup de mal avec plus de bien, du vieux mal avec de nouveau bien. Quelquefois, quand je reçois une insulte toute fraîche, elle me fait bouillir le sang pour un moment; puis cela passe, et je cherche, s'il est possible, à faire en secret quelque bien à la per-

sonne qui m'a offensé. C'est étrange comme cela enlève
la douleur d'une blessure. Être fidèle à Dieu et au talent unique [1], que la mort seule doit enfouir, cela
dépend de moi. Qu'on sache que je le suis, cela dépend
des autres, et s'ils ne le savent pas, eh bien! c'est leur
affaire, non la mienne. Quelquefois, je voudrais que la
mort vînt m'endormir au bruissement de ses ailes. Mais
bientôt la foi coupe court à ce murmure, et je me borne
à dire : *Ta volonté soit faite !*

Cependant le succès croissant de ses prédications
à Boston détermina ses amis à faire un pas de plus,
et profitant de l'entière liberté religieuse qui règne
en Amérique, ils s'organisèrent en communauté
distincte et invitèrent Parker à se mettre, comme
pasteur, à leur tête. Parker devait pour cela
rompre les liens officiels qui le rattachaient encore
à l'unitarisme constitué de la Nouvelle Angleterre.
Quant aux liens officieux, il ne furent jamais dé-
truits totalement, et quelles que soient les sorties
échappées parfois à sa verve, il ne fut jamais autre
chose, au fond, qu'un ministre unitaire plus
avancé que les autres. Il lui en coûta toutefois de
se séparer de sa chère petite paroisse de West-
Roxbury. Il exprima ses regrets à ses paroissiens
dans un touchant langage, les remerciant de leur

---

1. Allusion à la parabole des talents.

confiance, de leurs sympathies, qui ne s'étaient pas
un moment démenties. « Mon désir, leur dit-il, eût
été de rester toujours avec vous. Mais le devoir
m'appelle ailleurs. » Il alléguait, pour justifier son
départ, l'excommunication tacite dont il était
l'objet de la part de presque tous ses collègues,
laquelle équivalait pour lui à l'exclusion de toutes
les chaires importantes, et la nécessité où il se
trouvait de répandre la vérité autant que possible
dans les grands centres d'où elle pouvait rayonner
au loin.

La société religieuse formée par les paroissiens
de Parker ne voulut pas se donner un nom de
secte. En réalité, ce n'était pas une Église à part
que Parker et ses amis voulaient fonder. Ils ne
prétendaient nullement renverser les anciennes en
se substituant à elles par la voie du prosélytisme.
Leur ambition était de reprendre en sous-œuvre le
rôle utile et fécond que l'unitarisme, pour le moment, n'avait pas le courage de remplir, c'est-à-
dire de fomenter un levain réformateur dont l'action régénératrice se ferait sentir tôt ou tard dans
les cadres des autres communautés. C'est pour
mieux encore marquer ce rôle, qui ne surprendra
aucune personne bien renseignée sur les idées ré-
gnantes parmi les protestants en matière d'Église,
que la paroisse de Parker s'organisa sous le simple

nom de « Vingt-huitième Congrégation de Boston.» Son sermon d'entrée en fonction roula sur la *vraie idée d'une Église chrétienne* [1], c'est-à-dire sur le but que doit se proposer une Église, fidèle au caractère chrétien et au principe essentiel du christianisme, pour remplir sa mission au sein d'une société qui a ses grandeurs, ses besoins, ses misères propres, et qui ne trouve la plupart du temps dans les églises traditionnelles que des institutions et des maximes faites pour le moyen âge, tout au plus pour les deux derniers siècles, rien qui réponde réellement et puissamment aux aspirations du nôtre. Une foule compacte accueillit avec sympathie ce mâle et franc discours. Depuis lors, la salle du Mélodéon fut trop petite, chaque dimanche, pour contenir tous ceux qui eussent voulu s'abreuver à cette source vive que le Saint-Esprit venait de faire jaillir sur le sol souvent aride de l'unitarisme américain.

Depuis lors aussi, le désir de l'entendre devint plus grand dans les villes voisines. Il put monter dans plus d'une chaire dont le titulaire sympathisait avec ses vues générales. Parfois même il put prêcher son christianisme tout à la fois si positif et si avancé sous le voile de l'incognito. C'est à

1. Voir la traduction de quelques fragments de ce sermon vers la fin du volume.

l'une de ces occasions qu'une bonne dame, transportée d'aise à l'ouïe de son beau sermon, s'écriait toute ravie : « Oh ! si cet incrédule de Théodore Parker avait pu entendre cela ! »

Cependant on ne pouvait espérer que la défiance dont il était l'objet, au sein des cercles et des corps ecclésiastiques, fît place d'une manière notable à des procédés plus fraternels. Les ministres et les consistoires qui le repoussaient ne faisaient, il faut le dire, que se conformer à l'opinion de la grande majorité du moment. Dans cet état de choses, et malgré la notoriété que valaient à ses idées ses prédications de Boston, sténographiées séance tenante, propagées par la presse jusqu'aux confins les plus reculés du territoire, jusque chez les pionniers des solitudes occidentales [1], Parker ne se sentait pas encore en possession d'un levier assez puissant pour soulever le lourd fardeau d'ignorance et d'étroitesse religieuse qui pesait sur la société américaine. C'est alors qu'il réalisa en grand un plan qu'il avait conçu depuis quelque temps, et qui même avait déjà reçu un commencement d'exécution. Ce plan était de profiter des puissants moyens de communication que le nord des États-

1. On a calculé que quelques-uns de ses sermons avaient atteint un tirage de plusieurs centaines de milliers d'exemplaires.

Unis avait déjà multipliés à la surface de son immense territoire, pour faire de nombreuses *lectures* ou conférences dans les différentes villes de l'Union. Dès le premier hiver il en fit quarante, en autant de lieux différents. Ce chiffre s'éleva jusqu'à quatre-vingts et même jusqu'à cent *lectures* par an. On calcule qu'il pouvait se faire entendre annuellement par ce moyen à plus de cent mille personnes. Il était rare que les sujets de ses conférences roulassent directement sur les questions religieuses. Il n'eût trouvé presque nulle part de local ni d'auditoire, s'il avait annoncé de pareils sujets. Mais il faut admirer la naïveté de ceux qui croyaient pouvoir impunément écouter l'orateur de Boston sur les beaux-arts, la politique, la littérature, l'économie sociale, sans être infectés des venins d'hérésie que recélaient nécessairement les prémisses et les conséquences. Du reste, il fallait toute l'énergie, tout le savoir et toute l'imagination de Parker pour tenir tête à un pareil travail; car ces excursions, qui l'entraînaient souvent à plus de cent lieues de Boston, ne faisaient aucun tort à ces occupations pastorales. Il soignait beaucoup la composition de ses discours hebdomadaires. Il avait chez lui des réunions à heures fixes, où il recevait ses amis, ceux qui désiraient le devenir, des proscrits de tous les pays qu'il aidait de ses conseils et de sa bourse, des esclaves échappés des États du sud, etc. Sa conversation était, paraît-il, d'une vivacité entraînante, pleine d'*humour* et d'originalité, bien que roulant toujours sur les sujets les plus sérieux. Puis c'étaient des familles en deuil, des pauvres, des malades, des prisonniers qui réclamaient son ministère. Le tiers de son revenu annuel s'en allait en charités de divers genres. Il était aidé par quelques dames dévouées [1] qui, sous sa direction, faisaient rayonner la bienfaisance dans les plus misérables quartiers. Sa seule dépense considérable consistait en livres, car il lisait toujours beaucoup, et il se montait une superbe bibliothèque : on est littéralement effrayé en voyant sur son journal le chiffre de ses lectures annuelles. Il trouva encore le moyen de fonder, avec quelques amis, la *Revue trimestrielle du Massachussets* [2], et de la rédiger presque seul pendant trois ans. Il dut y renoncer, faute d'un nombre suffisant de collaborateurs, et parce que des préoccupations croissantes, d'un genre tout spécial, vinrent absorber de plus en plus sa pensée. « Le temps, disait-il parfois, s'étend, quand on veut, comme de la gomme

---

1. L'une d'elles, Mlle Stevenson, est devenue la miss Nightingale de l'armée unioniste. Le gouvernement fédéral lui a confié la direction d'un immense hôpital militaire.

2. *Massachussset's Quaterly Review.*

élastique.» Nous transcrirons ici, d'après son journal, l'emploi d'une de ses journées.

Été à la poste, cousu les feuillets de mon sermon de Pâques, commencé à écrire sur la matière, quand 1. entre M<sup>me</sup> K<sup>***</sup> qui avait à me parler de ses affaires matrimoniales; elle est restée jusqu'à près de onze heures; alors est survenu 2. M. Mackay, et comme nous causions de choses et d'autres, on annonça que 3. le docteur Papin était en bas. Je vais le trouver et rencontre 4. R. W. Emerson qui montait. Je le laisse dans mon cabinet et vois le docteur qui venait chercher des secours pour une pauvre femme; je remonte, nous parlons du nouveau journal. Les numéros 3, 4 et 2 s'en vont l'un après l'autre, et je descends l'escalier, quand tout à coup apparaît 5. George Ripley : nous voici causant de l'état de la civilisation, des perspectives de l'humanité, etc. Vient le dîner, une heure. Été voir M. N<sup>***</sup>, qui n'était pas chez lui. Visité d'autres personnes dans l'après-midi. A sept et demi, de nouveau à mon sermon. Une minute après, arrive 6. M. F. C. qui avait besoin d'emprunter douze dollars que je lui prêtai bien volontiers. De nouveau à écrire. A huit heures et un quart, survient 7. M. M<sup>***</sup>. Pour le coup, plus de chance de travailler; je quitte mon cabinet et descends au salon. Un peu avant neuf heures, on sonne, et alors 8. apparaît M. S<sup>***</sup>, désirant tuer un homme qui avait eu des torts envers un de ses amis et venant me montrer son cartel. J'ai brûlé le cartel après un long entretien, mais je n'ai pas complétement réussi à apaiser ses sentiments vindicatifs. A dix heures, il s'est retiré ; à onze heures moins un quart, j'en ai fait autant, pour me reposer, non pour beaucoup dormir.

Il était en effet assez souvent poursuivi par l'insomnie. Au milieu de cette vie si occupée, embellie par l'affection d'une femme dévouée et d'amis d'élite, — parmi lesquels nous pouvons citer MM. R. W. Emerson, le célèbre écrivain ; Sumner, le légiste distingué, et en ce moment le plus grand orateur du congrès américain ; Desor, le savant professeur de Neuchâtel, alors fixé pour quelque temps en Amérique, et beaucoup d'autres notabilités de la presse, du barreau, de la chaire et du commerce, — Théodore Parker avait pourtant ses chagrins. Il souffrait plus qu'il ne le voulait dire de son impopularité comme théologien, des rancunes, des colères, de la malveillance dont il rencontrait à chaque instant les pénibles marques. Il se prenait parfois à douter, non pas de la vérité qu'il annonçait, mais de sa capacité de la faire triompher, et cette pensée, chez les hommes à la fois humbles et courageux, est amère. Souvent aussi il avait le chagrin de s'apercevoir que plusieurs de ceux qui avaient recours à son ministère, ne se rattachaient à lui que dans l'idée de joindre

les avantages d'une affiliation à une communauté
religieuse établie à ceux d'une réduction des
charges et de la vie religieuses à leur plus minime
expression. C'est une triste expérience que font
souvent les hommes du progrès religieux, et à laquelle ils doivent se résigner. Voici quelques extraits de son journal :

Noël 1847. — J'ai reçu aujourd'hui la traduction allemande de mes discours par l'archidiacre Wolff, de Kiel.
La vue de ce livre m'a procuré des battements de cœur
comme j'en ai eu bien rarement pour une cause en
apparence aussi futile. J'ai lu la préface où le traduc-
teur parle de moi avec tant de bonté, et j'ai pleuré. Est-il
possible que je sois par la suite une puissance dans le
monde, capable de remuer les hommes, que mon nom
devienne un nom d'influence, un nom capable d'enflam-
mer les cœurs pour la bonté et la piété! Je me soucie
peu de la renommée. Mais être parvenu à faire avancer
un peu le genre humain, cette pensée me ravirait.

Oui, en lisant cela, en me rappelant aussi comme j'ai
été traité par ici, je dois l'avouer, j'ai pleuré. Et puis
j'ai senti que ces larmes me faisaient du bien. Dieu me
donne de faire plus et d'être meilleur à mesure que les
années viendront!

Février 1848. — Mardi dernier, j'ai présidé aux funérailles d'un enfant de cinq à six ans. Les parents ne
croyaient pas à la survivance consciente et continue de
l'âme. C'était affreusement triste. Les amis de la famille,

avec qui je m'entretins, étaient superficiels et affectés.
J'ai rarement assisté à de plus lugubres funérailles.
Ils ne voulaient pas de formulaire de prière, mais, pour
la décence, ils voulaient un ministre et un discours.
Je suppose qu'ils m'avaient envoyé chercher comme
un *minimum* de ministre. J'ai tâché de leur donner
le *maximum* d'humanité, pendant que leurs cœurs
étaient froissés et leurs âmes remuées par la douleur.
Le père me semblait un brave homme, de bon caractère,
mais victime d'une mauvaise méthode philosophique.
Je ne comprends pas comment on peut vivre sans un
sentiment continu de l'immortalité. Je suis sûr que je
serais misérable sans la certitude que j'en ai.

Un autre de ses chagrins, plus intime, c'était de
n'avoir pas d'enfants. Les livres, les fleurs, les enfants, formaient ses trois grandes passions. Nous
savons ce qu'il faisait des livres. Quant aux fleurs,
elles l'inspiraient. C'est au point qu'il prêchait plus
éloquemment quand il en avait sur sa chaire, et
que des mains amies prirent soin de la fleurir
chaque dimanche. Ceci est peut-être d'un goût
contestable, du moins pour nous Européens. Mais
les enfants surtout étaient pour lui l'objet d'un
véritable culte. Souvent on le surprit dans son cabinet, ayant interrompu ses graves occupations
pour se prêter aux caprices de marmots du voisinage qui avaient toujours leurs entrées libres dans

sa maison. « Un homme qui n'a pas d'enfants,
écrivait-il en 1846 à une dame de ses amies, est
privé non-seulement d'une grande consolation
et d'une grande joie, mais aussi d'un élément très-
important de son éducation. J'ai toujours noté ce
fait chez d'autres, je le sens dans ma propre destinée. »

Voici deux lettres en réponse à des communications que des paroissiens lui avaient faites de la
récente naissance de leurs enfants :

Je vous remercie d'avoir pensé si amicalement à moi
dans ce transport de joie qui vient inonder votre foyer
et vos cœurs — non, votre cœur, car il n'y en a qu'un
pour le mari et la femme, surtout en pareil moment.
J'ai, par sympathie, des fils et des filles dans le bonheur
de mes amis. J'attendais la nouvelle de cet événement
dans votre famille. Dieu bénisse le petit immortel, le
petit Messie, qui vient animer et bénir le monde de
votre intérieur !

C'est ma destinée de n'avoir pas de petits mignons
que je puisse dire à moi. Cependant je ne suis pas moins
heureux des bénédictions célestes qui favorisent mes
amis. Ce qui m'a le plus manqué, quand je suis venu de
Roxbury à Boston, c'est la société des bambins du voisinage que je voyais plusieurs fois par jour, que je ca-
ressais, et portais, et faisais trotter, et dorlotais de
toute manière, comme s'ils eussent été à moi.

Bien. Dieu bénisse la vie qui est donnée, et la vie qui est épargnée, et la vie qui est si heureuse des deux autres! Je remercie la jeune mère de s'être rappelé un vieil ami dans une pareille heure.

En revanche, une de ses plus grandes joies, de ses meilleures consolations, était d'apprendre que des âmes rongées par le doute, tourmentées d'irréligion, avaient retrouvé la paix et l'espérance à l'ouïe de ses prédications ou à la lecture de ses livres. Cette joie lui fut souvent accordée. Nous transcrirons, à titre de spécimen de sa correspondance avec ses convertis, les deux lettres suivantes: la première adressée en 1848 à un médecin d'Utica (New-York), la seconde à une femme de haute distinction comme penseur et comme écrivain, et qui, d'Angleterre où elle avait lu plusieurs de ses ouvrages, lui avait envoyé les premières expressions d'une affection reconnaissante que la mort est loin d'avoir éteinte.

2 octobre 1846. — Je vous remercie des aimables choses que vous dites de mes écrits. J'espère sincèrement qu'ils pourront contribuer un peu à diriger l'attention des hommes sur les grandes réalités de la religion et les encourager à faire de notre terre le paradis que Dieu veut. Je vois bien des signes qui font espérer.

Ici, à Boston et dans le voisinage, Il s'opère un grand
changement en mieux depuis une demi-douzaine d'années. On n'insiste plus autant qu'auparavant sur ce qui
passe pour miraculeux dans le christianisme. Plus j'étu-
die la nature de l'homme et l'histoire de ses progrès,
plus je suis rempli d'admiration pour le génie de Jésus
de Nazareth, d'amour ardent pour son magnifique caractère et sa noble vie. Il est le représentant le plus
parfait du genre humain jusqu'à présent, et le christianisme en est la plus grande idée. Que l'on calcule les
résultats du christianisme, et l'on verra qu'il est le plus
grand fait de l'histoire.

Mais je ne vois dans tout ce qui a été fait jusqu'à présent que le printemps de la religion, les quelques jours
chauds de mars, qui fondent la neige sur les pentes les
mieux exposées des collines et ne font encore que promettre les violettes et les roses. L'été réel et l'automne
du christianisme sont, je le pense, bien loin encore.
Mais ils viendront, et tout homme de bien, toute bonne
action, toute bonne pensée, tout bon sentiment, hâtent
leur venue.

A mademoiselle Cobbe, en Angleterre. 5 mai 1848. —
Ma chère amie, votre lettre du 4 avril m'a fait éprou-
ver de vraies délices. Je suis extrêmement heureux
d'avoir réussi à dissiper les difficultés qui embarrassaient votre chemin sur le terrain de la religion, et
votre aimable lettre m'a réchauffé le cœur encore une
fois en me faisant penser que j'avais de nouveau porté
secours à l'une de mes semblables que peut-être je ne

verrai jamais[1]. Votre histoire ajoute un intérêt de plus
à tout cela. Je sais combien vous avez dû souffrir sous
le joug de cette théologie orthodoxe qu'on vous avait
appris à accepter sous le nom de religion, et que vous
ne pouviez ni admettre ni encore moins trouver propre
à vous satisfaire. Nous avons la même orthodoxie en
Amérique, seulement, pensons-nous, un peu plus —
comme chaque chose est un peu plus — intense de ce
côté de l'eau...

Vous me demandez si Jésus croyait aux peines éternelles, etc., ou pourquoi, n'y croyant pas, je me dis
chrétien si Jésus y croyait. Je ne pense pas qu'il y crût.
Je ne vois pas comment il y pouvait croire. Je doute
que Paul lui-même y ait cru. Hé quoi! Jésus n'enseigne-
t-il pas que Dieu aime tous les hommes, les pécheurs
aussi bien que les saints? Je sais qu'il y a plusieurs
passages, quelques paraboles, qui enseignent clairement cette odieuse doctrine. Pourtant je ne crois pas
que Jésus l'ait enseignée. Il était facile à des Juifs de se
méprendre sur ses paroles et de rapporter pareille
chose de lui longtemps après sa mort. Je ne saurais
attribuer une très-grande autorité historique aux évangiles, ils indiquent plutôt les faits qu'ils ne les décri-
vent. — Je me dis chrétien parce que je crois que Jésus

1. Les relations d'amitié qui s'établirent ainsi par correspondance s'entretinrent par la même voie. Douze ans seulement
après la lettre que nous reproduisons, mademoiselle Cobbe put
rencontrer enfin son ami et son maître; mais ce fut, hélas! pour
assister à ses derniers moments.

a enseigné la religion absolue, bonté et piété, libre
bonté, libre piété, libre pensée. Il fut, à certains égards,
atteint des erreurs de son pays et de son temps. Mais
Il a rendu aux hommes un tel service en leur donnant
la *vraie méthode de religion*, que j'aime à me dire chrétien par reconnaissance. Mais je ne penserais pas mal
d'un autre qui n'aimerait pas ce nom; je doute même
que Jésus eût recommandé de l'adopter.

Citons encore cette lettre qu'il reçut d'un jeune
homme qui lui écrivait du *far west* :

Je voudrais pouvoir vous exprimer sur ce papier mes
sentiments, la joie, la paix, la satisfaction que je goûte
en contemplant les pensées du bon Dieu dans ses
œuvres. Il n'y a pas longtemps encore que la pensée de
Dieu était la plus terrible qui pût me traverser l'esprit.
Quelle agonie désespérée j'ai endurée, quand, durant
des nuits mortelles, je pensais à l'enfer éternel vers
lequel, selon toute probabilité, je m'avançais à grands
pas! Et pourtant le sombre et hideux enfer de la théologie chrétienne était préférable à son idée de Dieu.
Mais, Dieu merci, ce temps est derrière moi, bien qu'il
soit dur d'entendre chuchoter le mot d'*incrédule* à ses
oreilles et de voir se détourner des amis que je consi-
dérais naguère comme mes amis de cœur. Pourtant je
supporte volontiers cela. Oh! j'en supporterais dix fois
plus pour ne pas revenir à ma première croyance.
J'ai de nouvelles pensées, de nouvelles perspectives,

de nouvelles aspirations; toutes choses sont nouvelles,
nouveaux cieux, nouvelle terre, et pas d'avenir sombre
par delà. Je vois, en avant, une splendeur glorieuse,
immense, et je marche en avant avec une paix, un
calme qui m'étonne moi-même. Je n'ai plus peur, car
je ne saurais avoir peur de Celui qui est bon.

Bien d'autres témoignages du même genre seraient encore à notre disposition, s'il était besoin
de s'étendre davantage. Tous ceux qui, de près ou
de loin, se sont trouvés dans une position analogue
à celle de Théodore Parker, comprendront que de
pareilles communications fussent pour lui autant
de ravissements. Ils comprendront, par conséquent, cette parole qu'on lit dans une lettre à l'un
de ses amis : « Un poète n'a pas plus de joie à
chanter que moi à prêcher. »

# CHAPITRE VI.

## UN RÉFORMATEUR AMÉRICAIN.

L'idée de la perfection. — La vie ordinaire et la vie religieuse. — Le bigotisme protestant. — La religion vivifiante. — L'Évangile et le bouddhisme. — La société américaine. — Les quatre grands pouvoirs. — Les misères sociales. — Comment il n'est pas toujours facile de faire du bien. — Les deux principes politiques. — Un semeur sorti pour semer. — Le chant de l'ivrogne et le texte du ministre. — Music-Hall. — La prédication de Parker. — Sermons et discours politiques. — Philanthropie. — Détesté, mais écouté.

Il importe de se rendre compte d'une manière plus précise encore du but que Théodore Parker s'était proposé et des moyens qu'il mit en œuvre pour l'atteindre.

Pour lui, nous l'avons vu, la religion répondait à un besoin inné de la nature humaine et devait être le levain purificateur, le mobile vivifiant de l'activité quotidienne. Être religieux et viser à la perfection sur tous les domaines qu'il est donné à l'homme de parcourir, pour lui c'était tout un.

Car si sa religion se résumait dans l'amour de
Dieu, son Dieu, qu'il se gardait bien de définir,
était essentiellement la perfection vivante, absolue.

La liberté la plus entière, civile, politique, religieuse, est une des premières conséquences de tels
principes, une des premières exigences de leur
application. Car l'homme ne peut se développer
dans le sens du perfectionnement de son être que
moyennant la liberté. Quand on voit ce que, grâce
à une liberté si souvent restreinte, à un développement encore bien entravé, l'homme a déjà réalisé de progrès, de réformes, de conquêtes, sur la
nature brute; quand on observe qu'en définitive
la vraie moralité et la vraie piété profitent régulièrement des découvertes ou des améliorations
émancipant l'homme des servitudes et des entraî-
nements de la vie purement sensuelle; quand on
saisit, et dans l'histoire, et dans son propre cœur,
cette loi du perfectionnement continu, qui n'est
autre chose que l'action incessante du Créateur
sur sa créature intelligente qu'il attire vers sa perfection à lui-même, qu'il fait venir à lui en faisant
briller à ses yeux la splendeur de l'idéal, — la religion change nécessairement non pas de principe,
mais de formes et de contenu. Si elle est la conscience et le resserrement volontaire du lien qui

unit l'homme à Dieu, il est clair qu'elle doit inspirer surtout un sentiment profond et continu du
devoir du perfectionnement en soi et autour de
soi. Donc le culte, public ou privé, l'exercice religieux en général, au lieu d'être son propre *but* à
lui-même ou la monnaie d'un salut qui s'achète,
devient un ensemble de *moyens* dont le but est
d'activer et de faciliter le perfectionnement de
l'homme tout entier, corps, intelligence et cœur.

Ceci mérite qu'on s'y arrête. Dans les temps où,
étranger à l'idée de progrès, l'homme ne voyait
dans la Divinité qu'une formidable puissance avec
laquelle il fallait avant tout se mettre en règle,
coûte que coûte, moyennant des rites magiques ou
des absolutions sacerdotales, ou des professions de
dogmes pour ainsi dire *salutifères,* la vie religieuse
et la vie ordinaire faisaient deux choses non-seulement distinctes, mais encore séparées; juxtapo-
sées l'une à l'autre, mais sans pénétration réciproque. L'homme travaillait, gagnait, se mariait,
se livrait aux plaisirs de son choix et aux labeurs
de sa position ; *et puis,* il priait, il observait des
rites, il fréquentait des prêtres, il hantait des
églises, il récitait son chapelet de litanies ou de
dogmes. Sans doute les religions quelque peu dé-
veloppées, le christianisme surtout, même sous ses
formes les plus imparfaites, ont toujours pré-

tendu diriger aussi la vie ordinaire par leur enseignement moral ; mais comme les inévitables
transgressions étaient expiées ou compensées par
l'un ou l'autre des moyens extérieurs et factices
que nous avons énumérés, il en résultait qu'en
fin de compte la vie religieuse reprenait, avec sa
supériorité sur la vie ordinaire, son caractère à
part et continuait de former l'antithèse pure et
simple de celle-ci.

C'est ainsi que, pour être religieux, il fallait
retrancher autant que possible sur la vie naturelle ;
par exemple, passer des heures, des jours, dans
des prières indéfiniment réitérées, dans les jeûnes,
dans les cérémonies religieuses. On *se retirait du
monde* pour *entrer en religion*. Le couvent, en effet,
était l'idéal. Tous n'y pouvaient entrer, parce que
tous n'en étaient pas capables. Mais ceux qui res-
taient en dehors n'avaient rien de mieux à faire
que de se rapprocher de la vie monastique autant
que le permettaient les exigences du siècle. Tout
cela était absurde, mais logique : Dieu et le monde
étaient censés séparés l'un de l'autre, opposés l'un
à l'autre; donc la vie religieuse et la vie du monde
devaient l'être aussi. Telle est, on peut le voir,
l'idée fondamentale qui détermine la direction
suivie par la piété catholique au moyen âge.

La réforme fit beaucoup pour briser ce dualisme.

Elle fit rentrer en grande partie la vie religieuse
dans la vie ordinaire. Ne reconnaissant plus de rite
magique ni de pouvoir sacerdotal réel, réhabilitant
le mariage et la vie de famille, déniant tout mérite
aux œuvres extérieures et n'admettant pas que
l'homme pût être sauvé autrement que par sa
propre foi individuelle et vraiment à lui, elle diminua considérablement le terrain visible, réservé,
qu'occupait avant elle la vie religieuse proprement
dite, mais elle rendit plus intense et plus continue
l'action des principes religieux sur les sentiments
et les actes de l'existence quotidienne. Cependant
elle ne sut pas aller jusqu'au bout de son principe. Son tort fut surtout de confondre la foi avec
l'adhésion à certaines thèses dogmatiques, lesquelles, restant souvent sans influence aucune sur
le cœur et la conscience, leur étaient en réalité
aussi extérieures, aussi étrangères, qu'avaient pu
l'être auparavant des paroles de prêtre ou des in-
dulgences de papier. Ce dualisme reposait encore
sur le point de vue, peu modifié théoriquement
par la réforme dans ses premiers jours, d'un Dieu
et d'un monde opposés l'un à l'autre. De là vint
que le protestantisme eut aussi et a encore son
bigotisme, son formalisme et son opposition mé-
ticuleuse à la vie pleinement humaine. L'opinion
s'établit souvent dans son sein que les hommes les

plus religieux étaient ceux qui lisaient le plus la
Bible, assistaient au plus grand nombre de prédications, priaient le plus souvent, professaient la
plus stricte fidélité à l'orthodoxie confessionnelle.
Le protestantisme eut son patois de Canaan,
comme le catholicisme a son jargon de sacristie,
et ce qui, en apparence, n'était qu'un ridicule,
était au fond l'indice d'une hostilité plus ou moins
avouée à la vie simple et naturelle. De là, en effet,
ce puritanisme sombre qui condamnait comme
diaboliques l'art, la science, la joie honnête. L'important, c'est qu'on *pratique*, dit le bigotisme ultra-
montain; l'essentiel, c'est qu'on *professe*, dit le
bigotisme protestant.

En cela, l'un et l'autre ont dévié de la pensée
chrétienne fondamentale. L'important, l'essentiel,
a dit Jésus, c'est qu'on aime. Aimez, et vous pra-
tiquerez ce qu'il faut faire; aimez, et vous verrez
ce qu'il faut croire. *Ama et fac quod vis* [1], a dit Augustin dans son meilleur moment; et nous ajou-
terons : *Ama et crede quod poteris* [2].

Supposons maintenant qu'au lieu de séparer
Dieu du monde, on voie dans le monde la mani-
festation permanente de Dieu lui-même; que l'on

---

1. Aime et fais ce que tu veux.
2. Aime et crois ce que tu peux.

cherche par conséquent les lois immanentes du
monde physique et moral, en se disant que ce sont
autant de volontés divines; que l'on arrive par
cette voie à la conclusion que l'homme est appelé
de Dieu à travailler, à vivre en société, comme
fils, époux et père, comme citoyen d'une ville et
d'un pays, comme membre enfin de la grande
famille humaine; que ce sont là les sphères, non
contraires, mais concentriques, dans lesquelles
doit se déployer son être et se réaliser son perfectionnement, — dès lors la religion, consistant
uniquement en formes, en rites et en dogmes,
aura perdu toute espèce de valeur. La doctrine
religieuse essentielle posera quelques principes,
très-riches d'applications, mais très-simples en
eux-mêmes. La vie religieuse tiendra relativement peu de place dans l'existence en tant que
vie distincte, mais — et c'est là le grand côté de
ce point de vue — elle agira du dedans sur cette
existence tout entière. Elle en fera une prière
continue. Selon la profonde expression d'un apôtre, le manger et le boire, le sommeil et la veille,
le repos et le travail, tout sera *à la gloire de Dieu.*
Le laboureur à la charrue, l'ouvrier au chantier
ou à l'usine, la mère au berceau de son enfant,
l'homme d'affaires dans son cabinet, l'artiste
à son atelier, le savant dans ses recherches, tous

porteront partout, dans les petites choses comme
dans les grandes, leur désir, leur soif de perfection. C'est par religion que l'on voudra donner
à tout le cachet du soigné, du beau, du noble, du
bien ; en un mot, du parfait. C'est par religion que
l'on s'abstiendra de ce qui souille, énerve ou asser-
vit l'âme. C'est par religion qu'on travaillera à
l'extinction des misères et des corruptions sociales.
C'est par religion qu'on sera libéral en politique,
réformateur pacifique et philanthrope ingénieux.
C'est par religion que l'on voudra s'instruire et
s'instruire encore, et que les autres aussi puissent
toujours plus s'instruire. « Plus de lumière, on
n'y voit jamais trop, » tel sera l'hommage conti-
nuel qu'une telle religion rendra au Dieu qui est
lumière lui-même. Et c'est par le concours de tous
ces désirs purs, de tous ces efforts ardents, de
toutes ces luttes vaillantes contre le mal et les ténèbres qu'enfin le royaume de Dieu viendra sur
la terre comme il vient déjà dans le cœur de tous
ceux qui s'enrôlent dans cette croisade sainte.

La religion ainsi conçue paraît à peu près anni-
hilée aux partisans des religions du passé, habitués qu'ils sont à la considérer comme nécessairement liée à des actions et à des formes spéciales.
Et pourtant elle est aussi réelle, aussi continue,
aussi bienfaisante que la sève invisible ·qui vi-

vifie le tronc, les branches et les plus petits
rameaux d'un arbre vigoureux et sain. Elle plonge
par ses racines dans l'élément légitime, bien souvent exagéré, mais plus souvent encore méconnu,
du mysticisme. A la seule condition de ne pas se
poser en ennemi de la raison et de la conscience,
le mysticisme, cette joie intense que l'on puise
dans le sentiment de la communion personnelle
avec Dieu, est une volupté désirable et fortifiante.

Ou tout nous trompe, ou c'est là la religion qu'il
faut au xix° siècle. C'est celle surtout qu'il faudra
au xx°. C'est de ce côté seulement qu'est désormais
la joie, la joie pure et confiante, ce signe sacré des
grandes choses qui commencent.

Cette religion des temps modernes n'est pas
autre chose au fond que l'épanouissement du principe évangélique devenu vie et puissance en Jésus
de Nazareth. Aimer de tout son cœur Dieu, c'est-
à-dire la perfection idéale réelle, n'est-ce pas le
premier de tous les commandements? Et aimer
comme soi-même l'homme, c'est-à-dire l'être qui
possède la perfection virtuelle, l'être perfectible,
n'est-ce pas le second, semblable au premier?
C'est de cela que dépendent la loi et les prophètes,
toute vraie moralité et toute sainte espérance.
Ceux qui ont accusé l'Évangile de Jésus de diminuer l'énergie humaine, le faisant ainsi collatéral

du bouddhisme, n'en ont pas compris le premier
mot. Le bouddhisme a connu l'amour de l'homme :
de là sa valeur morale et sa beauté; mais il a
ignoré l'amour de Dieu : de là sa faiblesse et sa
stérilité.

Nos lecteurs nous pardonneront cette digression
prolongée. Si nous sommes sortis de notre sujet,
nous n'avons pas cessé de le côtoyer. Théodore
Parker eût certainement approuvé tout ce que
nous venons de dire dans un langage à peine différent de celui qu'il employait pour populariser
des vues toutes semblables. Les personnes qui font
consister beaucoup de religion dans beaucoup de
rites accomplis et beaucoup de dogmes professés,
seront probablement disposées à trouver que chez
lui la religion était réduite à un *minimum* imper-
ceptible : car sa confession de foi était fort courte,
et jamais homme ne fut moins formaliste, moins
ritualiste que lui. C'est au point que, dans notre
opinion, il n'a pas été tout à fait juste dans la
semi-indifférence avec laquelle il envisageait les
deux simples sacrements de l'Église protestante, le
baptême et la sainte Cène. Mais si l'on se place
au point de vue que nous avons tâché d'exposer,
il sera évident que bien peu d'hommes ont pos-
sédé et déployé autant de religion que le réformateur américain.

L'avancement religieux, moral et social de
l'homme, la guerre déclarée aux ignorances, aux
servitudes et aux corruptions qui le retardent sous
ce triple rapport, voilà quelle était pour lui la
grande tâche. Mais cette tâche, il devait l'entreprendre dans un temps et dans un pays détermi-
nés : au xıxᵉ siècle, et dans les États-Unis d'Amérique. Il avait en face de lui des pouvoirs plus ou
moins intéressés ou asservis eux-mêmes aux abus
qu'il voulait voir disparaître, et un peuple fort
supérieur à bien d'autres sous une foule de rapports, mais en proie pourtant à des misères ou
semblables à celles dont souffrent tous les pays du
monde, ou dérivant de son tempérament et de sa
situation particulière. Retraçons, en nous servant
de ses propres termes, l'état des choses tel qu'il
s'offrait à lui et comment il fut amené à la ligne
de conduite qu'il adopta pour la réforme du peuple
américain [1].

Il y a en Amérique, dit-il, quatre grandes forces sociales qu'on peut définir ainsi :

1. *Le pouvoir commercial organisé.* Il a son siège dans
les grandes villes. Il cherche avant tout à gagner, sans
se soucier beaucoup de cette grande justice qui repré-

[1]. Ce qui suit est traduit de son autobiographie *Theodore Parker's Experience as a minister,* adressée par lui à ses paroissiens en l'année 1859, la dernière de sa vie.

sente les intérêts non moins que les devoirs de tous,
ni de cette humanité qui fait intervenir les instincts
affectueux là même où la conscience dort. Ce pouvoir
semble tout contrôler et ne s'incline que devant le
tout-puissant dollar.

2. *Le pouvoir politique organisé*, les partis au pouvoir ou cherchant à y arriver. Ce sont eux qui font les
lois, mais ils sont ordinairement contrôlés par le pouvoir commercial et présentent les mêmes défauts à un
degré plus intense encore. Cependant ils doivent s'incliner aussi devant les instincts du peuple, qui intervient quelquefois, dans les grandes occasions, et change
alors à son gré la « règle de commerce. »

3. *Le pouvoir ecclésiastique organisé*, les différentes
sectes qui, malgré leurs diversités, s'accordent toutes
sur le principe fondamental de la *substitution* — révélation imposée, *substituée* aux facultés humaines ac-
tives; préservation de la colère de Dieu et de la ruine
éternelle par le sang *substitué* d'un Dieu crucifié, etc.
Ce pouvoir est plus fort que les deux premiers, et
quoique souvent dédaigné par eux, il peut en quelques
années les contrôler tous deux. Dans notre génération, aucun homme politique américain n'a osé le
braver.

4. *Le pouvoir littéraire organisé*, les collèges dotés,
la presse périodique avec sa triple multitude de journaux commerciaux, politiques, théologiques, et les
traités inspirés par l'esprit de secte. Ce pouvoir n'a pas
d'idées originales, mais il propage l'opinion des autres

qu'il représente, à la volonté desquels il obéit et dont il
est le kaléidoscope.

Je dus examiner ces quatre grandes forces sociales,
voir ce qu'elles avaient de bon et de mauvais, me rendre
compte de ce qu'une religion vraiment naturelle devait
attendre de chacune d'elles, et rechercher la vraie fonction du commerce, du gouvernement, de l'Église et de
la littérature. Quand je fus arrivé à la claire conscience
de mes principes et aux conséquences qui en décou-
laient sur tout ce qui m'entourait, je me trouvai gran-
dement en désaccord avec les quatre pouvoirs. Ils
avaient un principe, et moi un autre; donc nos tendances, notre direction, étaient ordinairement diver-
gentes, souvent opposées. Je ne tardai pas à m'apercevoir que je n'étais le bienvenu ni à la bourse, ni dans
l'État, ni à l'église, ni dans la presse. Je n'y pouvais
rien, mais j'avoue que je n'eusse pas prévu un schisme
aussi complet entre moi et les forces supérieures de la
société. Pourtant j'avais entrepris une œuvre que je ne
pouvais mener à bien tout seul ni peut-être sans l'aide
de ces quatre pouvoirs.

Quand je vins me fixer à Boston, mon intention était
de faire quelque chose pour les classes dangereuses et
faméliques de nos grandes villes. A Boston, la proportion de la pauvreté et de l'immoralité qui s'ensuit est
effrayante, quand on se rappelle les avertissements des
autres nations et que l'on pense au lendemain. Cependant il me semblait que l'argent donné par la charité
publique et privée — deux sources qui ne tarissent

jamais dans notre cité puritaine — était plus que suffisant pour remédier à tout et refouler graduellement la
cause invisible et profonde à laquelle on ne songe pas
au milieu des tracas des affaires et de l'argent. Sur le
pont clair-obscur de notre vie publique, il est une crevasse béante : beaucoup y tombent et y périssent. Notre
charité en retire quelques-uns ; mais elle ne bouche
pas la crevasse, elle n'éclaire pas le pont, elle n'avertit
pas du péril. Il nous faut la grande charité qui pallie les
effets du mal, et la justice plus grande encore qui en
éloigne la cause.

Puis venait l'ivrognerie, la plus grande des malédictions qui pèsent sur les populations ouvrières protestantes du Nord, cause de la désolation la plus hideuse
et la plus largement répandue, aussi funeste que le
dépérissement par la faim pour les Irlandais catholiques. Aucune des grandes forces sociales n'est son
ennemie.

Puis il y avait la prostitution, des hommes et des
femmes souillant et souillés, horrible plaie qui noircit
la face de notre société. De plus, dans nos grandes
villes, je voyais des milliers d'êtres humains, de pauvres
Irlandais surtout, que l'oppression chassait vers nous,
et qui, sauf la discipline d'un travail d'occasion, ne
recevaient chez nous aucune éducation, si ce n'est celle
de la rue dans leur enfance, ou du prêtre papiste, ou
du démagogue américain, leurs deux pires ennemis...

J'avais aussi remarqué de bonne heure que les criminels sont souvent les victimes plus encore que les enne-

mis de la société, et que nos lois pénales appartiennent
encore aux sombres âges de la force brutale : elles
tendent uniquement à protéger la société en la ven-
geant du coupable et non à élever le genre humain en
améliorant les condamnés. Dans mon enfance j'avais
connu un homme, dernier descendant de plusieurs générations de criminels, qui avait passé plus de vingt ans
de sa vie dans notre prison d'État et qui y mourut (ses
vols ne montaient pas à vingt dollars), tandis qu'un
autre, non mieux né, avait légalement volé des maisons
et des fermes, avait vécu en *gentleman* et laissé à
sa mort une fortune considérable et le surnom de
*Landshark* ( Requin-de-terre ). Du temps que j'étudiais
en théologie, j'avais tenu une école du dimanche dans
la prison de l'État, fait connaissance avec plusieurs
condamnés, examiné comment on les traitait, entendu
les sermons et les incroyables prières qu'on faisait voler
sur la tête de ces malheureux sans défense ; j'avais vu
les prédicateurs orthodoxes et autres auxiliaires qui
leur donnaient l'instruction spirituelle, et j'en avais
conclu la complète inhabileté de nos lois pénales pour
améliorer le coupable ou prévenir ses progrès dans la
voie du mal. Quand je fus appelé à Boston, j'espérais
faire quelque chose pour cette classe d'hommes dont
les crimes sont parfois un héritage de famille ou de
l'infamie sociale, qui sont privés des sympathies du
genre humain et qu'on livre inconstitutionnellement à
des ministres sectaires dont la fonction est de les tourmenter avant le temps.

Pour tous ces misérables, pour les pauvres, les
ivrognes, les ignorants, les prostituées, les criminels, je
voulais faire quelque chose, peut-être sous la direction,
certainement avec l'aide des hommes influents de la
ville ou de l'État. Mais, hélas ! j'avais alors quatorze ans
de moins qu'aujourd'hui et ne comprenais pas encore
clairement toutes les conséquences de ma position vis-
à-vis des quatre grandes forces sociales. J'ignorais jusqu'à quel point j'avais offensé la religion de l'État, de la
presse, du marché et de l'Église. Les cris de *destructeur,*
*fanatique, incrédule, athée, ennemi du genre humain,*
retentirent si universellement que bientôt je m'aperçus
que je ne pourrais rien faire d'important au point de
vue de cette grande philanthropie dont l'urgence est
pourtant si évidente. Vous étiez bien assez nombreux
pour former une société religieuse [1], mais vous ne
l'étiez pas assez et vous n'étiez pas assez riches pour
entreprendre et mener à bien une pareille réforme.
Hors de vos rangs, je ne pouvais attendre beaucoup
d'aide, pas même en paroles ou en conseils. D'ailleurs,
je m'aperçus bientôt qu'il suffisait de mon nom pour
ruiner toute entreprise nouvelle qui lui était associée.
Je savais que tous les grands mouvements de l'humanité passent par trois périodes, celle du sentiment,
celle des idées, celle de l'action. Je m'étais figuré que
l'heure de la dernière avait sonné. Mais voyant que
j'avais compté sans mon hôte, je me retournai vers les

---

1. La congrégation dont Th. Parker était pasteur comptait de
sept à huit mille âmes.

deux premières et cherchai, par tous les moyens dont
je pouvais disposer, à exciter le sentiment de la justice
et de la compassion et à propager les idées poussant
à la quintuple réforme que j'avais en vue. Depuis lors
je pris à tâche d'établir les faits de pauvreté, d'ivrognerie, d'ignorance, de prostitution et de crime, d'en
exposer les causes, les effets, le traitement rationnel,
laissant à d'autres l'œuvre pratique proprement dite. Si
je voulais que quelque mesure fût proposée à la législature de la ville ou de l'État ou bien à quelque société
philanthropique, je m'y prenais par des voies détour-
nées. Plus d'une fois, j'ai vu mon plan réussir, mes
paroles reproduites par les papiers publics, tandis que
tout eût été perdu si seulement on avait vu ma figure
ou mon nom. Plus d'une fois, par prudence, et non
sans succès, j'ai refusé de signer moi-même des péti-
tions que j'avais lancées. Plus d'une fois j'ai provoqué
des *conventions* ou des *meetings* dont les directeurs
venaient me supplier de ne pas me montrer.

Cette impopularité chronique et croissante, sans diminuer mon activité, lui donna un autre tour. Afin
d'accomplir mon œuvre, je devais répandre mes idées
aussi largement que possible, sans recourir à ce luxe
indécent de réclames si fréquent en Amérique. Une
seule librairie considérable du pays avait consenti à
publier mes ouvrages ; encore était-ce à mes risques et
périls, et elle n'avait, dans leur placement, qu'un intérêt pécuniaire bien mince au milieu de ses énormes
affaires. Mes livres n'avaient donc pas les chances ordi-

naires de publicité et de circulation. Il était rare qu'on
les exposât en vente, sauf sur un seul étalage, à Boston.
Dans les autres États, je dus être souvent mon propre
libraire. Aucune revue périodique ne m'était favorable.
La plupart des journaux, excepté le *New-York Tribune*
et l'*Evening-Post*, m'étaient hostiles... Mais la *lecture* ou
conférence publique m'offrit un moyen tout naturel de
répandre mes idées. Combattu par les quatre grandes
forces sociales, je fus tout surpris de découvrir que,
par là, je devenais populaire...

Je voyais mon pays approcher tous les jours d'une
crise des plus graves et osciller, sans le savoir, entre
deux principes. L'un était l'esclavage, qui mène, je le
savais, au despotisme militaire, politique, ecclésiastique,
social, et finit par la ruine irrémédiable et désespérée.
Jamais peuple, tombé sur cette route, ne s'est relevé
depuis. C'est le chemin qu'ont pris bien d'autres répu-
bliques que la nôtre, et où elles sont mortes : Athènes
et les villes ioniennes dans l'antiquité, Rome et les communes du moyen âge. L'autre était la liberté, qui mène
tout à la fois à la démocratie industrielle, au respect
du travail, au gouvernement de tous, par tous, pour
tous, à la suprématie du droit éternel écrit dans la
constitution de l'univers, au bien-être et au progrès
général. Je m'aperçus que les quatre grandes forces
sociales poussaient le peuple, par la cajolerie aussi bien
que par la menace, à prendre la route de la ruine; que
« nos grands hommes, » dont « l'Amérique est plus richement dotée que toutes les autres nations de la

terre, » se pavanaient le long de cette route pour montrer combien elle était sûre, criant « Démocratie! Constitution! Washington! Évangile! Christianisme! Dollars! » et le reste ; tandis que les instincts populaires, les traditions de notre histoire, l'aube du génie illuminant l'âme de quelques hommes et de quelques femmes nés à l'heure voulue, murmuraient d'une voix tranquille et douce quelque chose qui ressemblait à « Vérités évidentes » et « Droit inaliénable. »

Je connaissais le pouvoir d'une grande idée, et, en dépit de la bourse, de l'État, de l'Église et de la presse, je pensai qu'un petit nombre d'hommes sérieux, réunis dans les salles de lecture du Nord, pourraient incliner l'esprit et le cœur du peuple du côté de la justice et de l'éternelle loi de Dieu, la seule règle sûre de conduite pour les nations, comme pour vous et pour moi, et faire ainsi de la grande expérience américaine un triomphe et une bénédiction pour l'humanité entière...

C'est ainsi que, depuis 1841, j'ai *lecturé* de quatre-vingts à cent fois par an dans tous les États du Nord à l'est du Mississipi, une fois aussi dans un État à esclaves, et sur la question même de l'esclavage. J'ai choisi les sujets les plus importants et les plus excitants, du plus grand intérêt pour le peuple américain. Je les ai traités indépendamment de toute secte ou parti, sans me soucier de la rue ni de la presse, avec tout le savoir et le peu de talent dont je pouvais disposer. En moyenne, pendant chacune des huit ou dix

dernières années, j'ai parlé à un nombre d'hommes
allant de soixante à cent mille âmes, en dehors des prédications hebdomadaires que je vous adressais chaque
dimanche dans le grand édifice que vous teniez ouvert
à tout venant [1].

De la sorte, j'ai eu un large champ d'opération pour
soulever les sentiments de justice et de compassion,
répandre les idées que je crois nécessaires au bien-être
et au progrès du peuple et *le préparer à telle action qu'un
jour l'occasion pourrait bien requérir* [2]. Comme j'étais
censé à peu près seul et que je ne représentais personne que moi-même, personne non plus n'était respon-

1. Il lui arriva aussi parfois de se rendre dans des *meetings*
convoqués au profit des abus qu'il voulait déraciner, et d'y
prendre la parole malgré la colère et les cris des assistants. Un
jour qu'il assistait *incognito* à une grande réunion esclavagiste
de New-York, un orateur, pérorant sur les bienfaits de l'institution *particulière*, s'écria ironiquement, pour achever un argument : « Je voudrais bien savoir ce que Théodore Parker répondrait à cela. » — « Voudriez-vous le savoir? » s'écria Parker en
se mettant en évidence; « hé bien! je vais vous dire ce que
répondrait Théodore Parker. » Surprise, clameurs, menaces de
tout genre, la mort y compris. « Allons donc, me tuer! vous
n'en ferez rien. Maintenant, je vais vous dire ce qu'il en est du
point en question. » Son sang-froid, son courage, dominèrent le
tumulte, et il put répondre à son aise à son provocateur, qui dut
se promettre *in petto* de n'y plus revenir. Ce trait est rapporté
par Mlle Cobbe, d'après un témoignage oculaire, dans la Préface
de son édition des *OEuvres de Parker*.

2. C'est la traduction qui souligne. Nous aurons plus d'une
occasion de relever la justesse avec laquelle Parker avait prévu
l'avenir prochain qui attendait son pays.

sable de mes paroles. Tous donc pouvaient me juger,
sinon en parfaite connaissance de cause, du moins sans
préjugé de parti ou de secte en ma faveur. De mon
côté, me sentant responsable uniquement devant moi-
même et devant mon Dieu, je pouvais parler librement.
En outre, les journaux des grandes villes répandaient
au loin les faits saillants, les généralités les plus frap-
pantes de la *lecture*, et je m'adressais ainsi à un auditoire que je ne pouvais ni compter ni voir.

Ce n'était pas tout. Ecclésiastiquement, on m'avait
dénoncé au peuple comme un « perturbateur de la paix
publique, » un « incrédule, » un « athée, » un « ennemi
du genre humain. » Quand j'allais *lecturer* dans une
petite ville, le ministre, même le ministre unitaire, restait le plus souvent chez lui. Plusieurs, en public et en
particulier, avertissaient leurs paroissiens « de ne pas
écouter cet homme, de ne pas le regarder en face ! »
D'autres prêchaient bravement contre moi. C'est ainsi
qu'au comptoir du cabaret, j'étais le chant de l'ivrogne
et, dans la chaire de vérité, le texte du ministre. Mais
quand plusieurs centaines d'hommes, habitant quelque
ville perdue dans les montagnes de la Nouvelle-Angleterre ou quelque *settlement* des prairies de l'Ouest, ou
bien quand des milliers de compatriotes, dans quelqu'une de nos vastes cités, venaient me regarder en
face pendant une heure ou deux, quand ils écoutaient
ce que j'avais à leur dire et ce que je leur disais clairement, loyalement, sur des sujets touchant de près leur
patriotisme, leurs affaires et leurs cœurs, alors je voyais

les visages resplendir d'émotion, le préjugé clérical
s'enfuir à tire d'aile, et je les laissais tout autres que
je ne les avais trouvés. Il est même souvent arrivé qu'on
m'a dit, soit de bouche, soit par écrit : « On m'avait
« prévenu contre vous, mais j'ai voulu voir par moi-
« même, et quand je suis revenu chez moi, j'ai dit :
« Après tout, ce n'est pas un diable, c'est un homme;
« du moins, il a l'air humain. Qui sait? Il est peut-être
« honnête aussi dans ses idées théologiques. Il a peut-
« être raison dans sa religion. Les prêtres se sont bien
« un peu trompés jadis en quelques occasions et souvent
« ils ont dit de gros mots à des gens qui valaient pour-
« tant quelque chose, si du moins nous en croyons la
« Bible. Je suis bien aise de l'avoir entendu. »

Cette traduction d'un long fragment, choisi
parmi les plus intéressants de son autobiographie,
nous livre le secret d'une de ces carrières dont on
a quelque peine à apprécier les résultats, parce
qu'ils ne se mesurent ni au poids ni à l'aune. Ces
résultats, en effet, sont invisibles, impalpables, et
les gens positifs n'hésitent pas à les évaluer zéro.
Pourtant le passé a vu certaines semailles, en apparence perdues, et qui n'ont pas laissé d'influer
avec quelque puissance sur les destinées du genre
humain. Que les calculateurs le sachent bien!
C'est l'esprit, non la matière, qui mène le monde.
Si l'Union américaine sort victorieuse de la crise

épouvantable dans laquelle elle est engagée, elle
le devra au réveil de l'esprit libéral, vraiment républicain et fermement moral de ces dernières
années, et cet esprit de progrès et de liberté,
Théodore Parker a été l'un de ceux qui ont le
plus contribué à le répandre. Il se pourrait même
que, tout bien compté, ce fût lui qui, parmi les
vaillants hommes à qui l'Union devra son salut,
a le plus fait pour communiquer au peuple celle
généreuse ardeur. On ne se représente pas assez
parmi nous la puissance communicative qu'un
souffle religieux, quand il est authentique et pur,
ajoute à des vues régénératrices de la société
politique et civile. Et puis, Parker ne s'est pas
borné à prêcher conformément à un tel esprit, il
en a vécu lui-même.

En 1852, l'affluence toujours grandissante qu'at-
tiraient ses prédications de Boston détermina ses
amis à mettre à sa disposition un local plus vaste
encore et mieux approprié que le Mélodéon. Ce
fut le *Music-Hall*, bel édifice que venait de faire
construire une société philharmonique et dont
l'aménagement intérieur se prêtait beaucoup
mieux aux exigences du culte public. Ce nouveau
local ne fut pas moins rempli que l'autre chaque
dimanche par une foule avide et recueillie.

Nous transcrivons ici une note de son journal,

datée du jour même de sa première prédication à
Music-Hall, 21 novembre 1852 :

Il y avait un immense auditoire : je me suis senti plus
petit que jamais. C'est ce qu'il y a d'attristant dans la
vue d'une telle multitude. D'où aurai-je assez de pain
pour nourrir toute cette foule? Je ne suis que le petit
garçon avec ses cinq pains d'orge et ses deux petits
poissons. Pourtant j'ai confiance dans ma prédication.

Il paraît que Parker priait avec une onction et
un accent d'émotion profonde qui captivait, dès le
commencement du service religieux, ceux de ses
auditeurs que la curiosité attirait plutôt que le désir d'alimenter leur piété. Puis venait la prédication, forte, saisissante, frappant toujours droit, ne
ménageant personne, cherchant toujours à faire
du bien à tous, aussi éloignée des mièvreries sen-
timentales que de la sécheresse de l'intellectua-
lisme pur. Originale comme sa personne, cette
prédication eût souvent étonné, quelquefois choqué un Européen peu habitué aux libres allures de
la chaire américaine. Elle traitait de préférence ou
bien une question à l'ordre du jour dans les discussions publiques, ou bien les sujets les plus
délicats de la vie sociale et religieuse. Ordinairement elle débutait par une exposition de principes
abstraits ou de faits bien connus. Ce commence-

8

ment était le plus souvent froid et dépourvu d'or-
nements. Peu à peu l'émotion sacrée le gagnait,
les applications se déroulaient sans beaucoup
d'ordre, mais pressées, pressantes, sans réticence
d'aucune sorte, sous une forme à la fois positive
et poétique dont nous ne connaissons guère
d'exemple dans notre littérature européenne. Le
même morceau passait souvent, et en très-peu de
temps, de l'*humour* qui provoque le sourire aux
tons attendrissants de la sensibilité la plus exquise.
On pourrait croire que chez Parker le sentiment
austère du devoir, l'énergie virile, la passion ardente mise au service des grandes causes, prédo-
minaient au point d'étouffer ce qu'on peut appeler
le côté féminin du cœur, la tendresse, la sympathie, l'indulgence. On se tromperait, et pour se
faire une idée plus juste de ce talent souple et
varié, il suffit de lire un de ses sermons les plus
fortement marqués au coin de sa personnalité, le
sermon *Of old age* (sur la vieillesse), dont nous reproduisons quelques fragments dans la seconde
partie de ce volume.

La chaleur communicative de ses sentiments
donnait lieu parfois à des incidents assez curieux. Un jour qu'il prêchait sur le pardon de
Dieu et qu'il montrait combien l'amour infini
a ménagé de moyens de relèvement à l'âme la

plus coupable, un homme, assis dans une galerie, s'écria tout à coup : « Oui, oui, je sais qu'il en est ainsi. » Parker s'arrête; puis, s'adressant à son interlocuteur : « Oui, mon ami, » lui dit-il, « il en est ainsi, et vous ne pouvez jamais aller si loin que Dieu ne puisse toujours vous rappeler. » — Une autre fois un tonnerre d'applaudissements qu'il ne put prévenir, ou plutôt que l'auditoire ne put retenir, vint couvrir ses paroles. Un esclave fugitif, nommé Shadrach, avait été arrêté pendant la semaine. Le samedi il fut délivré de force par la population indignée. Mais on avait grand'peur qu'il ne fût ressaisi par la police fédérale. Le dimanche tous les cœurs étaient dans l'anxiété. Parker monta en chaire, tenant une note à la main. « Quand je vins parmi vous, » dit-il, « je m'attendais bien à faire et à supporter de rudes choses, mais je ne me serais jamais douté que j'aurais à protéger un de mes paroissiens contre des chasseurs d'esclaves ni à être prié de lire une note telle que celle-ci : « Shadrach, esclave fugitif, en « péril de la vie et de la liberté, demande vos « prières pour que Dieu l'aide à échapper à la « servitude. » Mais, ajouta-t-il, Shadrach n'a plus besoin de nos prières. Dieu soit loué! nous savons qu'il est en sûreté, déjà loin, sur la grande route de la liberté! » Parker avait lui-même contribué

à protéger son évasion et pouvait sans danger
communiquer l'heureuse nouvelle. La conscience
publique, soulagée d'un poids énorme, ne put retenir l'explosion de sa joie. A plus d'une reprise,
des applaudissements se firent entendre dans
Music-Hall; mais ce fut la seule fois qu'ils ne
furent pas énergiquement réprimés par le prédicateur.

Jamais homme impopulaire, du moins dans
l'opinion du grand nombre, et souffrant de l'être,
ne fit moins pour reconquérir par quelques concessions aux opinions ou aux faiblesses courantes
le terrain compromis ou perdu par sa franchise.
Ses prédications étaient à chaque instant dirigées
contre ce qu'il appelait « les péchés de son peuple, »
c'est-à-dire contre les défauts et les vices auxquels
le peuple américain s'abandonne avec le plus de
complaisance et qui, par conséquent, trouvent
chez lui des apologistes toujours disposés à les
pallier ou des juges indulgents enclins à les igno-
rer. Il n'épargnait pas davantage les grandes ré-
putations lorsqu'elles prêtaient le flanc aux critiques de la conscience. Tout en rendant justice
aux hommes éminents de l'Union, il ne craignait
pas de les attaquer, surtout quand il croyait pouvoir leur reprocher d'être infidèles à leurs principes dans des vues intéressées ou ambitieuses. Un

genre de discours religieux, tels que ceux qu'il
consacra à Quincy Adams, à Zacharie Taylor, à
Daniel Webster, est inconnu, et, pour tout dire,
serait impossible dans notre Europe. Qu'on se
figure un prédicateur de Londres ou de Paris montant en chaire le lendemain de la mort d'un
homme d'État, s'emparant de toute sa carrière politique et la critiquant d'un bout à l'autre au nom
de la moralité chrétienne, avec autant de sévérité
pour les écarts que de soin minutieux pour en
faire ressortir les beaux côtés! C'est pourtant ce
que Parker a pu faire à Boston, et il suffit de lire
son discours sur Adams et celui dont la vie et les
vastes talents de Daniel Webster lui ont fourni le
sujet pour reconnaître qu'il est impossible de
pousser plus loin la hardiesse et l'impartialité des
jugements.

Ainsi mal en prit à un maire de Boston d'avoir
donné l'exemple de l'intempérance, à Zacharie
Taylor d'avoir acheté quatre-vingts esclaves dans
les années qui précédèrent la guerre du Mexique
et son arrivée à la présidence, à Daniel Webster
de s'être laissé servir une pension par les riches .
négociants du Nord qui désiraient que ce puissant
défenseur du libéralisme politique endormît sous
les fleurs de sa rhétorique la réaction grandissante
contre l'esclavage. Il y eut dans Boston une voix

incorruptible et sans peur qui stigmatisa ces hon-
teux écarts. Parker ne craignit pas non plus de
dénoncer la guerre du Mexique comme une guerre
injuste, déloyale, lâche, comme un crime national, commis uniquement dans l'intérêt du parti
esclavagiste, et il en appela à la conscience publique des arrêts d'un patriotisme trop fier des
victoires remportées et des territoires conquis. Il
courut même de graves dangers en heurtant ainsi
les passions de la multitude. Dans un *meeting* de
Boston où il devait prendre la parole contre la
guerre, des volontaires revenus du camp pénétrè-
rent en armes dans la salle. Parker n'en décrivait
pas moins avec des paroles brûlantes d'indignation
le mal qu'avait fait la guerre et la honte qui en
rejaillissait sur le drapeau fédéral, lorsque des vo-
ciférations se firent entendre. C'étaient les volontaires qui exprimaient leur mécontement. *A la
porte !* criaient-ils. Parker se tourna vers eux et les
fit taire en leur disant simplement : « A la porte?
Et à quoi bon? » Et il continua son discours; mais
comme il était loin de modérer son langage, les
murmures et les grognements recommencèrent
de plus belle. Ils furent même accompagnés de
cris d'un caractère plus sinistre : « *Kill him ! kill
him !* (à mort! à mort!) » Et un bruit de fusils
qu'on arme retentit dans la salle. Parker refusa

de céder : « A la porte? » leur cria-t-il d'une voix
retentissante. « Je vous dis que vous ne m'y met-
« trez pas... Et vous voulez me tuer? Eh bien ! je
« vous déclare que je m'en retournerai chez moi
« seul et sans armes, et que pas un de vous ne
« touchera un cheveu de ma tête. » Ce qu'il avait
promis, il le fit, et ce qu'il avait prédit, arriva.

Du reste ce n'était jamais qu'au nom de la moralité compromise qu'il se mêlait directement des
affaires politiques. Sa préoccupation constante, la
réforme morale du peuple comme base de son
perfectionnement religieux et social, le poussait à
combattre non moins vivement les autres causes de
corruption et de misère. Il n'aimait pas beaucoup
les sociétés de tempérance avec leurs serments
d'abstinence absolue. Cependant, pour se mettre à
l'abri de tout soupçon, il consentit à s'affilier à
l'une de ces sociétés. Il croyait qu'il fallait détourner le peuple de l'abus et lui apprendre l'usage
rationnel des boissons fermentées, sans quoi la
tâche serait toujours à reprendre. Il insistait sur
les mesures de police et de bonne administration
qui pouvaient diminuer les excès de l'ivrognerie,
et il réussit, directement ou indirectement, à en
obtenir d'excellentes. Une grande part de son activité fut aussi consacrée à pousser les particuliers
et les villes à des sacrifices considérables pour ré-

pandre les lumières de l'instruction dans les classes
inférieures, et il est certainement un de ceux qui
ont le plus contribué à réaliser le magnifique déploiement d'écoles de tout genre dont peut se glorifier à juste titre le nord de l'Union. Il s'intéressait
également beaucoup à ces pauvres Irlandais qui
encombraient les rues de Boston et qu'il croyait
victimes de leurs institutions et de leurs supersti-
tions bien plus encore que de leur incurie native.
Il fit beaucoup pour eux et prit souvent leur défense contre les préjugés intolérants d'un améri-
canisme étroit et aussi contre le déplaisir avec
lequel la population voyait s'accroître, grâce aux
*gentlemen of Corrrk*, comme on les appelait en
imitant leur accent guttural, le nombre des âmes
recevant le mot d'ordre de Rome et l'exécutant
aveuglément sans se soucier en rien des intérêts
de leur nouvelle patrie. Vers la fin de sa vie, pourtant, l'intérêt qu'il ressentait pour eux diminua,
surtout quand il vit que sur la question de l'esclavage ce misérable Paddy, enchanté sans doute de
penser qu'il y avait sur terre des êtres humains
d'une condition encore inférieure à la sienne, prenait toujours parti pour le Sud, pour sa politique
esclavagiste, et applaudissait à toutes les mesures
aggravant la plaie hideuse qui défigurait la grande
république. L'éducation des jeunes filles était en-

core une de ses préoccupations, et il fit une
guerre acharnée aux préjugés qui interdisaient aux
femmes l'étude des sciences. C'est de mères éclairées qu'il attendait une génération supérieure à
la moyenne de son temps. Il se pourrait même
qu'entraîné par son zèle pour cette cause excellente, il eût quelquefois dépassé le but fixé par la
nature et l'organisation sociale. S'il eut raison de
poursuivre la réforme de nombreux abus dans
l'instruction donnée aux femmes en Amérique et
dans la législation qui fixait leur position civile,
on peut douter qu'il fût dans le vrai quand il réclamait leur participation aux fonctions sociales
réputées jusqu'à présent l'apanage de l'autre sexe.
Élevons, instruisons, protégeons la femme, mais,
de grâce, n'en faisons pas un homme : elle n'y
gagnerait pas plus que l'homme dont on ferait
une femme. Parker comprenait mieux assurément
sa mission quand il dirigeait sa verve, tantôt indignée, tantôt caustique, contre la presse vénale, la
chaire complaisante ou paresseuse, les sénateurs
et les députés infidèles à leur conscience, les capi-
talistes « adorant le dieu Dollar et le servant lui
seul. » C'est par là que sa chaire était devenue
l'une des puissances du pays. L'impopularité mal-
veillante des premiers jours se changeait insensi-
blement en une sorte de crainte respectueuse vis-

à-vis de cet homme de fer qu'aucune menace ne
pouvait ébranler, qu'aucune perspective intéressée
ne pouvait séduire, et qui ne se demandait jamais,
avant de parler, si ce qu'il allait dire plairait à ses
auditeurs. On lui reprochait quelquefois d'être un
pasteur sans église régulière : il aurait pu répondre que son église était l'Amérique entière, et
qu'il en était le prédicateur « détesté, mais écouté. »
C'est, comme l'a dit un savant théologien, auteur
lui-même de sermons fort remarquables, M. Co-
lani, c'est la marque vraie de la bonne prédication.

Mais c'est surtout dans sa lutte contre les partisans de l'esclavage que Parker se montre admirable.
C'est là qu'il nous faut le suivre désormais.

# CHAPITRE VII.

## LA QUESTION DE L'ESCLAVAGE.

C'est aux États-Unis que, pour la première fois dans le monde moderne, en 1751, l'esclavage des noirs fut aboli sous l'inspiration d'un christianisme fervent et sincère; mais cette abolition ne fut que locale. Le puissant souffle de liberté qui amena la guerre de l'indépendance conduisit tous les États du nord de l'Union à l'abolir plus tard; la Confédération ne l'en laissa pas moins subsister dans les États qui se crurent forcés de le conserver. Le sentiment général était alors qu'il disparaîtrait de

lui-même, du gré des États qui l'avaient maintenu,
et surtout qu'il ne s'étendrait pas. C'est le contraire qui arriva. Le moment vint où le Sud, ayant
toujours plus fait dépendre ses intérêts particuliers du maintien de l'esclavage, se vit placé dans
l'alternative, ou bien de se résigner momentané-
ment à de grandes pertes en laissant tomber cette
odieuse institution, ou bien d'obtenir du Nord
qu'il l'aidât à la consolider et à l'étendre. Car
l'esclavage, ses partisans le sentent bien, ne peut
pas vivre à côté de pays libres et décidés à ne rien
faire qui ressemble à un pacte quelconque avec
lui. C'est une institution qui doit grandir ou mourir. L'industrie naissait dans les États libres : le
Sud s'engagea complaisamment, à titre de réci-
procité, à favoriser des tarifs protecteurs. Bientôt
le travail servile trouva grâce aux yeux des capi-
talistes de New-York et de Boston, parce qu'il
produisait en abondance une matière indispensable à l'industrie, le coton, et parce qu'il con-
sommait une grande partie des objets manufactu-
rés. C'était aussi le même travail servile qui
fournissait leurs gros chargements de tabac, de
sucre, de matières textiles, aux innombrables
*clippers* du Nord qui allaient ensuite les porter en
Europe. Tout cet enchevêtrement d'intérêts considérables fit bientôt que la conscience du Nord

s'endormit, et le mot d'ordre fut donné pour qu'on ne la réveillât pas. C'est au point que, dans les grandes villes, les comités directeurs des églises enjoignaient aux prédicateurs de ne pas porter en chaire cette importune question. Il y avait sans doute d'honorables désobéissances à ces injonctions intéressées, mais elles étaient trop faibles pour constituer une opposition sérieuse.

Tout cela n'empêche pas que, lorsqu'un jour la postérité fera l'histoire morale du xix° siècle, elle aura bien de la peine à s'expliquer comment l'intérêt, à défaut de la conscience, n'a pas averti plus tôt les Américains du gouffre dans lequel ils s'enfonçaient en fermant ainsi les yeux sur toutes les mesures tendant à consolider l'esclavage. L'étonnement redoublera quand on s'apercevra qu'en Europe même, où l'esclavage est condamné par la conscience générale et par la législation des États vraiment civilisés, une insurrection, effrontément illégale, dont le maintien à tout prix de l'esclavage était l'âme, a trouvé, non pas seulement chez les partisans du despotisme religieux et politique, mais aussi dans les cercles industriels et commerçants, des sympathies ardentes et nullement déguisées. On peut, jusqu'à un certain point, s'en rendre compte en Angleterre où de vieilles rancunes font que les Anglais voient sans déplaisir

leur rivale d'outre-mer se diviser et s'affaiblir. Sur
le continent, les antipathies provoquées par la politique hautaine et brutale des hommes d'État de
l'Union vis-à-vis des autres nations ont pu aussi
augmenter le nombre de ceux qui se réjouiraient
de sa dissolution. Rarement on sait que cette politique est tout entière l'œuvre du parti sudiste,
entre les mains duquel l'indolence du Nord laissa
exclusivement le pouvoir pendant plus de trente
ans. Surtout ce qui a contribué à entretenir ce
courant partiel, mais puissant, de l'opinion en
Europe, c'est l'assertion mille fois répétée qu'au
fond les hommes du Nord n'aimaient pas plus les
Nègres que ceux du Sud, et même les traitaient
plus mal, tout en leur accordant la liberté, que
ces derniers en les maintenant dans la servitude.
Ce qu'il y a de spécieux dans cet argument, fort
contestable quant au fait lui-même sur lequel il
s'appuie, n'aurait pas dû pourtant égarer l'opinion jusqu'au point où nous l'avons vue se four-
voyer depuis le commencement de la guerre civile.
On aura beau dire, le fait sera toujours que rien
n'empêche le nègre qui vit dans le Nord de l'Union
de s'en aller s'il ne s'y trouve pas bien, tandis qu'il
est forcé, dans les États du Sud, de rester là où il
se trouve mal.

Étrange phénomène ! Les publicistes dévoués

aux intérêts du Sud avaient fini par enguirlander l'esclavage. Lorsque parut le fameux roman de l'*Oncle Tom*, écrit par quelqu'un qui parlait sur les lieux et *de visu*, beaucoup crièrent à l'exagération, et ne se donnèrent pas la peine de réfléchir que le véritable enseignement de ce livre n'était pas que les esclaves sont fort à plaindre sous le fouet des planteurs cupides et cruels, mais bien plutôt que, dans la supposition même où les maîtres seraient humains et doux, comme le sont la plupart de ceux qu'a décrits l'auteur, l'esclavage est une institution maudite, portant sa condamnation dans ses inévitables conséquences. Pour le maintenir, n'est-on pas forcé d'ôter à l'esclave la propriété, la famille, l'instruction, jusqu'à la pudeur?

Ce qu'on n'a pas compris surtout, c'est qu'au fond l'esclavage est la seule, l'unique cause de cette guerre civile américaine, dont le monde entier a souffert. Sans doute, au commencement surtout, aucun des deux partis en lutte ne voulut l'avouer officiellement, et il y eut des gens assez naïfs pour s'imaginer que des millions d'hommes se ruinaient et s'entr'égorgeaient, les uns pour obtenir des tarifs protecteurs, les autres pour faire triompher le libre échange. Comme s'il était besoin d'une grande puissance de déduction pour comprendre qu'une telle guerre n'est possible qu'entre deux sociétés devenues profondément antipathiques l'une à l'autre, ne pouvant plus vivre telles qu'elles sont, ni réunies, ni côte à côte, et que l'esclavage est la source génératrice de cette antipathie! Comme si l'esclavage, dans les temps modernes, pouvait porter d'autres fruits que dans l'antiquité!

Qui ne voit, en effet, qu'en dépit des formes républicaines, l'esclavage a pour conséquence de constituer une grande aristocratie territoriale, qui aura bien vite les défauts et jusqu'à un certain point les qualités et les habiletés de ses devancières? Le travail servile n'est largement rémunérateur qu'appliqué à la grande propriété. De plus, il avilit le travail lui-même, puisqu'il en fait la marque de la dépendance abjecte. D'où il suit que les gens qui n'ont rien se font militaires, chasseurs, aventuriers, etc., laissant les terres et la culture à l'aristocratie, et que les fils de cette aristocratie, vaniteuse, oisive et s'ennuyant aisément, voudront bien être officiers, magistrats, représentants, diplomates, mais non pas industriels, commerçants ou agriculteurs. C'est donc au milieu d'eux que se recruteront en majorité les hommes désireux de diriger les affaires de l'État, et, l'on peut en être certain d'avance, leur politique pourra briller par l'énergie et l'habileté, mais elle manquera complétement de scrupule, et bientôt d'honnêteté. Quand, dès l'enfance, on est habitué à commettre, sans même y penser, le vol le plus qualifié qui se puisse concevoir, à ravir par la force ou à prix d'argent (peu importe ici, c'est toujours du bien volé) cette propriété primordiale qui seule donne aux autres propriétés leur sens et leur légitimité, et qui s'appelle la personnalité humaine, on est aisément induit à fouler aux pieds, comme autant de préjugés, ce que les vieilles nations ont la faiblesse de respecter sous le titre de droit des gens. Enfin, dans l'intérieur même des États à esclaves, tous les intérêts matériels pivotant sur l'institution fondamentale, on est entraîné par la force des choses, et aux applaudissements du grand nombre, à ne reculer devant rien pour la maintenir. N'est-il pas constant d'ailleurs que les Nègres sont fort heureux, l'intérêt évident des maîtres étant de les bien nourrir et de ne pas les excéder de travail? C'est absolument, ajoute-t-on naïvement, l'intérêt du charretier maître de ses chevaux! Il est vrai qu'en dépit de cet intérêt, pourtant si clair, il y a des butors, des gens colères, passionnés ou bêtement cupides, qui ne traitent pas mieux leurs esclaves que leurs chevaux. On omettra ce détail, et on légiférera comme si le cas ne se présentait jamais. La société a toujours

raison, l'esclave toujours tort. Et comment pourrait-on faire autrement? Un nègre qui a commis
le crime de se trouver malheureux et de s'enfuir,
*volé* le maître auquel il appartient, il doit donc
être traité et puni en voleur, mais en voleur qu'on
fouaille pour lui apprendre à ne plus se voler lui-
même à son propriétaire. Et comme un esclave
qui s'est enfui est de mauvaise défaite, le maître
est bien forcé de requérir contre lui une rude punition qui effraye ceux qui seraient tentés d'en
faire autant. En revanche, il n'a pas plus le droit
de vendre un nègre qui s'est enfui le même prix
qu'un nègre bien sage, qu'un maquignon honnête ne doit faire passer un cheval rétif pour
une bête à qui l'on peut se fier. La marque
au fer chaud n'est donc pas plus abolie pour
le nègre fugitif que pour le buffle à demi sauvage qu'on veut reconnaître dans les pâturages
où on le laisse courir. C'est le seul moyen de prévenir le délit puni par tous les codes civilisés sous
le nom de : « Tromperie sur la qualité de la mar-
chandise vendue. » L'esclave qui sait ce qui l'attend, s'il est repris, use de ses jambes, et stimulé
par la peur des châtiments non moins que par le
désir de la liberté, il court si vite qu'on aura
bien de la peine à le rattraper ; ou bien, rusé
comme le sont en général les hommes de con-

dition servile, il se cache si bien que les limiers
les plus fins de la police ne le déterreront pas.
La belle affaire, vraiment ! Il y a des chiens qui
flairent mieux les nègres fugitifs que les chiens
de contrebandiers ne dépistent les douaniers sur
la frontière belge. C'est une race de grands mâtins,
forts en gueule, et sans plus de préjugés que leurs
maîtres à l'endroit des *bûches d'ébène*. - Ces chiens
ne tarderont pas à devenir une des institutions
protectrices du pays. Ce n'est pas de l'ironie, c'est
de l'histoire, une histoire qui est montée au ciel,
criant vengeance ! Et puis, tout esclavagiste qu'on
soit, surtout quand on n'a pas soi-même d'esclaves, on peut se trouver enclin à relâcher un
peu quelques mailles du système. Or, une fois
qu'une seule maille s'en va, adieu tout. Il y
aurait donc danger grave à laisser à la masse
indistincte du peuple libre le pouvoir de faire
les lois et de les appliquer. Pour parer à cet inconvénient, on décrétera que, dans les comices
électoraux, chaque propriétaire d'esclaves aura
autant de voix à émettre qu'il y a de têtes dans
ses propriétés. On se souviendra, dans ce cas
particulier, que ces têtes sont humaines. Le
suffrage universel aura reçu un nouvel hommage,
mais en même temps le pouvoir politique ne sortira plus de certaines familles opulentes, inté-

ressées à maintenir l'esclavage, coûte que coûte [1].

Conçoit-on maintenant comment il est arrivé qu'une population, répandue il est vrai sur un territoire immense, mais sans frontières naturelles, unie par le langage, par la religion, par des institutions communes, par un lien fédéral garantissant à chaque division de la nation une grande autonomie intérieure, réunie aussi par de glorieux et sacrés souvenirs, se soit trouvée, au bout de quelques années, séparée en deux peuples tellement antipathiques, tellement hostiles l'un à l'autre, qu'il leur est devenu impossible de vivre ensemble sur le pied de paix ? Ne voit-on pas comment, toutes choses égales d'ailleurs, qualités et défauts de race, avantages et inconvénients de climat compensés, l'esclavage a été, d'un côté, le premier anneau d'une chaîne de fer, dont les autres

---

1. Nous ne parlons pas ici des déplorables conséquences de l'institution servile au point de vue de la moralité privée. La preuve est faite qu'à tout prendre les blancs n'en souffrent pas moins que les noirs. Le niveau moral descend chez tous déplorablement bas. Les planteurs du Sud ne tardent pas à « vendre leurs fils et leurs filles, » comme l'a dit une voix éloquente. Si l'on veut se faire une idée exacte de tout ce que nous nous bornons à indiquer ici, il faut lire l'excellent ouvrage, riche de faits et de chiffres, et inspiré par une louable modération, qu'a publié récemment M. R. Dale Owen, sous le titre de : *The Wrong of Slavery, the Right of Emancipation*. Philadelphie, 1864.

anneaux s'appellent mépris du travail, aristocratie
prépondérante, despotisme, militarisme, cruauté,
habitudes, mœurs, jouissances, éducation, toutes
marquées au coin de l'institution servile; tandis
que, de l'autre côté, en vertu d'une filiation non
moins serrée, la liberté produisait ses conséquences naturelles, savoir : le développement du
bien-être, de l'intelligence, de l'industrie, du commerce, la démocratie, ses susceptibilités, ses tendances philanthropiques, ses efforts constants pour
le relèvement physique et moral des classes déshé-
ritées [1]. Assurément, nous ne sommes pas de ceux
qui ferment les yeux sur les fautes et les torts des
États libres de l'Union. Les hommes sont encore
très-loin d'être des anges, et quand un pareil conflit éclate, il est bien rare que les deux partis qui
en souffrent n'aient pas chacun sa part de péchés
à expier. Mais il ne faudrait jamais prendre parti
dans les choses humaines, si l'on attendait pour
s'enrôler que vînt à passer une armée immaculée.

1. C'est à cette différence de régime intérieur qu'il faut attribuer les premiers succès des esclavagistes dans la guerre civile. Ils étaient, au point de vue militaire, infiniment mieux
préparés, organisés et disciplinés que les hommes du Nord. Des
généraux plus habiles, une facilité de concentration beaucoup
plus grande, et surtout les mesures prises par l'administration
sudiste antérieurement à l'arrivée au pouvoir de Lincoln, ont fait
le reste.

Dans les cas de ce genre, force est bien de négliger
les faits de détail, et de remonter aux principes.
Quand on en est là, il n'y a plus qu'une chose à
faire : regarder de quel côté flotte le drapeau de
l'humanité, et le suivre. Nous avons dû rappeler toutes ces circonstances
pour que ceux de nos lecteurs qui ne sont pas au
courant de la question américaine comprennent
bien la nature des obstacles que Parker et ses amis
abolitionnistes eurent à vaincre : pour qu'ils se
rendent compte aussi de l'ardeur, de la passion
qu'il déploya dans cette lutte où se concentra de
préférence l'énergie de ses dernières années.

Ce qu'on doit reprocher surtout au Nord de
l'Union, c'est l'indifférence apathique dans laquelle
il dormait en matière politique, malgré les avertissements multipliés des hommes qui avaient assez
étudié l'histoire du monde pour voir clairement
le danger qui menaçait leur propre pays. Combien
de fois les hommes dits positifs, commerçants,
agriculteurs, industriels, ont-ils eu à se repentir
d'avoir traité de rêveurs ou de prophètes hallucinés les hommes de l'idée, les hommes qui savent
qu'au-dessus des intérêts pécuniaires règnent de
grandes lois historiques, dont aucune nation ne
lèse impunément la majesté ! Il est certain que la
grande crise américaine eût été conjurée si, dès

le principe, et avant que le Sud lui-même se fût
enfermé dans une impasse dont il ne sut plus
comment sortir, le Nord avait fait entendre sa
grosse voix de majorité et pris des mesures énergiques pour resserrer l'esclavage dans le cercle
restreint où, à défaut d'une abolition forcée, il
fût mort tout doucement de lui-même. Au contraire, heureux d'être exempt du fléau chez lui,
absorbé dans ses travaux matériels et ses opéra-
tions lucratives, ébloui de sa prospérité prodigieuse, le Nord laissa venir le mal au point où le
remède lui-même devenait si douloureux qu'on
préférait presque voir le mal s'aggraver. Le Nord
ne songeait pas même, ce qui lui eût été bien
facile, à s'assurer une majorité dévouée à ses principes dans les conseils de l'Union. Les présidents
étaient toujours du Sud ou inféodés au parti de
l'esclavage. Les états-majors de l'armée et de la
marine, la magistrature fédérale, les bureaux de
l'administration étaient remplis d'hommes du Sud.
En 1854, sur quarante mille fonctionnaires de
l'Union, trente-six mille pouvaient être rangés
dans cette catégorie !

Pourtant, depuis 1831, un humble imprimeur
de Boston, William Lloyd Garrison, publiait un
journal qui fomentait une certaine agitation abolitionniste. Dans les premiers temps, elle eut fort

peu d'écho, assez toutefois pour que les vigies du
Sud, toujours aux aguets, dénonçassent en termes
violents, aux autorités du Massachusells, le caractère incendiaire de cette feuille impertinente. Le
maire de Boston s'efforça de calmer leurs alarmes.
Il résultait de son enquête, leur écrivait-il, que le
mouvement était absolument insignifiant, qu'il ne
trouvait qu'un très-petit nombre d'adhérents obs-
curs, et que Garrison lui-même n'était qu'un
pauvre écrivain, « vivant dans une espèce de trou
« avec un négrillon pour tout domestique. » —
« C'est une chose étonnante, » disait plus tard
Théodore Parker, « que le mépris fréquent des
« hommes intelligents pour les petits commence-
« ments des grandes choses. Il y avait une fois
« quelqu'un qui n'avait pas même de trou pour
« reposer sa tête, et pas l'ombre d'un négrillon à
« son service. Il n'était pas trop bien avec les
« maires et gouverneurs de son pays. Cela ne l'a
« pas empêché d'exercer à la fin quelque influence
« sur les destinées de ce monde. »

En effet, en dépit du « trou » et du « négrillon, »
le mouvement se propagea. Un parti se forma autour du courageux publiciste. Mais il devait s'écou-
ler encore bien du temps avant que ce parti pût
influer d'une manière marquée sur la marche des
affaires. Et même, pendant bien des années, le

parti abolitionniste, dans le Nord lui-même, dut subir tous les inconvénients de l'impopularité. On le considéra comme l'ennemi de l'Union, et les hommes politiques, tenant à rester au pouvoir ou bien à y monter, durent longtemps décliner toute solidarité avec lui. Les meneurs du Sud profitaient de cet état de l'opinion pour lancer de plus en plus l'Union dans une voie dont l'esclavage universel et éternel était le terme avoué. Le Nord laissait faire, ou se bornait à murmurer. Il y avait des endormeurs de conscience qui lui disaient qu'après tout c'était la destinée providentielle de la race noire d'être asservie à la blanche, que c'était écrit dans la Bible, les fils de Cham devant être les esclaves des fils de Sem et de Japhet, etc., etc. Comme si les noirs descendaient de Cham, et comme si nous étions les exécuteurs testamentaires du vieux patriarche! Puis on ajoutait que, pour l'amour de l'Union, il fallait laisser dormir cette question, ne pas s'en occuper, ne pas inquiéter les frères confédérés, et que l'esclavage rapportait une énorme quantité de dollars, et que tous les intérêts commerciaux seraient compromis si cette source de profits assurés allait tarir. Que sais-je encore? L'homme est habile, en politique surtout, à procurer des narcotiques à sa conscience. Enfin, nous l'avons dit, le Sud avait réussi à représenter le sort de ses esclaves comme tellement heureux qu'on se demandait presque s'il n'y aurait pas une véritable barbarie à immoler cette félicité idyllique au fanatisme de quelques chanteurs de psaumes, aux utopies d'idéologues ne connaissant rien aux affaires.

Une chose toutefois contrariait vivement le Sud. Chaque année, et malgré les plus cruelles mesures de répression, un nombre assez considérable d'esclaves parvenait à fuir le paradis et à gagner au péril de la vie l'enfer des états libres. La longanimité du Nord avait déjà supporté tant de choses que les planteurs du Sud firent un pas de plus. Ils obtinrent en 1850 le fameux bill des « esclaves « fugitifs » qui, moyennant quelques formalités dérisoires, investissait le premier homme venu du Sud du droit de *kidnapper*[1] (c'est le terme employé), c'est-à-dire d'escamoter par la ruse ou par la force, le plus souvent par les deux voies, tout homme de couleur habitant les États libres, de le traduire devant un juge fédéral; puis, après une vérification où toutes les précautions étaient prises pour que le pauvre accusé ne pût échapper aux griffes de ses ravisseurs, de se faire délivrer sa capture par la force armée de l'Union. Une récom-

---

1. *To kidnap*, proprement détourner, enlever un enfant.

pense de 10 dollars était allouée à chaque commissaire par tête de nègre *kidnappé*. Pour le coup, le Nord commença à se demander si les exigences de ses confédérés du Sud ne tournaient pas à la tyrannie la plus détestable que l'on pût imaginer.

C'est à partir de la promulgation de cette loi abominable que la part prise par Théodore Parker à la grande croisade abolitionniste devint ardente et active. Son adhésion déclarée fut une bonne fortune pour le parti de l'émancipation. Elle lui valut un orateur de premier ordre, un défenseur dont le désintéressement n'était pas suspect, et qui excellait dans l'art de réveiller les consciences assoupies. Avec les Parker, les Sumner, les Wendell Phillipps, les Beecher Stowe, frère et sœur, l'abolitionnisme put se glorifier d'avoir pour organes les voix les plus éloquentes de l'Union.

Les idées de Parker sur l'esclavage n'avaient pas pris dès son adolescence le même tour décidé que ses vues religieuses. Non pas que jamais il ait été partisan de cette institution : le pieux et doux Channing avait déjà, autour de lui et pour les oreilles intelligentes, dénoncé les dangers, les hontes et les immoralités de l'esclavage. Mais on voit qu'il n'attachait pas encore d'importance particulière à la question. Dans une lettre qu'en 1836

il adressait de Washington à sa fiancée, nous
lisons ce qui suit :

Naturellement on voit ici beaucoup de nègres. J'ai
vu dans le journal d'aujourd'hui un avis contenant une
demande de sept cents nègres des deux sexes, payables
argent comptant. Cela sonne désagréablement à des
oreilles du Nord. Ce sont de singuliers compagnons que
ces nègres. Quelques-uns sont fort gais, dansant et ca-
briolant sur la promenade comme s'ils n'avaient rien à
faire qu'à danser. J'ai rencontré deux amoureux nègres
qui se promenaient bras dessus, bras dessous, roucou-
lant et s'entre-baisant, comme s'ils n'eussent pu retenir
leur joie en présence d'un autre. Pourquoi la couleur
les en empêcherait-elle?

On le voit, l'institution lui répugne théoriquement plus que la vue concrète des esclaves ne
l'afflige. Mais à mesure qu'il réfléchit sur les destinées de sa patrie et les obstacles moraux qui s'opposaient à leur glorieux accomplissement, il vit toujours plus se creuser et s'élargir le gouffre béant
qui menaçait d'engloutir l'honneur et la conscience de l'Union américaine. En 1842, le mal lui
paraissait tellement sérieux qu'il priait une dame
de ses amis, partant pour Georgetown (Virginie),
de faire une enquête soigneuse sur les lieux mêmes
et de lui faire part de ses expériences. Depuis

1845, l'année de l'annexion du Texas, il ne perdit plus une occasion de tonner contre ce grand « péché du peuple. » Plus le temps marchait, plus il voyait l'orage grossir, et la grande majorité de ses compatriotes marcher à sa rencontre, ceux-ci avec l'aveuglement de l'égoïsme, les autres avec celui de la frivolité. Sa correspondance, ses discours abondent en intuitions prophétiques du grand cataclysme que les sages de la politique matérialiste s'obstinaient à ne pas prévoir. En 1851, il écrivait ce qui suit au Rév. Allen :

Je crois que, si le pouvoir esclavagiste continue de multiplier ses exigences, comme il l'a fait ces dernières années, il y aura une guerre civile qui dissoudra l'Union ou qui extirpera l'esclavage. Le temps de se battre n'est pas encore venu. Quand viendra-t-il? Nul ne le sait. Il peut encore ne pas venir du tout. Dieu le veuille ! Mais ceci est ἀρχὴ ὠδίνων καὶ οὔπω ἐστὶν τὸ τέλος [1].

Au mois de mai 1854, au moment de la guerre de Russie, il écrivait à M. Desor :

Le Sud prend parti pour la Russie. « Seule de toutes « les nations de l'Europe, elle n'a jamais trouvé à redire

---

1. *Un commencement de douleurs, et pas encore la fin*, paroles de Jésus énonçant ses sombres prévisions de l'avenir. Matth. XXIV, 6 et 8.

« à l'esclavage américain ; elle sympathise avec nous. »
Voilà ce que les journaux du Sud n'ont cessé de répéter
tout l'hiver. Nous aurons quelque jour un terrible châtiment. Je suppose qu'il viendra du sein de nos propres
villes, de la guerre civile.

C'est à peu près en même temps qu'il écrivait à
M. Seward, depuis secrétaire d'État de l'Union,
le conseiller et l'ami de Lincoln, une lettre d'une
perspicacité rare et que nous reproduisons en
grande partie.

Cher monsieur, — Il me semble que le pays est dans
une impasse, et que le peuple doit intervenir pour
arracher le pouvoir aux mains des *politicians* qui le
gouvernent aujourd'hui ; sinon, l'État est perdu. Per-
mettez-moi de vous dire *in extenso* ce que j'en pense. Il y a
deux éléments distincts dans la nation, savoir : la Liberté
et l'Esclavage. Ce sont deux éléments hostiles de nature
et, par conséquent, tendant mutuellement à s'envahir.
Naturellement le pays manque d'équilibre. Il est clair
pour moi que les deux forces antagonistes ne peuvent
longtemps durer dans cette condition réciproque. Il y
a trois modes possibles de rétablir l'équilibre national :

1. Il peut y avoir séparation des deux éléments. Alors
chacun d'eux formera un tout bien équilibré, exempt de
cette cause de dissolution interne et possédant cette
unité d'action nationale qui est indispensable. Ou bien
2. La liberté peut détruire l'esclavage. Alors la nation

tout entière continue d'exister comme un tout harmo-
nieux, avec l'unité nationale d'action qui résulte de l'u-
nité du territoire. Ou bien

3. L'esclavage peut détruire la liberté, et alors la nation acquiert son intégrité. Seulement ce sera celle du
despotisme. Ceci, sans doute, suppose le renversement
complet de toutes nos idées et de toutes nos Institutions
nationales. Il en doit sortir un despotisme industriel,
anomalie étrange. L'autonomie locale doit faire place à
la centralisation. Les cours d'État doivent disparaître
dans l'énorme éponge qui s'appelle la Cour suprême des
États-Unis, et la liberté individuelle s'engloutir dans la
masse monstrueuse de la tyrannie démocratique. Alors
l'Amérique descend dans le gouffre, ruinée, abîmée,
couverte de plus de honte qu'il ne s'en amassa jadis sur
Sodome et Gomorrhe. Car nous aussi, dans notre hideuse impudeur, dans notre soif titanique de richesse
et de pouvoir, nous avons commis le crime contre
nature.

Maintenant je ne crois pas que la réalisation de la
première hypothèse soit probable. Nous avons deux
classes gouvernantes : 1° les hommes du commerce, qui
veulent de l'argent; 2° les hommes politiques, qui veulent du pouvoir. Il règne un étrange accord entre ces
deux classes. Les hommes du commerce veulent de l'argent comme moyen de pouvoir, et les hommes politiques veulent du pouvoir comme moyen d'argent. Donc,
tant que l'Union procurera de l'argent aux uns et du
pouvoir aux autres, les uns et les autres marche-

ront d'accord et travailleront ensemble à « sauver
l'Union. » Et comme ni les uns ni les autres n'ont de
grandes idées politiques ni de respect pour la loi supérieure de Dieu, tous s'uniront dans ce qui est leur intérêt apparent à tous, c'est-à-dire dans le maintien de
l'esclavage et la centralisation du pouvoir.

C'est pour aviser aux moyens de prévenir ce
danger qu'à la fin de sa lettre il annonçait son
intention de prendre part à une grande convention
des États libres convoquée à Buffalo, et il terminait
en assurant son honorable correspondant de la
confiance qu'il mettait en lui « dans ces temps de
péril pour la liberté. »

En 1856, dans une lettre écrite à M<sup>lle</sup> H..., alors
en Europe, nous lisons ce qui suit :

Il y a deux constitutions en Amérique, l'une écrite
sur du parchemin, déposée à Washington ; l'autre,
écrite aussi sur parchemin, mais sur une peau de tambour. C'est à celle-ci que nous devrons en appeler, et
sous peu. Je fais tous mes arrangements pécuniaires
dans la prévision d'une guerre civile.

Fragment d'un discours prononcé la même année :

Nous marchons vers une guerre pire que celle de
Crimée. Elle a déjà commencé. Combien de temps dure-

ra-t-elle? « Jusqu'à ce que l'esclavage ait mis la liberté
« par terre, » disent nos maîtres du Sud; et nous ré-
pondons énergiquement : jusqu'à ce que la liberté ait
chassé l'esclavage de l'Amérique.

Passage d'un autre discours prononcé en 1858 :

Nous avons trop négligé notre milice; nous pouvons
avoir besoin de soldats au moment où nous y pense-
rons le moins.

Fragment d'une lettre écrite de Rome, en 1859,
à M. Francis Jackson :

Le peuple américain va, je pense, marcher au son
d'une rude musique, et il vaut mieux pour lui qu'il y
songe à temps. Il y a quelques années, il ne semblait
pas difficile, d'abord d'arrêter l'esclavage, puis d'y mettre
fin sans verser le sang. Je crois que maintenant cela ne
se peut plus, ni maintenant, ni plus tard. Toutes les
grandes chartes de l'humanité ont été écrites avec du
sang. Un jour, j'espérai que celle de la démocratie américaine pourrait être grossoyée avec une encre moins
coûteuse. Mais, à cette heure, il est visible que notre
pèlerinage nous mène à une mer Rouge où plus d'un
Pharaon va sombrer et périr. Hélas! que ne sommes-
nous assez sages pour être justes, ou assez justes pour
être sages, et gagner beaucoup à peu de frais !

Autre fragment d'une lettre écrite de Rome,
même année, à M^{lle} Osgood :

Je ne m'étonne pas de la tentative du capitaine Brown
à Harper's Ferry. Ce n'est que le commencement, la fin
n'est pas encore venue. Mais telle est ma confiance dans
les institutions démocratiques, je ne crains pas le résultat. L'Amérique a devant elle un bien glorieux avenir, *mais de l'autre côté de la mer Rouge.*

Ces citations ne font pas seulement honneur à
la puissance de prévision de Théodore Parker.
Elles nous expliquent aussi le zèle dévorant qu'il
déploya contre un fléau dont, avant les autres, il
voyait si bien l'horreur et la proximité.

# CHAPITRE VIII.

La liste serait longue de tous les discours pro-
noncés par Théodore Parker contre l'esclavage. La
presse du Sud ne tarda pas à dénoncer ce *mad par-
son*, ce *curé enragé*, qui venait ainsi clabauder
contre l'arche sainte. Le *Courrier de Charleston*,
entre autres, se distingua par l'âpreté de ses attaques. Pour toute réponse, Parker publia les an-
nonces de vente à l'encan et les offres de mar-
chandise que contenait le numéro même où il
avait été si rudement attaqué. Ici on offrait des
« nègres sains et vigoureux, beaux et vifs; » là,

des « *valuable negroes;* » ailleurs, « des enfants de neuf ans, de quatre ans, *de six mois* (!!); » plus loin, « une intelligente brune. » Sur la même colonne et au-dessous les uns des autres, on lit : « Bœufs et étalons. » — « Un buffletin et son harnais à vendre. » — « Un bon cuisinier, à la fleur de l'âge (*in the prime of life*). » La réplique suffisait.

Mais son opposition à l'esclavage devait le mener plus d'une fois de la controverse théorique à la lutte matérielle. Nous avons dit la pénible impression que la loi rendue contre les esclaves fugitifs produisit d'un bout à l'autre des États du Nord. Les habiles politiques du Sud ne l'avaient pas prévue, du moins au degré où elle se manifesta dès l'abord. Quand on s'est endurci dans le dédain des sentiments sympathiques de la nature humaine, on oublie qu'ils peuvent encore être très-vivants chez d'autres, et on ne les compte plus parmi les forces sérieuses dont il faut calculer la résistance. On peut se figurer l'angoisse inexprimable dont furent tout à coup saisis des milliers de malheureux qui vivaient paisiblement depuis de longues années dans les villes et les villages du Nord, peu aimés de la population blanche, mais après tout infiniment plus à l'aise au grand air de la liberté que dans la vieille maison de servitude. Beaucoup s'étaient amassés un petit pécule, s'étaient mariés, prospéraient honnêtement. Tous travaillaient et remplissaient librement des fonctions subalternes, mais suffisamment rétribuées et dont on eût eu quelque peine à charger de fiers Yankees. Ils étaient domestiques, commissionnaires, ouvriers cordonniers ou tailleurs, etc. La loi les protégeait comme les blancs; ils pouvaient procurer à leurs enfants les bienfaits de l'instruction, et si la société blanche leur était presque entièrement fermée, la charité chrétienne du moins subvenait à leurs misères. Mais, la fameuse loi votée, tout changeait pour eux comme par un coup de foudre. D'une heure à l'autre, au nom des lois fédérales, votées par les deux chambres et sanctionnées par le président de la république américaine, chacun d'eux pouvait être appréhendé au corps et renvoyé à ses anciens maîtres pour y subir de durs châtiments corporels et retomber dans une servitude pire que la première. Dans les trois jours qui suivirent la signature du bill par le président, plus de quarante ex-esclaves s'enfuirent de Boston. Une exode du même genre commença dans les autres villes.

C'est alors que le peuple honnête du Nord commença à se sentir saisi d'une de ces indignations anglo-saxonnes qui ressemblent à une marée montante sous l'impulsion d'une tempête encore lointaine. Au premier moment, on les croit inoffen-

sives ; mais peu à peu l'ouragan se déchaîne et il
n'existe pas de puissance au monde qui puisse
arrêter les flots furieux qu'il pousse en avant.

En beaucoup d'endroits, on tint des *indignant
meetings*, et on organisa des « comités de vigilance, » dont la mission était d'empêcher l'arrestation des esclaves fugitifs ou, s'ils étaient arrêtés, de leur fournir toutes les assistances légales
de nature à les préserver d'être renvoyés à leurs
anciens maîtres. Les traqueurs d'esclaves du Sud
ne tardèrent pas à s'apercevoir qu'il était difficile
et quelquefois dangereux d'exercer leur industrie
dans les États libres. L'opinion se répandit même,
parmi les noirs comme parmi les blancs, que la
loi était inexécutable, et qu'elle resterait lettre
morte. Ce fut aussi par les soins de ces comités
que s'organisa ce fameux « chemin de fer souterrain, » *underground railway*, qui a joué un si grand
rôle dans l'histoire de l'esclavage aux États-Unis.
Cette entreprise avait pour but d'aider par des
moyens secrets les esclaves fugitifs à échapper aux
*kidnappers*, aux officiers de police et aux chiens
dressés à la poursuite des noirs. On a pris beaucoup moins de précautions, on s'est enveloppé de
moins de mystère pour renverser des dynasties
soupçonneuses et armées de pied en cap, que pour
faciliter aux pauvres fuyards leur passage au Ca-

nada. Quelle honte pour la république américaine
que des êtres humains, à qui l'on n'avait aucun
crime à reprocher, aient dû, pendant plusieurs
années, attendre l'instant où ils toucheraient le sol
soumis à Sa Majesté Britannique pour respirer à
pleins poumons et s'écrier : Enfin, je suis libre!
Chaque année, jusqu'au moment de la guerre civile, près d'un millier de fugitifs ont profité du
chemin de fer souterrain.

Cependant, il ne faudrait pas s'imaginer que
cette réaction de l'opinion populaire fût déjà universelle ni qu'elle fût encore assez puissante pour
neutraliser les efforts du parti opposé. Le pli des
concessions au Sud sur cette question était pris
depuis trop longtemps pour qu'il en fût ainsi.
Dans les campagnes et dans les petites villes, l'indignation était générale. Mais là n'était pas le gros
de la population noire. Dans les grandes villes,
où elle était beaucoup plus condensée, il y avait à
côté d'elle une *mob* blanche, composée surtout
d'Irlandais, qui ne voyait aucun inconvénient à ce
que l'exécution de la loi fît renchérir certains
salaires. Cette *mob* était de plus l'instrument
aveugle de hautes influences politiques et commerciales qui attachaient une grande importance
à ce que la loi fût exécutée. L'homme politique le
plus éminent du Nord, Daniel Webster, qui bri-

guait les honneurs de la présidence, voulant se
concilier les voix du Sud, déployait toutes les
ressources de son talent pour persuader à ses
concitoyens qu'il ne fallait pas encourager les abolitionnistes et qu'on devait *se résigner* au bill des
esclaves fugitifs par respect pour la loi et par
amour de l'Union. Triste palinodie d'un homme
doué d'un rare mérite, qui démentait le libéralisme de sa jeunesse sous la fascination de ce fauteuil présidentiel où l'ingratitude du Sud et sa
mort prochaine devaient l'empêcher de monter!
On conçoit l'embarras dans lequel se trouvaient
les honnêtes gens du Nord à qui l'on venait dire :
C'est une dure loi, mais enfin une loi, et tout
bon citoyen lui doit obéissance. Le respect de la
légalité est, on le sait, une vertu anglo-saxonne [1].
Puis le Sud commençait à faire entendre des menaces de sécession si l'on n'avait pas d'égard à ce
qu'il appelait ses droits. Il y eut même, surtout
dans les chaires des grandes villes, des prédicateurs qui, à la parfaite jubilation des autorités
locales et des notables de leurs communautés,
présentèrent l'obéissance à cette loi infâme comme
un devoir envers Dieu. C'est grâce à cette neutra-
lisation, mi-partie honnête, mi-partie intéressée,

1. Voir, à la fin du volume, comment Parker envisageait cette
question de légalité, *Fragments traduits*, V.

des efforts des comités, qu'environ deux cents arrestations eurent lieu dans les États du Nord pendant les six années qui suivirent la promulgation du bill. C'est très-peu en comparaison de ce que les esclavagistes avaient espéré ; mais, pris en lui-même, ce chiffre n'en est pas moins considérable. Sur ce nombre, une douzaine d'esclaves *kidnappés* furent délivrés par le peuple indigné ; quelques autres purent prouver qu'ils étaient légalement libres. Le reste fut renvoyé au Sud et remis aux fers.

Boston fut une des premières villes du Nord qui vit s'organiser un comité de vigilance, et Théodore Parker un des premiers, dans Boston, à en faire partie. Il en fut bientôt nommé président. C'est alors que le moment vint où des paroles il dut passer aux actes.

Des *kidnappers* étaient arrivés à Boston en octobre 1850, porteurs de mandats d'arrêt contre deux noirs évadés de la Géorgie, un jeune homme du nom de Craft et sa compagne Hélène. Tous deux vivaient tranquillement de leur travail et faisaient partie de l'église de Parker. Dans l'idée des meneurs du Sud, il s'agissait surtout de consolider l'autorité de la loi nouvelle par une capture éclatante, opérée au foyer même de l'abolitionnisme. Les pauvres jeunes gens furent immédiatement mis sous la protection du comité de

vigilance. Ils savaient ce qui les attendait s'ils
étaient arrêtés : de cruels châtiments pour l'homme,
la maison de prostitution pour la femme, qui était
jeune. La population de Boston, mise en éveil par
le comité, était décidée à ne pas laisser le rapt
s'accomplir. Les *kidnappers* cherchèrent à attirer
leur proie dans un guet-apens. Leur ruse fut
déjouée. Mais ils pouvaient recommencer, et, après
tout, la police fédérale devait leur prêter main-
forte. Parker cacha Hélène chez lui. Il était pas-
sible pour cela, d'après les dispositions de la loi
nouvelle, d'une amende de 1,000 dollars et de six
mois de prison. La jeune femme resta chez lui près
d'une semaine. Son mari s'était armé, et pouvait,
grâce à l'appui certain du peuple, circuler de jour
dans la ville. Un extrait du journal de Parker nous
montrera les dispositions qui l'animaient alors :

Je n'aime pas la violence, je respecte la vie humaine
comme une chose sacrée ; mais je déclare solennelle-
ment que je ferai tout ce que je pourrai pour arracher
tout esclave fugitif des mains de tout officier de police
qui tentera de le ramener dans la servitude. Je lui ré-
sisterai aussi doucement qu'il me sera possible, mais
avec toute la force aussi dont je puis disposer. Je son-
nerai les cloches, j'alarmerai la ville, je servirai de
tête, ou de pied, ou de main, à toute compagnie de
braves gens qui voudront venir avec moi sans autres

armes que leurs mains. Je le ferai d'aussi bon cœur que je retirerais un homme de l'eau, que j'en arracherais un autre de la gueule d'un loup, ou des mains d'un assassin. Qu'est-ce qu'une amende de mille dollars et six mois de prison pour la liberté d'un homme? Que mon argent périsse avec moi, s'il vient se placer entre moi et l'éternelle loi de Dieu!

Il dut toutefois s'armer lui-même, le bruit s'étant répandu qu'on voulait envahir de nuit sa maison. Mais, après avoir fait tenir aux *kidnappers* et aux *policemen* l'avis que quiconque pénétrerait dans son domicile ne le ferait qu'au péril de sa vie, il alla trouver les *kidnappers* eux-mêmes dans leur hôtel et leur fit, des dispositions croissantes de la population à leur égard, une peinture telle qu'ils jugèrent à propos de repartir par le premier train.

Pendant ce temps, le comité de vigilance avait ramassé la somme nécessaire pour payer le passage des deux proscrits en Angleterre et faciliter leur premier établissement à Londres. Jusqu'au moment de leur embarquement sous la protection du pavillon britannique, on pouvait craindre que les esclavagistes ne voulussent prendre leur revanche. Craft et sa femme étaient époux depuis plusieurs années, mais à la mode nègre, les planteurs du Sud ne songeant guère à régulariser l'état

civil de leur bétail humain. Ils voulurent, avant
de partir, que leur union fût légitimée conformément aux lois des États-Unis. Ce fut Parker qui les
maria, et lui-même a raconté dans une lettre à l'un
de ses paroissiens ce qu'il fit en cette circonstance.

J'ai pour coutume, avant de procéder à un mariage
quelconque, de rappeler au jeune couple les devoirs
auxquels ils s'engagent, en y ajoutant quelques applications en rapport spécial avec les circonstances et le caractère des conjoints. Je leur dis donc ce que je dis ordinairement à tous les nouveaux époux. Puis je dis à
Craft que leur position exigeait de lui des devoirs particuliers. Il était proscrit. Dans toute l'étendue des
États-Unis, il n'y avait pas de loi qui protégeât sa liberté. C'était uniquement de l'opinion publique de Boston et de lui-même que sa liberté dépendait. Si un
homme l'attaquait pour le réintégrer dans l'esclavage,
il avait le droit, le droit naturel, de lui résister jusqu'à
la mort, mais il pouvait refuser de faire usage de ce
droit *pour lui-même*, s'il le jugeait bon, et souffrir
qu'on refît de lui un esclave plutôt que de tuer ou de
blesser le chasseur d'esclaves qui s'attaquerait à lui.
Mais, quant à sa femme, c'était sur lui, sur sa protection qu'elle devait compter, c'était son devoir de la
protéger, et un devoir que, selon moi, il ne pouvait pas
décliner. En conséquence, je lui enjoignis, si les pires
extrémités survenaient, de défendre la vie et la liberté
de sa femme à tout risque, contre tout chasseur d'es-

claves, dût-il pour cela creuser son propre tombeau et
celui d'un millier d'hommes.

Puis vint la cérémonie proprement dite du mariage,
suivie d'une prière inspirée par la circonstance. Après
quoi, je lui fis remarquer une Bible sur une table, une
épée sur une autre, et je lui dis l'usage qu'il fallait faire
de l'une et de l'autre. Je pris la Bible, la mis dans la
main droite de Craft : « Elle contient, lui dis-je, les
« plus hautes vérités dont la race humaine soit en pos-
« session, c'est un instrument dont vous devez vous
« servir pour le salut de votre âme et de celle de votre
« femme. » Je pris alors l'épée (c'était un « couteau ca-
lifornien, » je n'en avais jamais vu de semblable auparavant, et je ne suis pas très au fait de cette sorte de
choses), je la lui mis dans la main, et je lui dis que, si
les pires extrémités survenaient et qu'il ne pût recourir à d'autres moyens, il devait s'en servir pour protéger
la vie ou la liberté de sa femme. Je lui dis que je détestais
la violence, que je respectais la vie humaine comme
une chose sacrée, et que les cas, selon moi, étaient bien
rares dans lesquels on est en droit de l'ôter à qui que
ce soit; mais que s'il ne pouvait autrement sauver la liberté de sa femme, il se trouverait dans un de ces cas-
là. Ainsi, moi, ministre de la religion, je déposais entre
ses mains ces deux instruments dissemblables, l'un pour
le corps, si besoin en était, l'autre pour l'âme à tout
événement. Mais je lui recommandai de ne se servir de
l'épée qu'à la dernière extrémité, de ne pas nourrir de
sentiments vindicatifs contre ceux qui jadis l'avaient

tenu dans les fers, ni contre ceux qui voudraient les y ramener, sa femme et lui. « En vérité, lui dis-je, si vous ne « pouvez vous servir de l'épée pour la défense de votre « femme sans haine contre l'homme que vous devrez « frapper, votre action ne sera pas sans péché. »

En un mot, je lui donnai les mêmes conseils qu'en même occurrence j'eusse donnés à des blancs, — par exemple à des évadés de l'ancien bagne d'Alger.

Le jeune couple parvint à quitter l'Union et à passer en Angleterre. C'était en 1851, l'année de la première grande exposition. La foule courut les voir au Palais-de-Cristal. Les États-Unis, qui ne brillèrent que médiocrement dans ce concours industriel, purent néanmoins exhiber aux yeux du vieux monde un produit vraiment indigène, deux innocents qui chantaient *God save the queen!* pour remercier le ciel d'avoir fait perdre leur piste aux traqueurs d'esclaves!... C'est ce que Parker ne manqua pas de raconter à ses susceptibles compatriotes de la manière caustique propre à son genre d'éloquence. Bien mieux : il écrivit une lettre au président Fillmore pour lui dire ce qu'il avait fait afin de rester fidèle à sa religion, c'est-à-dire au respect des lois divines. Il ne reçut pas de réponse, mais on n'osa pas ordonner de poursuites.

C'est en mai de la même année 1851, qu'au sein de la conférence des pasteurs de Boston, il présenta son apologie de la conduite que, comme pasteur, il avait tenue dans l'affaire de Craft. Ses adversaires lui reprochaient aigrement d'être un violateur des lois du pays, et d'encourager à leur violation par la parole et par l'exemple. Il se défendit de manière à ôter à ses agresseurs toute envie d'y revenir. Citons au moins la fin de ce vigoureux discours :

Oui, j'ai des noirs dans mon église, des esclaves fugitifs. Ils sont la couronne de mon apostolat, le sceau béni de mon ministère. Je suis obligé de prendre soin de leurs corps si je veux sauver leurs âmes... J'ai donc été obligé d'ouvrir ma maison à mes paroissiens et de la mettre à l'abri des griffes des *kidnappers*. Oui, messieurs, j'y ai été obligé, et même de faire garder ma porte jour et nuit; j'ai dû, oui, j'ai dû m'armer moi-même. Cette semaine-là, j'ai écrit mon sermon un pistolet sur mon pupitre, un pistolet chargé, voyez-vous, la capsule au piston, prêt à tirer. Et même il y avait une épée nue à la portée de ma main. J'ai fait cela à Boston, en plein xix° siècle, forcé de le faire pour défendre des innocents, membres de mon église, qu'on voulait envoyer à pire que la mort!

Vous savez que je n'aime pas à me battre : si je ne suis pas partisan de la non-résistance, il me faudrait de bien graves motifs pour me décider à répandre le sang humain. Mais que voulez-vous donc que je fisse? Écoutez. Je suis né dans la petite ville où commença la guerre de l'indépendance. Les cendres des citoyens qui

tombèrent les premiers dans cette guerre reposent sous
le monument de Lexington, ce monument consacré *à
la liberté et aux droits du genre humain.* On y lit qu'ils
sont morts *pour la cause sacrée de Dieu et du pays.*
C'est la première inscription que j'ale lue de ma vie. Ces
hommes sont mes parents. Ce fut mon grand-père qui,
le premier, tira l'épée lors de la révolution. Lui et mon
père étaient au premier feu. Le sang qui a coulé là
coule aujourd'hui dans mes veines. Et puis, quand j'écris
chez moi, dans ma bibliothèque, d'un côté est la Bible
sur laquelle mes pères ont prié matin et soir pendant
plus de cent ans; de l'autre est la carabine que mon
grand-père portait à la prise de Québec, dont il se servit avec quelque chaleur à la bataille de Lexington, et
encore un trophée de la même guerre, le premier mous-
quet pris par les « Insurgents, » pris aussi par mon
grand-père. Et avec de pareils symboles sous les yeux,
avec de pareils souvenirs dans mon cœur, quand un de
mes paroissiens, quand une femme échappée de l'esclavage, poursuivie par des voleurs, vient se réfugier chez
moi, vous voudriez que je lui fermasse ma porte, que
je ne la protégeasse pas jusqu'à mon dernier soupir!...

O mes frères! je n'ai pas peur des hommes. Il se peut
que je les offense. Je me soucie peu de leur haine ou de
leur estime. Je ne prends pas grand soin de ma réputation. Mais jamais, jamais, je n'oserais violer l'éternelle
loi de Dieu! Vous m'avez souvent taxé d'incrédulité. Je
l'avoue, je diffère largement de vous en théologie ; mais
Il est un point sur lequel je ne puis m'empêcher d'être

très-croyant. Je crois en Dieu, le Père infini, le père de l'homme blanc et le père aussi de l'esclave de l'homme blanc. Advienne que pourra, Je ne saurai jamais violer sa loi. Et vous?

Le parti esclavagiste de Boston se trouvait passablement décontenancé par l'échec de sa première tentative. Ses amis du Sud voulurent à tout prix avoir leur revanche. Leurs mesures, cette fois, furent prises plus secrètement; et un noir du nom de Shadrach fut arrêté dans Boston le 15 février 1851, et mis à la disposition du tribunal, qui devait prononcer sa réintégration dans les mains de son ancien maître. Cette fois encore, la loi fut plus faible que l'opinion. Aux applaudissements du peuple, une bande d'hommes de couleur pénétra brusquement dans la salle des séances, et enleva Shadrach avant même que les officiers de police se fussent aperçus qu'ils avaient affaire à une émeute. L'affiche placardée sur tous les murs de la ville par le comité que présidait Parker avait échauffé les esprits.

On intenta des poursuites contre les libérateurs de Shadrach. Les légistes du comité de vigilance assistèrent immédiatement de leurs conseils les individus poursuivis. On ne put réunir de charges suffisantes pour une mise en accusation que contre

celui qui avait dirigé la bande libératrice, un jeune
mulâtre nommé Robert Morris, qui étudiait en
droit. Le jury, à l'unanimité, le renvoya absous.
Ce second échec exaspéra les esclavagistes. Il
faut se rappeler qu'alors le pouvoir fédéral, la
poste, la police, l'armée, tout était à la disposition
de ce parti. Plus l'opinion des honnêtes gens du
Nord se roidissait contre l'exécution d'une loi
inique, plus l'amour-propre du parti était intéressé
à la braver. Il y avait 9,000 noirs dans Boston,
et près d'une année s'était écoulée depuis la promulgation de la loi sans qu'on fût parvenu à en
reprendre un seul. Cela devenait décidément in-
supportable. Un véritable complot s'ourdit pour
venger la légalité aux dépens d'un pauvre nègre
nommé Thomas Sims, qui fût *kidnappé* dans les
rues de Boston, pendant la nuit du 3 avril 1851.
Les passants voulurent intervenir, mais la police les
en détourna en alléguant qu'on l'arrêtait comme
perturbateur du repos public, et non comme esclave fugitif. Il fut immédiatement traduit devant
le tribunal sans pouvoir obtenir de jugement devant un jury; et, au mépris des lois du Massachussets, qui pourtant garantissent un tel jugement à tout accusé, il fut condamné. Une tourbe
de gens apostés à dessein dans la salle applaudit
au jugement. Mais, malgré les forces imposantes

qu'on avait déployées pour intimider la population, la police n'osa pas opérer de jour son extradition. Ce fut de nuit, à la dérobée, qu'on le transféra à bord d'un vaisseau prêt à partir. Quelques jours après, on le débarquait à Savannah, où il fut jeté en prison, puis passé par les verges à plusieurs reprises. Depuis lors, il disparut sans qu'il fût possible de savoir ce qu'il était devenu.

L'indignation fut grande à Boston. Pour la première fois, le crime légal avait été commis dans les rues de la fière cité. La conscience publique fut vengée quelques jours après par Théodore Parker dans son fameux discours intitulé *the Chief-Sins of the people*, les Péchés capitaux du peuple [1]. On ne se borna pas à discourir. Un an après, un anti-esclavagiste éminent et décidé, ami de Parker, M. Ch. Sumner, était nommé pour la première fois membre de ce sénat américain, où il devait renouveler la tradition des vertus antiques par la courageuse énergie avec laquelle il planta, en plein congrès, à la face même du parti contraire encore tout-puissant, ce drapeau de l'émancipation qui flotte aujourd'hui victorieux sur les conseils de l'Union. Les esclavagistes n'osèrent pas, de quelque temps du moins, recommencer leurs insolents défis

1. Voir les fragments de ce discours à la fin du volume.

à l'opinion publique de Boston. L'année d'après, le jour anniversaire de l'extradition de Thomas Sims, Parker prononça, dans une séance publique du Comité de vigilance, un autre discours plein de faits et d'éloquence qui fit une impression profonde. C'est là que se trouve cette accablante application de l'un des passages les plus connus du Nouveau Testament :

De la dure maison de servitude un homme s'était réfugié au sein du peuple du Massachussets. On n'avait d'autre crime à lui reprocher que l'amour de la liberté. Il vint à nous comme un étranger qui compte sur l'hospitalité sacrée : Boston le prit et le jeta illégalement en prison. Il avait faim : Boston lui donna à manger la ration de ses criminels. Il avait soif : Boston lui donna à boire le fiel et le vinaigre des esclaves. Il était nu : Boston le couvrit de chaînes. Malade et en prison, il demandait un consolateur : Boston lui envoya un *marshal* et un commissaire, Boston le remit à des voleurs d'hommes, rebut de l'humanité, pour qu'ils en fissent leur esclave. Pauvre, enchaîné, voyant le gouvernement de la nation contre lui, il demanda des prières à nos églises [1] : nos églises mercantiles lui répondirent par des imprécations. Il nous demandait, au nom de notre

---

1. C'est, en effet, ce qu'avait fait le pauvre nègre. Mais la coterie politico-commerciale, qui avait la haute main dans les consistoires, ferma la bouche aux ministres officiants, dans la crainte d'une émotion populaire.

Dieu, le sacrement de la liberté : au nom de leur trinité, la trinité d'argent, au nom de leur Dieu de métal,
elles l'ont baptisé *Esclave!* Boston était la marraine.
L'église mercantile de la Nouvelle-Angleterre lui a dit :
« Ton nom est *Esclave* : je te baptise au nom de l'aigle
« d'or, du dollar d'argent et du centime de cuivre ! »

Cet événement avait forcé le Comité de vigilance
à redoubler d'efforts et de fidélité à son titre. Sa
meilleure tactique était évidemment de faire partir
les fugitifs menacés d'être repris, avant que les
limiers du Sud fussent sur leur piste ou qu'ils
eussent pris les mesures légales nécessaires pour
se faire délivrer leur proie, ce qui lui réussit plus
d'une fois. C'est ainsi qu'il put, dans l'espace d'une
seule année, faire passer au Canada quatre cents
personnes de couleur. De plus, les Comités de vigilance des différentes villes étaient entrés en correspondance pour s'entr'aider dans leur œuvre
commune. Ailleurs qu'à Boston, à Syracuse (New-
York) entr'autres, des esclaves capturés par la ruse
avaient été délivrés de force par la population mise
sur pied aux sons du tocsin. Parker écrivit aux
Syracusains une lettre de congratulation, dans
laquelle on lisait, parmi d'autres passages pleins
d'ironie et de passion :

Le bill des esclaves fugitifs est une des lois les plus

iniques qui aient été décrétées dans notre siècle. Elle
n'est bonne qu'à être violée. Au nom de la justice, j'ad-
jure quiconque aime la loi de violer cette loi-là, pacifiquement s'il le peut, à force ouverte s'il le doit.
Nous devons la traiter comme nos pères traitèrent le
*Stamp-Act* au dernier siècle. Toute la puissance britannique ne put l'imposer aux Américains récalcitrants. Je
ne suppose pas que cela puisse toujours se faire sans
souffrance individuelle, perte d'argent, emprisonne-
ment, etc. On n'achète pas la liberté avec de la poussière. Je crois que le christianisme a coûté aussi quelque chose, j'entends le christianisme de Jésus-Christ.
Il est un autre genre de christianisme qui ne coûte
rien, — et qui, même à ce prix, est encore trop cher.

Ces occupations fatigantes venaient encore
s'ajouter à toutes celles que nous avons énumé-
rées. Parker souffrait beaucoup de l'impossibilité
de continuer des travaux scientifiques au milieu
du fracas de cet orage permanent; mais il se rési-
gnait à faire son devoir du jour et de l'heure,
remettant à une période moins agitée la composition de plusieurs ouvrages de longue haleine qu'il
méditait depuis longtemps. Cependant, le parti
esclavagiste poursuivait au congrès le cours de ses
triomphes et présentait le bill du Kansas-Né-
braska, qui portait une nouvelle atteinte aux principes de la liberté et aux droits des États libres.

Malheureusement, il arrivait ce qui arrive si souvent lorsque la lutte se prolonge entre une population animée de sentiments généreux, mais ne voulant pas faire de révolution, et un pouvoir organisé, maître des influences, des forces matérielles et des intérêts : si seulement ce pouvoir prend soin de ne pas trop exaspérer les sentiments qui lui sont contraires, il peut, presque à coup sûr, spéculer sur la lassitude des esprits et l'apaisement graduel des premières colères.

Ainsi marchaient les choses en Amérique pendant les années 1852-1854. La première ardeur, déployée contre la loi des esclaves fugitifs, avait diminué, particulièrement à Boston. Depuis le rapt de Thomas Sims, les esclavagistes avaient prudemment laissé dormir leur loi d'iniquité, trouvant le Comité de vigilance toujours prêt à leur faire échec. D'autre part, l'ascendant que le Sud devait à sa cohésion, à son audace, à son effronterie même, avait fini par imposer à beaucoup de gens du Nord. Aussi, dès que le bill du Nébraska eut été adopté par la législation fédérale, le pouvoir esclavagiste voulut-il profiter de sa nouvelle victoire pour consolider les anciennes. Un autre pauvre diable de nègre fut arrêté le 24 mai 1854 sous une fausse prévention de vol et chargé de fers, en attendant la comédie de jugement qui

devait le rendre à son ancien maître, le colonel
Suttle, d'Alexandrie (Virginie).

Théodore Parker mit immédiatement le Comité
de vigilance en mouvement. Il alla lui-même voir
le malheureux enchaîné, et fit tant qu'on lui ôta
ses fers; mais on ne lui rendit pas la liberté. En
même temps, un « meeting d'indignation » fut
convoqué à Faneuil-Hall, le forum ordinaire des
citoyens de Boston, qu'ils doivent au legs généreux d'un de nos compatriotes mort dans cette
ville au siècle dernier. La situation était des plus
graves. On savait qu'en prévision de ce qui pouvait arriver, des soldats fédéraux gardaient les
abords de la prison; et l'ordre, disait-on, leur avait
été donné de tirer sur le prisonnier plutôt que de
le laisser enlever. L'autorité fédérale avait aussi
donné ordre de diriger sur Boston des forces imposantes. Enfin, la milice elle-même de la ville
était sur pied. Tout cela pour forcer un malheureux nègre à redevenir esclave! La foule indignée
remplissait Faneuil-Hall. La parole brûlante de
Parker surexcitait encore les sentiments dont elle
était animée :

Daniel Webster a dit un jour, s'écriait-il, qu'il n'y
avait pas de Nord. Non, il n'y en a pas. Le Sud s'étend
désormais jusqu'aux frontières du Canada. Non, mes-

sleurs, il n'y a plus de Boston aujourd'hui. Il y eut une
fois une ville qui s'appelait Boston. Maintenant il y a
un faubourg-nord de la ville d'Alexandrie. Voilà ce
qu'est Boston. Et vous et moi, humbles sujets de
l'État de Virginie... (Cris de : *non! non! retirez ce
mot!*)
Je le retirerai quand vous m'aurez montré que cela
n'est pas. Hommes et frères, je ne suis plus un jeune
homme, j'ai entendu bien des fois des hourrahs et des
applaudissements pour la liberté; mais je n'ai pas vu
beaucoup agir pour elle. Je vous demande donc : Agi-
rez-vous aussi bien que vous parlez?

Puis il leur dit que les autorités municipales
connivaient avec le parti esclavagiste; que, dès
le lendemain, leur concitoyen Anthony Burns
(ainsi s'appelait le nègre arrêté) allait être renvoyé au pays de servitude, qu'il dépendait d'eux
d'empêcher ce nouvel affront et ce nouveau
crime.

Messieurs, ajoutait-il, je suis un ministre et un
homme de paix. J'aime la paix. Mais il y a les moyens
et il y a la fin. La fin, c'est la liberté, et quelquefois la
paix n'est pas le moyen de l'obtenir. Maintenant je dois
vous demander ce que vous comptez faire (Une voix :
*charger nos fusils!*). Non, il y a moyen de mener à bien
cette affaire sans tirer un coup de fusil. Soyez sûrs que
ces gens qui ont *kidnappé* un homme dans Boston, sont

11.

des couards, — oui, tous, tous autant de fils de leurs
mères qu'ils sont! Et je vous affirme que si nous nous
levons résolûment, si nous leur déclarons catégorique-
ment que « cet homme ne sortira pas de la cité de Bos-
« ton, » hé bien, sans tirer le moindre coup de fusil
(Cris de *c'est cela! c'est cela!* et applaudissements prolongés), — hé bien, il n'en sortira pas. A présent, je
vous propose de nous ajourner et de nous réunir demain
matin devant le tribunal à 9 heures (Beaucoup de
mains se lèvent en signe d'assentiment; mais plusieurs
voix crient : *Allons-y dès cette nuit! Allons rendre visite aux traqueurs d'esclaves! Mettez cette proposition
aux voix!*). — Proposez-vous donc d'y aller dès cette
nuit? Levez donc les mains! (Quelques mains se lèvent.)
— Ce n'est pas un vote. Donc à demain matin, sur la
place du Tribunal, à 9 heures.

L'idée de Parker était de provoquer une démonstration pacifique, mais tellement imposante par le
nombre et la résolution, que la remise d'Anthony
Burns aux mains des sbires du Sud devînt chose
impossible. Malheureusement, quelques têtes
chaudes ne voulurent pas attendre; et, même
avant que le meeting de Faneuil-Hall se fût dis-
persé, une attaque à main armée sur la prison
était déjà commencée. Les soldats furent d'abord
repoussés, la porte de la prison enfoncée, et l'un
des hommes du marshal fut tué. Mais, voyant

qu'ils n'avaient affaire qu'à un petit nombre d'adversaires, les soldats tirèrent à tout hasard. Sur quoi, les attaquants, saisis d'une vraie panique, s'enfuirent dans toutes les directions. Dès le lendemain, la ville était remplie de troupes; l'occasion était manquée, et le plan pacifique de Parker désormais inexécutable.

Cet insuccès des abolitionnistes enhardit le parti opposé; et, comme d'habitude, une foule d'indécis se rangèrent du côté que les faits accomplis favorisaient. Anthony Burns fut rendu à son maître, bien que Parker et ses amis eussent offert une forte somme d'argent pour son rachat. Des propositions d'émeute et même d'insurrection déclarée contre l'autorité fédérale furent faites au Comité, mais celui-ci recula devant la perspective d'une plus grande effusion de sang; et d'ailleurs il ne fallait pas dissoudre, il fallait sauver l'Union, et on ne pouvait la sauver qu'à la condition d'y rester. Des événements de ce genre, si regrettables qu'ils fussent en eux-mêmes, avaient toujours le grand avantage de réveiller l'opinion et de fortifier la réaction contre la prépondérance du parti sudiste. Le maître de Burns comprit-il la portée morale du rapt qu'on avait commis en son nom? Ou bien, Burns étant un nègre intelligent et doué d'une certaine éloquence native, quoique dépourvu de toute éducation, M. Suttle jugea-t-il à propos de ne pas laisser sur les plantations un fugitif beau parleur qui pouvait raconter ce qu'il avait vu et entendu dans un pays de liberté? Ce qui est certain, c'est que, à peine Burns remis entre ses mains, il prêta l'oreille aux offres de rachat qu'il avait d'abord repoussées. Les protecteurs de Burns pensèrent qu'il pourrait devenir un bon prédicateur pour les hommes de sa race, et le placèrent au collége Oberlin, dans l'Ohio. Il récompensa les sacrifices qu'on avait faits pour lui par son zèle à apprendre tout ce qui lui fut enseigné. Il existe, dans les lettres laissées par Théodore Parker, quelques lignes de lui témoignant de sa gratitude et de l'espérance qu'il nourrit de contribuer au relèvement de ses malheureux congénères. Nommé pasteur d'une communauté d'hommes de couleur à Sainte-Catherine, il s'acquitta de ces fonctions avec un admirable dévouement, et mourut à la tâche en 1862. S'il était resté esclave, dira-t-on, peut-être vivrait-il encore ! Très-probablement, en effet, vu qu'un maître intelligent aurait compris qu'il ne devait pas l'excéder de travail plus que son bœuf et son cheval. La seule question qui reste à résoudre est celle de savoir si une vie honteuse est préférable à une belle mort. Les esclavagistes la résoudront à leur guise : pour nous, idéologues

peut-être, nous redirons avec le *Vieux sergent* du
poëte populaire :

Ce n'est pas tout de naître :
Dieu, mes enfants, vous donne un beau trépas!

C'est quand Burns était encore en prison à Boston, que Théodore Parker fit, à la place d'un sermon ordinaire, ce qu'il appela *Un texte du jour*
(*a lesson for the day*) [1], dans lequel il donna un libre
cours à sa douleur indignée, et stigmatisa, comme
elle le méritait, la conduite des magistrats de Boston. Ceux-ci, en effet, n'avait pas seulement obéi
comme malgré eux à la lettre de la loi, ils
avaient déployé un véritable empressement à faciliter l'œuvre des *kidnappers*. Selon l'expression de
M. Sumner, il leur dressa un immortel pilori, où
les générations futures viendront les contempler.

Ce fut une raison de plus pour comprendre l'orateur dans les poursuites que l'on dirigea contre les
instigateurs et les auteurs du coup de main tenté
pour délivrer Burns. On regarda son discours de
Faneuil-Hall comme une provocation à l'émeute.
C'était, comme on a pu s'en assurer, en fausser la
signification. M. Wendell Phillipps, l'éloquent abo-

1. Voir à la fin du volume.

litionniste, qui avait aussi parlé au *meeting*, et plusieurs autres, furent impliqués dans ces poursuites. Parker était enchanté de cette occasion qui s'offrait à lui de se mesurer face à face avec l'ennemi, sous les yeux de l'Amérique entière. Il avait préparé lui-même sa défense, et comptait, pour être renvoyé absous, sur un jury d'honnêtes gens de la Nouvelle-Angleterre. Mais les magistrats chargés de prononcer sur la validité de la poursuite furent sans doute du même avis, car, sous prétexte de formalités négligées, ils rendirent une ordonnance de non-lieu. On pouvait avoir pour soi l'administration, la marine et l'armée, cela n'empêchait pas d'avoir peur.

Depuis le rapt d'Anthony Burns, on n'osa plus opérer le moindre *kidnapping* dans Boston.

# CHAPITRE IX.

La crise terrible provoquée par les envahissements continuels de la politique esclavagiste s'avançait à grands pas. A mesure que les hommes d'initiative et de prévoyance tâchaient de secouer l'opinion pour réagir contre la tyrannie du Sud, celui-ci se hâtait d'affermir sa prépondérance en prenant de nouvelles garanties, en posant de nouveaux faits accomplis, qui rendaient le retour à une meilleure politique toujours plus coûteux et,

à bien des égards, toujours plus effrayant. C'est en
1853-54, avons-nous dit, que le compromis du
Missouri, qui empêchait l'esclavage de dépasser le
36° degré de latitude, fut annihilé par le Sud, qui
obtint du Congrès que le Nébraska entrât dans
l'Union comme État à esclaves, et que l'odieuse
institution fût imposée au Kansas, qui n'en voulait
pas, par des bandes armées venues du Sud. La
guerre civile ravagea ce nouvel État, et, chose
odieuse à penser, avec la connivence à peine dé-
guisée du pouvoir fédéral. Ce fut l'ami de Parker,
M. Sumner, qui se leva le premier pour dénoncer
à la tribune du Congrès ce nouveau crime contre
l'humanité. Les partisans du Sud, bien que for-
mant encore la majorité dans les chambres, commençaient à se sentir mal à l'aise devant cette voix
qu'aucune intimidation ne faisait taire, devant
cette conscience inaccessible aux séductions qui
leur avaient jusqu'alors si souvent réussi avec les
*politicians* du Nord. Il en résulta que le 21 mai 1856,
tandis que, dans l'intervalle de deux séances, le
noble sénateur de Boston était resté à son pupitre
pour écrire quelques lettres, un brutal représentant du Sud, et dont le nom doit être conservé, un
certain Brooks, asséna sur la tête de M. Sumner
un coup de bâton qui faillit l'assommer. Chose
révoltante, et qui prouve combien l'esclavage finit

par étouffer tout sentiment de délicatesse chez
ceux qui en profitent aussi bien que chez ceux
qui en souffrent, il n'y eut dans les journaux du
Sud que des applaudissements pour cet acte de
sauvage !

Qui se fût imaginé que le Nord ne serait pas
encore assez unanime pour mettre fin à ce déplo-
rable état de choses ! Lors des élections de 1856
pour la présidence de l'Union, le candidat républicain abolitionniste, le colonel Fremont, réunit, il
est vrai, un million et un quart de voix. C'était un
signe éclatant du changement qui s'opérait dans
les esprits, mais ce n'était pas encore assez pour
l'emporter sur le candidat démocrate esclavagiste,
M. Buchanan. Le Nord doit bien s'applaudir aujourd'hui de sa condescendance. C'est elle qui permit à Buchanan et à ses amis de préparer tout à
leur aise pendant quatre ans la sécession des États
du Sud. Mais la marée de l'abolitionnisme montait, montait toujours.

De 1854 à 1858 nous voyons Théodore Parker à
chaque instant sur la brèche, haranguant, écri-
vant, *lecturant*, préchant, voyageant sans cesse,
correspondant avec MM. Sumner, Danks, Seward,
Chase, Emerson, Bancroft, l'éminent historien, et
une foule d'autres notabilités politiques et litté-
raires, faisant à lui seul l'ouvrage de dix hommes.

Naturellement, c'est le « grand péché de l'esclavage » qui fournit à cette activité sans relâche son
principal objet. Toutefois, il ne cessa pas pour cela
de s'occuper des misères locales de Boston, des
pauvres, des enfants abandonnés, des jeunes filles
sans protection, etc. Ses sermons étaient toujours
plus écoutés et toujours plus lus. Pour satisfaire à
une demande toujours croissante, il en publia lui-
même plusieurs recueils, et ce sont ces sermons,
joints à ses discours contre l'esclavage, qui forment
la majeure partie des douze volumes publiés aujourd'hui sous son nom. Outre les écrits dont nous
avons parlé, la collection se compose d'un volume
de *Miscellanées* contenant plusieurs travaux remarquables de critique religieuse, entre autres sur
Bernard de Clairvaux et sur la théologie allemande ; d'un autre volume renfermant dix sermons sur divers sujets de religion et de morale ;
d'un troisième intitulé *Sermons of Theism* ; puis
de deux autres volumes d'*Additional Speeches*, lesquels furent encore suivis de trois nouveaux recueils de *Speeches, Addresses*[1], etc.

1. Nous ne connaissions ses œuvres que dans la dernière édition publiée de son vivant, édition incomplète et défectueuse sous
le rapport de l'exécution typographique. Nous sommes heureux
de pouvoir recommander aujourd'hui l'excellente et complète
édition qui vient de paraître en Angleterre, et qui est due aux
soins pieux de M^lle Cobbe.

Cette longue série offre une fidèle image de cette vie agitée. La lecture en est singulièrement attrayante, d'abord à cause de la variété des questions traitées, mais aussi par la manière dont les sujets les plus rebattus de la religion et de la morale sont rajeunis par cette mâle et spirituelle éloquence.

Cependant Parker ne comptait pas s'en tenir uniquement à cette incessante production, provoquée par les besoins du moment. Il préparait les matériaux de deux grands ouvrages, dont l'un devait contenir une biographie critique des hommes célèbres de l'Amérique, tandis que le second, de beaucoup le plus intéressant pour nous et celui qui exigeait le plus de recherches de tout genre, eût été consacré aux *Origines des religions chez les races dominantes de l'humanité*. C'est à publier ce dernier ouvrage que Parker tenait par-dessus tout. Il espérait en faire le monument et comme le résultat définitif de ses études et de ses expériences. Il avait même annoncé qu'à partir de sa cinquantième année il renoncerait à la prédication hebdomadaire pour se vouer tout entier à cette œuvre capitale. Déjà, pourtant, la voix du Père infini s'apprêtait à lui dire : « C'est assez, bon et fidèle serviteur! Entre dans le repos de ton Seigneur. »

Il devait toutefois encore se voir l'objet de ces
haines dévotes qui, pendant les dernières années,
soit lassitude, soit sentiment de leur impuissance,
l'avaient laissé relativement tranquille.

Ce fut en 1859 que s'étendit sur l'Amérique cette
espèce de fièvre religieuse dite *revival*, qui passa de
l'autre côté de l'Atlantique, envahit l'Irlande,
l'Écosse, l'Angleterre, et vint mourir sur les dunes
de la calme Hollande, où elle ne se manifesta que
sur deux ou trois points isolés. Il y avait dans ce
mouvement, aux apparences souvent grotesques,
des éléments sérieux, qu'un œil impartial et pénétrant pouvait très-bien discerner. Tant que, dans
les masses protestantes d'Angleterre et d'Amérique,
ne règnera pas une notion plus éclairée de la religion et du salut des âmes, tant qu'une orthodoxie,
formaliste et encore en partie dominée par le
dualisme du moyen âge, maintiendra la séparation
du monde et de Dieu (de la vie ordinaire, par conséquent, et de la vie religieuse), elles ne comprendront guère la piété autrement que sous la forme
d'une révolution radicale, d'une rupture brusque
et complète avec le passé tout entier. En temps
ordinaire, la grande majorité n'écoute guère que
la voix de ses intérêts, de ses plaisirs et de ses
besoins matériels et demeure passablement indifférente aux aspirations de l'esprit. Mais, par mo-

ments et surtout sous la crainte vague de grands
bouleversements, ou bien quand de grandes cala-
mités sévissent, des secousses morales se déclarent,
se propagent par une sorte de contagion, et l'on
assiste alors à des *conversions* innombrables, s'opé-
rant par entraînement, les unes sérieuses, les
autres irréfléchies, d'autres... conformes à la mode.

Ordinairement aussi ces *revivals* s'associent à un
redoublement de ferveur dans la rigidité orthodoxe. La foule confond naturellement l'Évangile
avec la forme traditionnelle, seule connue d'elle,
du christianisme. Les objections, les doutes de
l'incrédulité vulgaire, ce billon irréligieux de valeur mélangée qui court les rues, est complétement
recouvert, absorbé, par les flots tumultueux du
réveil religieux. Là-dessus, les *réveillés* s'imaginent
qu'il est du devoir d'un bon chrétien, non-seulement de se corriger de ses défauts — ce qui serait
fort juste — mais, encore d'être plus malveillant
que jamais à l'égard de ceux qui s'écartent du type
de la piété orthodoxe. On pourrait même supposer
que c'est ce qu'ils trouvent de plus facile à exé-
cuter parmi les devoirs nouveaux que l'état de
converti leur impose.

Le *revival* américain, qui se manifesta dans les
années 1857-1858, eut pour causes principales les
sombres perspectives de la politique, et specia-

lement la crise financière qui couvrit le pays de désastres privés et publics. Les peuples sont ramenés aux idées sérieuses par les mêmes causes que les individus. Chez les uns comme chez les autres, ces retours à une piété plus intense, tout désirables qu'ils soient en eux-mêmes, ont leurs côtés faibles et même dangereux. Trop souvent on prend alors l'ébranlement des nerfs pour un sentiment religieux vivifié, et l'étroitesse dans les idées pour un redoublement de fidélité à Dieu. Si bien que la charité, l'esprit d'équité, de fraternité, de bienveillance, ce fruit authentique du Saint-Esprit, souffre dans la mesure où la prétendue conversion s'opère. Les *revivalistes* de Boston, comme on pouvait s'y attendre, ne manquèrent pas de rouvrir le feu contre le grand adversaire de leur théologie puritaine. Le croirait-on ? Il y eut des meetings tenus à son sujet, et où l'on demanda pour lui à la toute-puissance divine *la conversion ou la mort!*

Nous n'exagérons rien. Voici, d'après des renseignements positifs, un spécimen des prières adressées au ciel dans l'une de ces occasions :

O Seigneur! si cet homme est accessible à la grâce, convertis-le et amène-le dans le royaume de ton cher Fils! Mais s'il est en dehors de l'influence salutaire de

l'Évangile, écarte-le du chemin et fais que son influence
meure avec lui !

O Seigneur ! envoie la confusion et la distraction
cette après-midi dans son cabinet [1], et empêche-le d'a-
chever sa préparation pour demain ; ou s'il prétend
profaner ton saint jour en essayant de parler au peuple,
attends-le là, Seigneur, et confonds-le, de sorte qu'il
soit incapable de parler.

Seigneur, nous savons que nous ne pouvons le confondre par des arguments, et que plus nous disons
contre lui, plus le peuple courra après lui, plus on
l'aimera et le respectera ! O Seigneur ! qu'arrivera-t-il à
Boston, si tu ne prends pas en main cette affaire et
quelques autres !

O Seigneur ! si cet homme persiste à parler en public,
induis le peuple à l'abandonner et à venir remplir cette
maison de prière au lieu de la salle où il parle.

Un pieux frère invita les autres à prier Dieu de
vouloir bien « mettre un crochet dans les mâchoires de cet homme pour qu'il fût forcé de se
taire. »

Un autre, plus poète, pria pour que le Seigneur
le confondît, comme jadis Saul de Tarse, et en fît
un défenseur de cette foi qu'il avait si longtemps
tâché de détruire.

1. Ce charitable meeting se tenait le samedi.

Un autre conseilla à ses frères de prier chaque jour pour la conversion de Théodore Parker, en quelque lieu qu'ils fussent, à leurs affaires ou dans la rue, au moment où les cloches sonneraient le coup d'une heure. — C'est un des traits de ce *recéval*, en Angleterre et en Amérique, d'avoir attribué beaucoup de puissance à la simultanéité des prières prononcées par un grand nombre de fidèles au même moment et dans le même but. On sait ce que les artilleurs entendent par des feux concentriques : c'est, disent-ils, la manœuvre la plus meurtrière de leur arme spéciale. Il semble, en vérité, qu'on ait reporté cette théorie sur cet élan de l'âme vers Dieu que nous nommons prière.

En même temps, Parker recevait des lettres sans nombre, toutes l'engageant à se convertir. Nous nous bornerons à reproduire la réponse qu'à la date du 9 avril 1858 il adressa à une dame qui lui avait écrit dans cette intention.

Chère madame, — Je vous suis bien reconnaissant de l'intérêt que vous prenez à mon bien-être spirituel et de la lettre que je viens de recevoir de vous. J'en infère que vous désirez me voir adopter les opinions théologiques que vous professez vous-même. Je ne vois pas que vous désiriez rien de plus.

Je ne doute nullement que ceux qui prient pour ma
conversion à la théologie ecclésiastique ordinaire et que
ceux qui prient pour ma mort ne soient également
honnêtes et sincères. Je ne leur envie pas l'idée qu'ils
se font de Dieu quand ils lui demandent de venir dans
mon cabinet pour me confondre, ou de me mettre un
crochet dans les mâchoires pour que je ne puisse parler. Plusieurs personnes sont venues « travailler avec
moi, » selon leur expression, ou m'ont écrit des lettres
pour que je me convertisse. C'étaient ordinairement de
braves gens ne sachant absolument rien des choses
qu'ils voulaient m'enseigner. Ils se prétendaient en
possession d'une illumination divine dont je ne voyais
la preuve ni dans leur vie ni dans leur doctrine. Mais
je trouvai bientôt qu'il en était d'eux comme de vous.
Ils ne cherchaient pas à m'inculquer, soit la piété qui
est l'amour de Dieu, soit la moralité qui est l'observation des lois naturelles que Dieu a écrites dans la
constitution de l'homme ; mais ils tâchaient seulement de me faire croire à leur catéchisme et de me
faire entrer dans leur église. Je ne vois aucune espèce
de raison pour faire l'un ou l'autre. Je m'efforce d'user
des talents et des occasions que Dieu me fournit de la
meilleure manière que je puis. Je ne crois pas qu'il y
ait de ma faute quand j'ai à déplorer les absurdités que
je découvre dans la croyance de ceux qui veulent m'instruire sur des matières dont ils sont profondément
ignorants.

C'est ainsi que les catholiques ont traité les protes-

tants, que les juifs et les païens ont traité les chrétiens.
Je vois des hommes de bien et des hommes religieux
parmi toutes sortes d'hommes, trinitaires, unitaires,
salvationistes, damnationistes, protestants, catholiques, juifs, mahométans, païens. Un seul Dieu est père
de tous, et j'ai de ce Dieu un tel amour que depuis
longtemps cet amour a chassé de mon cœur toute peur
de lui. — Croyez-moi, etc.

Hélas! les bonnes âmes ne savaient pas que
leurs prières étaient déjà superflues. Déjà s'étaient
montrés les premiers symptômes du mal inexorable qui devait réduire au silence cette voix courageuse. L'heure était venue où l'amour de Dieu
chez Parker allait se trouver aux prises avec la
douleur de se savoir désormais incapable de travailler « à la cause sacrée de Dieu et du pays. »
Depuis plusieurs années, il avait dû disputer à des
indispositions sans cesse renaissantes un temps
qu'il employait avec l'activité que nous savons.
Sa santé, déjà ébranlée par ses excès de travail à
l'université, n'était jamais redevenue robuste. Il
fallait le feu intérieur qui brûlait en lui pour le
soutenir dans la vie prodigieuse qu'il avait réussi
à mener jusqu'alors. Le 11 février 1858, il écrivait
à l'un de ses bons amis, le Rév. May :

Cet hiver est stupide pour moi. Je n'ai pas la moitié
de ma vieille et joyeuse capacité de travail. Voilà pour-

quoi je ne vous ai pas écrit ces trois derniers mois. Je
brasse un sermon par semaine; c'est à peu près tout
ce que je puis faire. J'ai *lecturé* soixante-treize fois,
coup sur coup; j'ai fini pour cette saison. L'an dernier,
je fis quatre-vingts *lectures* tout le long du Mississipi,
j'ai tenu aussi des discours sur la tempérance et contre
l'esclavage, prêché chaque dimanche à deux congréga-
tions [1], lu de plus une forte dose de rudes choses, écrit
aussi beaucoup. J'ai quarante-sept ans, selon le compte
de ma mère; selon le mien, j'en ai soixante-quatorze.
Je suis un vieillard. Quelquefois, je songe à frapper de
ma canne aux portes de la terre en disant : *Liebe Mut-
ter*, ouvre à ton enfant! Je ne sais ce qu'il en sera. Mon
père est mort à soixante-dix-sept ans : c'était un grand
et robuste corps, il a eu peut-être dix jours de maladie.
Ma grand-mère a vécu jusqu'à quatre-vingt-treize ans,
et je crois qu'après la naissance de son huitième pou-
pon, qu'elle eut à trente-six ans ou à peu près, elle ne
revit plus de médecin de sa vie. Mais sur dix de mes
frères et de mes sœurs, neuf sont déjà partis. Aucun
n'a vu sa quarante-neuvième année. Je n'ai plus qu'un
frère, âgé de soixante ans. Il y a pourtant encore bien
à faire. Je m'étais enrôlé « pour toute la guerre, » et
la moitié de la campagne n'est pas faite!

La terrible maladie qui met en coupe réglée les
générations des pays du Nord, la phthisie pulmo-

1. Un second auditoire hebdomadaire s'était constitué pour
lui à Watertown.

naire, était entrée dans la famille du vigoureux cultivateur de Lexington. Il se pourrait bien que les germes en eussent été déposés dans la constitution de ses enfants par les miasmes sortant des prairies marécageuses voisines des lieux où s'était écoulée leur adolescence. La mère de Parker était morte à soixante ans, aussi de la phthisie. Peut-être, en se mieux ménageant, Parker aurait-il pu prolonger son existence au delà de la date funèbre qui semblait assignée à ses frères et à ses sœurs. Mais l'existence qu'il s'était faite ne pouvait que favoriser le développement de ce mal redoutable. Une nuit d'hiver, passée tout entière en wagon au milieu des prairies inondées de l'État d'Albany et suivie de *lectures* fatigantes, lui fut fatale. Depuis lors, une toux opiniâtre ne cessa de le tourmenter. Cependant, et sauf quelques interruptions, il voulut continuer ses prédications. Mais le dimanche 9 janvier 1859, presque au moment de monter en chaire, il fut atteint d'une hémorragie pulmonaire du plus mauvais augure, et il dut écrire à sa communauté déjà réunie qu'il lui était impossible de prêcher ce jour-là :

Amis bien-aimés et depuis longtemps éprouvés, je ne vous parlerai pas aujourd'hui. Ce matin, un peu après quatre heures, j'ai été atteint d'une émission sanguine

dans les poumons ou dans la gorge. Mon intention était
de prêcher sur « la religion de Jésus et le christianisme
de l'église, ou supériorité du bon vouloir envers l'homme
sur l'arbitraire théologique. » J'espère que vous n'ou-
blierez pas la collecte pour les pauvres que nous avons
toujours avec nous. Je ne sais si je reverrai jamais vos
visages qui, si souvent, ont relevé mon esprit quand
ma chair était faible.

Puissions-nous agir justement, aimer la miséricorde,
marcher humblement avec notre Dieu, et sa bénédiction sera sur nous maintenant et toujours : car son
amour infini est avec nous à jamais.

Votre fidèle ami,

THÉODORE PARKER.

La communauté décida que son traitement lui
serait continué sur le pied ordinaire jusqu'à parfaite guérison, et les médecins lui imposèrent un
congé d'un an en lui conseillant d'aller le passer
à Santa-Cruz, l'une des Antilles danoises.

Les premiers effets de ce repos sous le ciel et
près de la mer des tropiques parurent très-favo-
rables. Les forces étaient revenues comme par enchantement. C'est là qu'il écrivit son autobiographie[1], sous prétexte de répondre à une lettre des
plus affectueuses qu'il avait reçue de ses parois-

1. Theodore Parker's *Experience as a Minister.*

sions. Il se livrait à sa vieille passion, la botanique,
et à sa passion plus récente, à la noble pensée qui
avait rempli ses dernières années, l'émancipation
des esclaves. Il trouvait à Santa-Cruz une population noire libérée depuis onze ans et dont les progrès le ravissaient d'aise, quoique les blancs fissent
fort peu de chose pour les accélérer. Mais les
grandes chaleurs arrivaient. On crut qu'un voyage
en Europe lui ferait du bien. Il semble, au contraire, que cette dernière visite au vieux monde
lui ait été mauvaise. Le 1er juin 1859, il était à
Londres, où il eut la joie de revoir les époux Craft
heureux et reconnaissants de ce qu'il avait fait
pour eux. Il traversa ensuite l'Angleterre, la France
et la Suisse avec les alternatives tour à tour favorables et alarmantes propres à la maladie qui
devait l'emporter. Les lettres qu'il écrit pendant
ces derniers mois de sa vie terrestre nous le montrent toujours préoccupé des grandes causes, tirant
de l'état de l'Europe telle qu'elle se montrait à ses
yeux des pronostics favorables à toutes les libertés,
sans se dissimuler les rudes épreuves par lesquelles il nous faudrait passer avant d'arriver aux
terres promises. C'était alors le moment de la
guerre d'Italie. Nos terribles régiments avaient
passé les Alpes et leur choc irrésistible venait de
rompre le mur de fer de l'armée autrichienne.

Parker s'intéressait vivement à ces événements, bien qu'il doutât quelque peu de l'aptitude de l'Italie à profiter beaucoup de la chance de résurrection qui lui était offerte. Souvent aussi, dans ces lettres, il parle à ses amis de lui-même, de sa santé. Il est visible qu'il veut leur épargner des inquiétudes; quelquefois même il semble qu'il se reprend à espérer une prolongation d'existence qui lui permettra, non pas de mener encore son genre de vie antérieur, du moins de mener à bonne fin ses travaux commencés. Il pouvait constater depuis quelque temps un mouvement marqué vers le progrès dans le protestantisme américain, et l'on conçoit la satisfaction qu'il en éprouvait. Il lui répugnait pourtant de recevoir un salaire pour des fonctions qu'il ne pouvait plus remplir. Le 12 septembre, il envoya sa démission écrite à sa congrégation, laquelle lui répondit par un refus conçu dans les termes les plus aimables. Après avoir séjourné quelque temps à Montreux, au bord du lac de Genève qui déploie en cet endroit toute la magnificence de ses eaux et de ses rives, il alla passer les chaleurs de l'été en plein Jura, au chalet de Combe-Varin, propriété de son savant ami M. Desor.

Nous devons au professeur neuchâtelois un intéressant récit de la manière dont le malade passait son temps dans cette pittoresque retraite où des

hommes de nationalité et de vues différentes, mais
pour la plupart éminents dans les sciences et dans
les lettres, s'étaient réunis et charmaient, par des
entretiens du plus haut intérêt, les loisirs que leur
imposait le soin de leur santé. Là Parker se rencontra et se lia d'une vive amitié avec l'excellent
Hans Küchler, ministre de l'Église catholique-alle-
mande de Heidelberg, l'un des hommes les plus
respectables qui se soient associés au mouvement,
d'ailleurs bien mélangé, que suscita le prêtre Ronge
il y a bientôt vingt ans. La mort subite de Küchler
à Nidau, au moment où il se disposait à rejoindre
sa famille, jeta un triste voile sur la réunion de
Combe-Varin[1]. Des conversations du chalet helvé-
tique est sorti un album publié par les soins de
M. Desor, où se trouve, à côté d'excellents articles
scientifiques, une boutade de Parker lui-même in-
titulée *Pensée d'un Bourdon sur le plan et le dessein de
l'univers*. C'est une satire mordante du langage,
des raisonnements, des habitudes pédantes des so-

1. M. Hans Lorenz Küchler était avocat à Heidelberg, et s'est
surtout distingué par le courage et le talent qu'il mit au service des victimes de l'insurrection badoise de 1848, tombées
sous la juridiction exceptionnelle des conseils de guerre prus-
siens. Küchler réussit, malgré les circonstances les plus décou-
rageantes, à dérober nombre d'accusés à la peine de mort, et il
fut la consolation et le soutien de ceux que ses beaux plaidoyers
ne purent sauver.

ciétés savantes, mais en particulier de certaines
théories fondées tout entières sur la prétention de
l'homme à se poser en dernier mot de la création.
Peut-être quelques écrivains d'Europe et d'Amérique, trop disposés à interpréter les lois de la
nature dans un sens exclusivement favorable à
l'orgueil humain, gagneraient-ils à méditer sérieusement cette critique badine. Le même album contient un médaillon représentant de profil les traits
de Théodore Parker. Son grand front dégarni, sa
barbe qu'il porte entière, blanche avant l'âge, des
traits expressifs, creusés, dénotant un singulier
mélange d'ironie et de bienveillance, toute sa phy-
sionomie répond à ce que la connaissance de sa
vie fait supposer. Dans un dernier retour de ses
forces physiques, il voulut abattre à coups de hache
quelques sapins destinés à la scierie. Il revenait
ainsi à l'une des occupations de son adolescence.
Le plus beau des sapins qu'il abattit avec une
adresse qui émerveilla les assistants, n'était sain
qu'en apparence : le cœur était malade. C'était un
triste présage.

On conseillait à Parker d'aller passer l'hiver à
Madère ou en Égypte. Une sorte d'entraînement,
dont lui-même ne se rendait pas bien compte, fit
qu'il se dirigea sur Rome dont il voulait consulter
les bibliothèques en vue des ouvrages qu'il prépa-

rail, et d'où il espérait repartir pour visiter, en compagnie de M. Desor, les pays volcaniques du sud de la péninsule italienne.

Le voici donc parcourant de nouveau cette Italie qu'il avait visitée sous des auspices si différents quinze ans auparavant. Comme il arrive souvent dans les maladies du genre de la sienne, un mieux relatif suivait chaque changement de climat, et il passa encore l'automne de 1859 dans une grande activité intellectuelle, trop stimulée par les nouvelles qui lui parvenaient d'Amérique et par l'étude des antiquités dont Rome est si riche pour un homme qui a étudié l'histoire et la théologie. Dans une lettre écrite de Rome à son ami M. Ripley, il avait ainsi dessiné son plan d'études pour les six mois qu'il voulait passer à Rome : « Je veux, disait-il, étudier : 1° la géologie de Rome; 2° sa flore et sa faune; 3° son archéologie; 4° son architecture. J'ai déjà commencé, bien que je ne sois ici que depuis quelques jours. Ce travail me fera sortir toutes les fois qu'il fera beau et détournera mon esprit de moi-même, l'un des plus désagréables objets de contemplation qui existent. »

Le 5 novembre, il écrivait à un autre de ses amis, M. Manley, une lettre dont nous traduisons la plus grande partie. Il est intéressant de voir quelle impression peuvent faire sur un esprit comme le sien ces cérémonies pontificales auxquelles certaines personnes persistent à attribuer une grande vertu pour la conversion des âmes.

Mon cher John Manley,—J'ai été hier à Saint-Charles-Borromée, et j'ai vu le pape. C'est un vieillard à l'air affable et gras de visage. Il y avait là quelque chose comme soixante cardinaux en grand costume et des compagnies d'évêques, d'archevêques et de sénateurs. Huit hommes portèrent le vieux pape sur sa grande chaise autour de l'église, pendant qu'il tenait la main droite levée pour bénir le peuple. La messe fut dite par quelque haut fonctionnaire. Le pape était assis sur un siége élevé où plusieurs de ces dignitaires vinrent lui baiser la main, — qu'il tenait sous sa robe, — de sorte qu'en réalité ils ne baisaient que l'étoffe. Je présume que cela n'aurait guère contenté un jeune amoureux. Le pape sortit dans une superbe voiture d'État, traînée par six chevaux (j'ai eu l'honneur de causer avec son cocher!), suivie d'une ou deux autres voitures vides, destinées à ajouter à la dignité de Sa Sainteté. Les cardinaux avaient d'élégants équipages, quelquefois plusieurs voitures pour un seul personnage, avec trois valets de pied pour chacun. La voiture d'Antonelli est fort simple. Mais la partie significative de la chose est ceci : dans la rue, deux mille soldats français, et un escadron de cavalerie pontificale; dans l'église même la garde suisse du pape et environ deux cents pontificaux, tous en grande tenue, la baïonnette au fusil. Tout cela pour

protéger le « Père du peuple » venant bénir « ses enfants. » Voilà un commentaire de la question romaine!
Je me promenai dans les rues, après avoir assez vu de
cette sotte comédie dans l'église; je regardai les voitures, causai avec les soldats, etc., et allai enfin à mes
affaires. Après cela j'ai vu défiler toute la bande. C'était
réellement un grand spectacle. La religion romaine
n'est rien qu'un spectacle. Le pape est une poupée, sa
vie une cérémonie; il n'y a que ses prises de tabac qui
soient réelles, et il s'en donne *de la pire manière*, comme
disent les Yankees, je veux dire à plein nez. Se convertir
au romanisme à Rome[1]! Il faudrait être fou pour y son-
ger. Je pourrais aussi aisément me convertir au culte
d'Osiris, de Horus, d'Apis et d'Isis, après avoir vu les mo-
mies de Thèbes, qu'au romanisme après avoir vu Rome.

Citons encore un trait précieux et que nous
croyons inédit, du moins pour des lecteurs européens, de la chronique politique intérieure de
Rome en 1859. Parker le tenait de bonne source
et le racontait au même M. Manley le 6 janvier 1860.

Chief City of ecclesiastical Humbug.

Je n'ai pas de nouvelles de Rome à vous mander. Naturellement vous connaissez par les extraits des journaux européens tous les actes publics du pape et de sa

---

1. Quelques pieux *on dit* avaient répandu à Boston le bruit de
sa conversion au catholicisme dans la ville des papes.

LES DERNIERS JOURS D'UN JUSTE.

LES DERNIERS JOURS D'UN JUSTE. 217

clique. Mais voici un petit *item* qui montre comment on mène les choses par ici. Vous vous rappelez le sac de Pérouse de l'été dernier, dont notre compatriote, M. Perkins, et sa famille eurent tant à souffrir. M. Stockton, le ministre américain, alla trouver Antonelli, le pape après le pape, pour demander satisfaction et de l'argent. Antonelli le paya de réponses évasives et d'arguments badins, de sorte que l'entrevue n'aboutit à rien. Mais, le jour suivant, un prêtre vint voir M. Stockton et causa de l'affaire : il était grand ami de l'Amérique, il trouvait que la conduite des soldats à Pérouse avait été atroce, etc. Stockton, tout en restant un peu sur ses gardes, lui dit franchement son opinion. « Mais « si Antonelli, » demanda le prêtre, « n'obtempère pas à « votre requête, que ferez-vous? » — « Je n'ai qu'une « chose à faire, » répondit Stockton, « demander sur-le- « champ mes passe-ports et m'en retourner aux États- « Unis. Là, cette affaire va exciter un tel tapage que « j'ai toutes sortes de chances pour être nommé prési- « dent à la prochaine élection. » Le prêtre partit. Le lendemain, arrivait une lettre d'Antonelli, annonçant à Stockton qu'il serait fait droit sans délai à ses réclamations. Naturellement le prêtre était un affidé du cardinal, envoyé pour voir ce que pensait notre ministre.

C'est une des dernières lettres où se montrent chez Parker de la gaieté et de l'entrain. En fait, son séjour à Rome ne lui avait été nullement favorable. L'hiver avait été précoce, très-pluvieux et très-froid. Les symptômes de son mal avaient redoublé de gravité. De plus, les nouvelles qu'il recevait d'Amérique l'avaient violemment agité. C'est pendant l'automne de 1859 que l'héroïque et imprudent John Brown exécuta ce coup de main sur Harper's Ferry qui devait lui coûter la vie sans aider à l'émancipation des esclaves qu'il espérait opérer d'emblée.

Le capitaine John Brown, natif de North Elba (New-York), s'était distingué au Kansas dans la défense des droits du nouvel État contre les envahissements effrontés des esclavagistes. A la vue de l'épouvantable avenir que le maintien de l'esclavage réservait à sa patrie, il avait conçu un plan plus original que sensé pour accélérer son abolition. Son idée était de s'établir dans une forte position sur la frontière des États à esclaves, et de là, invitant les noirs à le rejoindre, de forcer les planteurs à libérer leurs esclaves de peur d'une révolte générale. Mais il avait gardé son secret, et les comités abolitionistes, celui, entre autres, que présidait Parker, lui avaient confié des sommes assez considérables dans le but général de travailler à l'émancipation sans savoir au juste comment il comptait les employer. On avait seulement grande confiance en son habileté. On l'avait vu conduire au Canada toute une troupe de nègres du sein

même des pays de servitude, dépistant la police et
ses chiens et déjouant tous les efforts des maires
et gouverneurs qui voulaient à tout prix arrêter
cet exode.

Ce fut le dimanche 16 octobre qu'à la tête de
sa petite troupe il emporta par surprise l'arsenal
de Harper's Ferry. Mais bientôt il fut obligé de se
rendre à des forces supérieures, après un combat
qu'il eût voulu éviter et qui paraît avoir été le
résultat d'un malentendu. Au fond il n'a jamais
été possible de savoir au juste ce qu'il comptait
faire immédiatement après la prise de l'arsenal
ni en quoi son attente avait été trompée. Il est
probable qu'il s'attendait à être soutenu par un
mouvement venu de l'intérieur, et que, l'affaire
étant manquée, il aima mieux se taire que de com-
promettre ses alliés. Quoi qu'il en soit, son sort
n'était pas douteux et il ne se fit aucune illusion.
Il marcha à la mort, calme, résolu, ayant refusé
les secours des ministres esclavagistes, mais en
chrétien plein d'espérance et profondément convaincu de la sainteté de sa cause. Comme il s'avançait vers le lieu du supplice, il aperçut un enfant nègre que sa mère portait dans ses bras et
l'embrassa tendrement; puis il se mit à parler avec
admiration de la beauté du pays. « Vous êtes plus
gai que moi, capitaine, » lui dit l'officier pré-

posé aux funérailles qui marchait à côté de lui. —
« Oui, » répondit-il, « je dois l'être. »

Oh! si l'on eût dit alors aux États du Sud que les
jours approchaient où les volontaires accourus du
Nord pour repousser leur agression contre la capitale de l'Union reporteraient sur leur superbe
territoire le fléau de la guerre en chantant le
refrain :

> L'âme du vieux John Brown marche devant nous !

Le fait est que John Brown a été, dans l'œuvre
de l'émancipation américaine, un de ces précurseurs noblement insensés qui tentent l'impossible,
tels que Pisacane l'a été en Sicile, et courent au-
devant d'une mort à peu près certaine, comme s'ils
étaient mus par l'idée qu'il faut toujours des martyrs pour faire avancer les grandes causes.

La nouvelle de sa tentative, de son échec, de sa
condamnation, avec celle que le jour de son exécution était fixé au 2 décembre suivant, parvinrent
à la connaissance de Théodore Parker dans les
derniers jours de novembre. Il rassembla ce qui
lui restait de forces pour fulminer un long réqui-
sitoire contre l'esclavage sous la forme d'une lettre
qu'il adressa à M. Francis Jakson et qui fut publiée. Il aimait John Brown pour son caractère, sa
bravoure, son désintéressement. D'avance il prédit

qu'il mourrait comme un martyr et comme un
saint, mais que sa mort retentirait puissamment
et longtemps dans le cœur du peuple américain.

Quant à moi, disait-il en terminant, je suppose que
vous serez bien aise de savoir quelque chose de moi.
Rome m'a traité avec un mauvais temps qui raconte son
histoire dans les progrès de mon mal... Les tristes nouvelles que je reçois d'Amérique, mes amis en péril, en
exil, en prison, tués ou destinés au gibet, tout cela me
remplit de chagrin, et je suis un peu retombé. Mais
j'espère encore remonter. Dieu vous bénisse, vous et
les vôtres!

Le 2 décembre de la même année, il écrivit ce
qui suit dans son journal :

Décembre 2. Jour de Santa Bibiana, vierge et martyre. — C'est le jour fixé pour le supplice du capitaine
Brown. Il est maintenant six heures du soir, et je suppose que c'en est fait de mes amis à Charleston. Six
corps gisent par là-bas, hideux, roides, morts. Comme
le cœur des maîtres d'esclaves doit se réjouir! Mais il y
a un demain à aujourd'hui. John Brown n'a pas eu peur
de l'échafaud. Il l'a contemplé de loin comme un des
poteaux indicateurs de la route qui monte au ciel. Le
gibet vaut la croix. C'est bien dommage qu'ils n'aient
pas eu sous la main deux voleurs pour les pendre avec
lui. Il y aura eu aujourd'hui des meetings anti-esclava-

gistes à Boston, Worcester, Salem, New-Bedford, etc.
En ce moment le télégraphe a porté la nouvelle de la
mort de Brown dans la moitié de l'Union. C'est un jour
bien sombre pour l'Amérique. Il en sortira des éclairs
et des tonnerres.

Quelques jours après, il écrivait à M. Desor, en
lui racontant la lugubre histoire de Harper's Ferry :

Nous marchons vers une grande crise en Amérique,
et je crois que la guerre civile n'est pas loin. Les esclavagistes seront forcés par la logique de leurs principes
de demander ce que les hommes libres du Nord ne voudront pas accorder. Alors viendra la déchirure, et elle
sera sanglante! Toutes les constitutions nationales sont
écrites sur du parchemin de tambour et publiées au
rugissement du canon.

De quelle douleur son âme ardente devait être
dévorée à l'idée qu'il lui était interdit d'être à son
poste en un tel moment! Le séjour de Rome, où il
avait toutes les peines du monde à savoir ce qui
se passait dans le monde de la politique et de la
science lui devenait de plus en plus insuppor-
table. En janvier 1860, il se sentit plus malade
que jamais et comprit que sa fin approchait. Le
jour même du carnaval, il écrivait à M. Ripley :

O George! la vie que je traîne ici, lentement, vers sa
fin, est très, très-imparfaite. Elle est restée bien loin de

ce que j'espérais atteindre, de ce que j'eusse atteint, si
j'avais eu par devers moi dix ou vingt ans de vie. Mais
en somme, mesurée à la règle commune, elle n'a été ni
basse, ni égoïste. Sur toute chose, j'ai cherché à enseigner la véritable idée de Dieu, de l'homme, de la religion avec ses vérités, ses devoirs et ses joies. Je n'ai jamais combattu pour moi-même ni contre un ennemi
personnel. J'ai pris part à la bataille du XIX° siècle : j'ai
suivi le drapeau de l'humanité. Maintenant je suis prêt à
mourir, bien qu'avec la conscience de laisser mon œuvre
inachevée et sachant que sur les champs cultivés par
moi est épars bien du grain qui n'attend que le ra-
masseur de gerbes. J'eusse plus volontiers mêlé mes
restes à ceux de mes pères et de mes mères à Lexington, et je pense encore que je le pourrai ; mais je ne me
plaindrai pas si la terre ou la mer les recouvre ailleurs.
Il est inutile de fuir devant la mort.

Toutefois, il tenait surtout à ne pas mourir à
Rome, « cette terre écrasée, disait-il, sous deux
malédictions. » M. Desor, étant allé le rejoindre, le
trouva vieilli de dix ans. Sa femme, qui lui prodi-
guait les soins les plus tendres, ses amis, le docteur
Appleton, M. Joseph Lyman, M⁽ˡˡᵉ⁾ Stevenson, qui
l'avaient suivi ou rejoint en Europe, durent renoncer alors à tout espoir de le conserver. Lui-
même éprouvait un fiévreux besoin de quitter la
terre papale ; il voulait mourir en terre libre. On

fit en cinq jours et en *vetturino* le trajet de Rome
à Florence. M. Desor raconte que, réveillé sur sa
demande expresse de l'assoupissement où il était
plongé au moment de franchir la frontière, il
laissa reposer un long regard humide sur le premier poteau tricolore qu'il découvrit au bord de
la route. Ce salut suprème de Parker mourant aux
couleurs italiennes rappelle la bénédiction que le
baron de Bunsen adressait de son lit de mort « à
l'Italie et à sa liberté. » Avoir reçu à son baptème
les vœux de deux hommes tels que Parker et le
vénérable auteur des *Signes du temps*, cela n'est-il
pas d'un heureux augure pour la nation qui renaît
après tant d'épreuves à une vie nouvelle?

C'est à Florence qu'une de ses ferventes admira-
trices dont nous avons déjà parlé, Mⁱˡᵉ Cobbe, eut
la joie douloureuse de le voir pour la première
fois de sa vie. Partageant avec Mᵐᵉ Parker et
Mⁱˡᵉ Stevenson les soins que réclamait le mourant,
elle a pu retracer avec le charme d'une plume
exercée, dirigée par un cœur aimant, les *novissima
verba* de son illustre ami.

« Il ne faut pas croire, » lui disait-il, « que vous
m'ayez vu : ce n'est que la *mémoire* de moi que
vous voyez. Ceux qui m'aiment doivent seulement
me souhaiter un prompt passage dans l'autre
monde. Certes, je ne crains pas de mourir. » — et il

disait cela, ajoute M^lle Cobbe, d'un ton qui devait
rappeler quelque chose de son ancienne ardeur, —
mais il y avait tant à faire! — « Vous avez donné
votre vie à Dieu, à sa vérité, à son œuvre, aussi
fidèlement qu'un ancien martyr. — « Je ne sais, »
reprit-il, « j'avais reçu de puissantes facultés, je ne
les ai employées qu'à moitié. »

Le lendemain, la connaissance de ce qui se passait autour de lui commença à lui faire défaut. On
lui montra un beau bouquet de muguet, sa fleur
de prédilection, offrande de sa nouvelle amie. Il
demanda alors quel était le jour de la semaine.
« C'est aujourd'hui dimanche, » dit M^lle Cobbe,
« un jour béni! » — « Oh oui! » dit-il d'un ton
sérieux, « un jour béni, surtout quand on n'en a
plus la superstition. » Il retomba là-dessus dans
une vague rêverie. M^lle Cobbe lui baisa respec-
tueusement la main et se retira.

Peu de jours après, il se redressa brusquement,
et, la voyant à son chevet, il lui prit la main :
« J'ai quelque chose à vous dire, » murmura-t-il à
son oreille, « il y a maintenant deux Théodore
Parker : l'un se meurt ici en Italie; l'autre, je l'ai
planté en Amérique. Celui-là vivra et achèvera
mon œuvre! Dieu vous bénisse! » ajouta-t-il en
lui remettant un bel encrier de bronze qu'il avait
mis à part pour elle.

Puis cet assoupissement, qui était devenu son
état habituel, reprit le dessus et continua jusqu'à
sa mort, interrompu seulement par quelques paroles dénotant qu'il se croyait en voyage pour
retourner dans son pays. « Oh! quand nous serons
chez nous, établis à la campagne, que nous serons
tranquilles et heureux! » Une nuit, il dit à sa
femme qui veillait près de son lit : « Reposez
votre tête sur l'oreiller, ma chère, et dormez; il y
a si longtemps que vous n'avez dormi! » Quelques
jours après, le 10 mai 1860, il s'éteignit sans
combat, calme, disent les témoins de sa dernière
heure, comme un enfant qui s'endort. Sa tête,
vénérable avant l'âge, tout encadrée dans sa
barbe blanche, reposait au-dessous d'une guir-
lande de roses de Florence qui avaient parfumé
son dernier soupir.

Le dimanche 13 mai, à quatre heures de l'après-
midi, c'est-à-dire au moment correspondant à
celui où chaque dimanche il montait en chaire à
Boston, un vieil ami, le Rév. Cunningham, conduisit ses restes mortels au champ du repos.
Florence, ce jour-là, était en fête; des drapeaux
flottaient à toutes les fenêtres. Au premier abord,
ce spectacle fut pénible aux amis qui suivaient
son cercueil. Mais l'un d'eux leur dit : « C'est une
fête aussi pour nous, la fête d'une ascension ! »

Et ils se rappelèrent les mots qui terminent le dernier sermon qu'il ait prononcé : « Ami, monte plus haut! »

Il existe à Florence, près de la porte Pinti, un petit cimetière protestant d'une grande simplicité, bien ombragé et admirablement situé. C'est là que Théodore Parker fut enterré. Selon son désir, le Rév. Cunningham lut sur sa tombe les Béatitudes qui ouvrent le sermon de la montagne. C'est dans cet humble champ des morts, à peu près au milieu, que le voyageur, désireux d'aller saluer la cendre qui fut le corps d'une des plus nobles âmes du XIXᵉ siècle, découvre sans trop de peine une simple pierre de marbre avec cette inscription :

THÉODORE PARKER

Born at Lexington, Mass.

UNITED STATES OF AMERICA

Aug. 24 1810,

Died at Florence, May 10 1860.

Un pin d'Amérique, semblable à ceux à l'ombre desquels il aimait tant à prier dans son enfance, ombrage le modeste monument. C'est le symbole de la patrie lointaine, de la chère patrie où dorment les vieux pères. Mais, toutes les fois que passent par Florence quelques-uns des nombreux auditeurs qu'à Boston et dans bien d'autres villes il encouragea ou consola de sa parole si virile et si religieuse, la tombe de cet homme de Dieu est visitée par la reconnaissance. Il repose sous les fleurs qu'il aimait tant, et elles sont souvent renouvelées.

# CHAPITRE X.

## CET HOMME FUT UN PROPHÈTE

Parvenus à cette fin de toutes les biographies, nous devons nous demander ce qui reste de la brillante existence que nous venons de retracer et jusqu'à quel point le délire de Parker était prophétique, lorsque, sur son lit de mort, il se voyait dédoublé et continuant son œuvre en Amérique, tandis que son corps se dissolvait sur la terre italienne.

Parker n'a fondé ni une église ni même une école. Son ministère, sa parole, ses écrits, sa vie entière a été plutôt une démonstration d'esprit et de puissance que l'édification de quelque chose de visible et de constitué; par conséquent, il est diffi-

cile d'indiquer les résultats positifs de son activité,
bien que l'énergie latente des principes qu'il a
proclamés et des impressions qu'il a laissées soient
incontestables. C'est l'avenir qui verra croître les
germes qu'il a déposés dans le vaste champ labouré
par son dévouement. Disons aussi que notre siècle
ne se prête plus guère à ces actions individuelles
que l'on peut distinguer nettement de tout ce qui
n'est pas elles, et suivre à la trace dans les divers
domaines de l'activité humaine. Tous, quel que
soit le terrain sur lequel nous tâchions de bâtir,
qu'il s'agisse de science, d'art, de politique, de religion, que notre rang soit élevé ou obscur dans la
hiérarchie de l'esprit, nous avons des coopéra-
teurs, pas de roi, et, par conséquent, il devient
toujours moins facile de démêler dans la trame des
destinées sociales les fils personnels dont l'entre-
lacement la compose. Enfin les terribles commotions qui ont bouleversé les États-Unis pendant ces
cinq dernières années, doivent prendre fin pour
que le peuple américain rentre dans les conditions
d'un développement normal. Du reste, il n'est pas
douteux que ce temps d'arrêt ne soit une de ces
incubations fécondes qui accélèrent ensuite la
croissance des germes semés antérieurement.

D'autre part, quel commentaire grandiose ces
cinq années n'ont-elles pas fourni à l'enseignement

religieux et social du prédicateur de Boston!
Ses cendres étaient à peine refroidies que l'Union
arrivait au bord de cette mer Rouge qu'il avait
tant de fois prédite. Elle y arrivait sans en soup-
çonner encore la profondeur et imbue d'illusions
et de préjugés qui devaient rendre le passage plus
pénible et plus douloureux que les plus clair-
voyants eux-mêmes n'avaient pu le prévoir. Notons
que, jusqu'à un certain point, les deux fractions
des États-Unis qui devaient s'étreindre dans cette
gigantesque lutte jugeaient bien leur situation
respective. Le Nord avait raison de penser qu'il
avait infiniment plus de ressources à prodiguer
que le Sud. En revanche, le Sud n'avait pas tort
quand il fondait ses espérances de succès sur un
emploi plus habile et plus foudroyant des forces
dont il pouvait disposer. Tout devait dépendre
de l'esprit qui prédominerait dans le Nord. On a
beau avoir d'immenses ressources, on se fatigue
vite de les gaspiller en pure perte; et si le patriotisme, l'élément moral, avait fait défaut au Nord,
très-certainement les habiles meneurs qui diri-
geaient la sécession eussent réussi dans leur sinistre
entreprise. Nous aurions aujourd'hui une grande
république chrétienne fondée sur l'esclavage! Le
triomphe du Nord a donc été finalement un fait
de l'ordre moral, dû à des causes morales dont ses

adversaires n'avaient pas su calculer la puissance.
Si maintenant nous nous reportons aux temps qui
ont précédé cet effroyable duel, nous pouvons dire,
sans la moindre exagération, que Parker brille au
premier rang de ceux qui ont le plus énergiquement
crié au Nord : *Garde à vous !* et le plus contribué à
réveiller l'esprit public de l'assoupissement où la
prospérité matérielle l'avait fait tomber. La ville de
Boston a toujours été la première en fait de résolution et de sacrifices pour défendre la cause fédérale
et, avec elle, la cause de l'humanité. Ce sont les
volontaires du Massachussets qui accoururent les
premiers, à l'heure du plus grand danger, pour faire
un rempart de leurs corps à la capitale fédérale gravement menacée par l'armée insurgée. L'argent de
la Nouvelle-Angleterre n'a cessé d'affluer, aux
heures mêmes les plus désespérées, pour soutenir le
bon droit. Si cet admirable Lincoln, dont on n'a pas
suffisamment apprécié la grandeur républicaine
tant qu'il a vécu, n'a jamais perdu courage, c'est
qu'il se sentait appuyé par l'élite laborieuse et morale de l'Union, par un peuple d'honnêtes gens dé-
terminés comme lui à ne pas reculer d'un pouce
et prêts à tout, excepté à céder. Enfin le jour vint
qui permit au président des États-Unis de procla-
mer l'abolition de l'esclavage aux applaudissements
de cette même foule que des sophistes intéressés

avaient si longtemps aveuglée sur ses intérêts les
plus clairs. Les cendres de Parker ont dû tressaillir
d'aise sous la terre lointaine quand la retentissante
nouvelle parvint de l'autre côté de l'Atlantique.
Nous ne voulons pas surfaire notre héros en laissant croire aux lecteurs mal instruits des affaires
américaines que le pasteur de Boston a été l'auteur
principal de cette révolution patriotique. Mais il ne
faut pas diminuer non plus la part glorieuse qui
lui revient, et il suffit de le connaître pour comprendre l'influence qu'un tel homme a exercée sur
tous ces citoyens éminents de l'Union, les Wendell
Philipps, les Chase, les Seward, les Sumner, les
Hale, les Banks, les Horace Mann, etc., ses amis,
ses admirateurs, ses compagnons d'armes, avec
qui nous le voyons converser et correspondre sans
cesse, les encourageant, les consolant, les approuvant, les blâmant quelquefois avec franchise, toujours sympathique à leurs nobles efforts, toujours
prêt à payer de sa personne et à rehausser ses
belles prédications par son généreux exemple. Qui
pourrait d'ailleurs mesurer la quantité d'esprit libéral que ses nombreuses conférences ont versée
dans les divers États de l'Union! Combien d'épis
précoces, mûris avant les autres aux rayons de ce
franc et lumineux libéralisme, ont annoncé l'heure
de la moisson prochaine! Encore une fois, tout

cela ne se calcule pas, mais tout cela pèse, et d'un poids immense, dans la balance de l'histoire du royaume de Dieu sur la terre.

La question de l'esclavage fut la question spéciale et locale, d'application immédiate et brûlante, qui s'offrit au réformateur américain. Chaque siècle a ses principes généraux que l'on admet en vertu de leur évidence, tant que l'on est désintéressé sur leurs conséquences pratiques. La pierre de touche des convictions, c'est le conflit que ces principes ne tardent pas à révéler avec des institutions ou des traditions auxquelles on tient plus qu'on n'ose se l'avouer à soi-même. C'est alors que la sophistique vient en aide aux intérêts et aux préjugés alarmés. C'est alors aussi qu'on peut discerner les esprits et savoir de quel côté les mènent en réalité leurs penchants secrets. Ce que la question de l'esclavage fut aux républicains des États-Unis, celle du pouvoir temporel des papes l'est au libéralisme européen. Nous voyons, sur cette question délicate, les convictions libérales que l'on croyait les plus solides hésiter, chercher les faux-fuyants, se démentir même de la façon la plus lamentable : de même, on voyait aux États-Unis des républicains faire étalage de leurs sentiments démocratiques tout en plaidant pour le maintien de l'esclavage. On s'est assez moqué, de ce côté de l'Atlantique, de cette incroyable contradiction : mais le libéral Européen qui ne craint pas, lui partisan de la souveraineté nationale, du droit de chaque peuple de se donner le gouvernement qui lui convient, de l'indépendance de la société civile, etc., qui ne craint pas, dis-je, de confisquer un peuple au profit de l'intérêt prétendu religieux d'une Église, n'a rien du tout à envier, en fait d'attitude ridicule, au démocrate esclavagiste de l'Union américaine. Que sur toutes les autres questions, le premier soit aussi libéral et le second aussi démocrate que l'on voudra, il ne résulte pas moins de cette épreuve, qui met à nu le fond de leur cœur, que celui-là est catholique avant d'être libéral et celui-ci aristocrate avant d'être républicain.

Parmi les éléments qui aident le mieux l'homme à se payer d'illusions sur la tendance réelle de ses opinions, il faut mettre au premier rang ceux qu'il croit pouvoir emprunter à l'ordre des idées religieuses. Il est un *satisfecit* d'un genre particulier, qu'on se décerne à soi-même, quand on peut se dire qu'on fait à la religion des sacrifices qu'on n'eût pas faits à l'ordre naturel des choses, ou bien que la religion sanctionne, après tout, ce qui semblerait blâmable au point de vue de la seule justice. Voilà pourquoi l'influence des hommes religieux et vraiment libéraux est toujours très-grande lors-

qu'il s'agit de déblayer la voie du progrès des
obstacles posés par la religion mal entendue. Il est
certain que, sur la question de l'esclavage, les
Américains ont été victimes de leur étroitesse religieuse. Peuple protestant, du type puritain, très-
divisé en sectes, mais uni dans une vénération
souvent superstitieuse des Livres saints, les citoyens des États-Unis ont pu longtemps fermer
l'oreille à la criante contradiction qu'il y avait
entre leurs principes politiques et l'institution servile en se disant que ni l'Ancien ni le Nouveau
Testament ne combattaient l'esclavage et que tous
deux l'admettaient même comme un élément normal de la société humaine. Sans doute il est facile de répondre à cela, d'abord que l'Ancien
Testament n'est que la préparation d'un ordre de
choses supérieur; puis, quant au Nouveau, qu'il a
déposé dans l'humanité des principes divins en
laissant aux hommes le soin d'en tirer successive-
ment les conséquences particulières ou sociales ;
que faire rimer l'esclavage avec la fraternité des
créatures humaines, enfants du même Dieu et ap-
pelées au même salut, est à peu près aussi absurde
que de donner une cour, une diplomatie et une
armée au successeur de quelqu'un dont le royaume
n'est pas de ce monde. Mais, qu'on le remarque
bien, cette réponse n'est valable que si l'on consent

à reconnaître qu'il y a des imperfections dans les livres sacrés. Évidemment c'est une imperfection du Nouveau Testament que ses auteurs n'aient pas vu la portée du principe chrétien par rapport à une institution aussi importante, aussi générale de leur temps, que l'esclavage. Le moyen de s'imaginer qu'un livre dicté par Dieu pour enseigner dans tous les temps à l'homme toutes les vérités et tous les devoirs, se soit tu sur un point de cette gravité! C'est ainsi que le culte superstitieux de la Bible contribuait aux États-Unis à maintenir cette institution maudite. Théodore Parker a peut-être plus miné l'esclavage par sa critique hardie des Livres saints que par les discours directement inspirés par l'horreur qu'il lui inspirait. Et, de même qu'une théologie plus libérale que celle qui avait cours autour de lui fut entre ses mains un merveilleux instrument de libéralisme politique, de même l'avenir nous montrera l'Amérique profitant de son libéralisme politique pour réaliser plus vite et mieux que toute autre nation le libéralisme religieux après lequel l'âme de notre siècle soupire. Car tous les libéralismes, comme toutes les libertés, se tiennent.

C'est surtout comme penseur et écrivain religieux que Théodore Parker appartient à l'avenir. Le moment approche où la question de l'esclavage aura cessé d'être actuelle. Pour nous, en Europe, elle ne peut plus exister que par contre-coup et en vertu de la solidarité qui nous lie aux autres parties du monde. Mais que devons-nous penser en général de l'œuvre religieuse de Parker? Cette question n'intéresse pas moins le vieux monde que le nouveau.

On peut définir la religion de Parker le *théisme chrétien*, et le caractère propre de cette religion, c'est qu'à un dogme très-simple, et, si je puis ainsi dire, très-sobre, elle joint une grande richesse d'applications à la vie individuelle et sociale. Pour nous, il n'y a pas le moindre doute que tous les courants de notre vie moderne nous mènent de ce côté-là, et nous ne sommes pas plus ébranlés dans cette conviction par les cris de terreur de ceux qui veulent à tout prix que nous restions claquemurés dans un passé où l'on étouffe, que par les prédictions frivoles de ceux qui, méconnaissant un des instincts les plus indéracinables de la nature humaine, s'en vont proclamant que nous marchons vers la fin de toute religion. L'esprit humain est un : il se sent fait pour être libre, il se sent porté à adorer. Dans cette double tendance de notre être il y a une preuve inéluctable que nous ne sommes vraiment nous-mêmes, vraiment fidèles à notre nature, qu'en adorant librement et en vivant reli-

gieusement dans la liberté. L'homme, à la longue,
ne peut pas demeurer dans l'infidélité à sa nature,
et c'est pourquoi, de l'antithèse actuellement formée par l'irréligion et la superstition, matérialistes
toutes les deux, — quand même ou peut-être parce
que la grande majorité se partage à cette heure
entre ces deux mauvaises tendances, — surgira
dans un avenir prochain une féconde synthèse de
la religion et de la liberté sous l'égide du spiritualisme. A quel titre et jusqu'à quel point Théodore
Parker a-t-il contribué à préparer ce magnifique
avenir?

Je ne discuterai pas une question que peut-être
plus d'un lecteur s'est faite : Théodore Parker a-t-il
eu raison de quitter le corps constitué des églises
unitaires pour devenir le pasteur d'une communauté tout à fait selon son cœur? Pour répondre
comme il faut à cette question, nous aurions besoin de plus de lumières que nous n'en avons sur
les chances qu'il avait encore (et que sa rupture en
tout cas diminuait considérablement) de faire pénétrer plus de libéralisme et plus de science religieuse dans l'église de son enfance. Surtout il
faudrait que cela ne se fût pas passé en Amérique.
Il y a bien aux États-Unis, quoi qu'on en dise, une
religion nationale, c'est le protestantisme. On ne
se représente pas la grande république américaine

religieusement tenue de se soumettre à un prêtre
demeurant de l'autre côté des mers. *L'Amérique aux
Américains*, cette doctrine dite de Monroë est dans
l'esprit d'un vrai Yankee plus évidente encore, s'il
est possible, en religion qu'en politique. Mais non-
seulement il n'y a pas d'église d'État, il n'y a pas
non plus ce qui s'appelle en Europe, en France,
par exemple, en Hollande, en Suisse, une *église
nationale*, c'est-à-dire une église se considérant
comme l'église naturelle des protestants du pays,
qui n'a cessé de se perpétuer, tout en se modifiant
beaucoup, sur toute la surface du territoire, depuis
les premiers jours de la Réforme, et qui, participant
aux bons et aux mauvais jours du passé national,
ayant ses racines dans les plus glorieuses ou les
plus navrantes traditions nationales, devient une
sorte de patrie religieuse que l'on aime comme
l'autre et qu'on n'abandonne qu'à la dernière extrémité. Ajoutons qu'en règle générale c'est au sein
de ces églises nationales que le libéralisme religieux trouve en Europe son terrain le plus favorable et ses meilleures garanties contre l'étroitesse
dogmatique. Il y a là tout un ordre de sentiments
et d'idées qui n'est déjà qu'à moitié compris en
Angleterre, qui est parfaitement inconnu en Amérique. Autant le schisme répugne à la grande
majorité des protestants du continent, autant il

paraît chose toute simple en Amérique dès qu'il est motivé par un dissentiment quelconque, et ce qui démontre la différence des régions sous ce rapport, c'est que, dans les nombreuses controverses que Parker dut soutenir, on ne chercha jamais à le blâmer ou à le louer de ce côté. On voit bien que, dans l'opinion de ses adversaires comme dans celle de ses amis, il n'y avait rien d'insolite, rien à reprendre ou à glorifier dans la position qu'il avait prise à Boston en se mettant à la tête d'une communauté entièrement nouvelle.

Sans nous occuper autrement de cette question spéciale, demandons-nous donc plutôt ce que nous devons penser de son enseignement religieux pris en lui-même.

J'ai fait de temps à autre, à mesure que je l'exposais, quelques réserves que je tiens à compléter. Ainsi j'avoue que parfois je regrette de trouver Parker si âpre, si violent dans ses controverses. Sa qualité, c'est l'énergie ; ce n'est pas toujours le bon goût, et il lui arrive mainte fois de frapper plus fort que juste. Les vieux dogmes, tout erronés qu'ils soient, méritent les égards qu'il ne faut jamais refuser aux bonnes intentions. Ce n'est pas pour le plaisir de penser que la grande majorité du genre humain est destinée à rôtir toute l'éternité, qu'on a cru si longtemps aux flammes éter-

nelles : l'horreur du mal moral, considéré comme
le mal infini, y est bien entrée pour sa part. La
prédestination calviniste a des conséquences qui
soulèvent : mais on doit penser aussi, quand on la
combat, que la pensée essentielle qui l'a formulée
a été celle de l'assurance du salut, pensée qu'il
faut tâcher de mieux fonder, mais sans laquelle il
est très-vrai de dire qu'il n'y a ni paix possible ni
énergie durable. Ce qu'il faut relever toutefois à la
décharge de Parker, c'est qu'il a eu plus que personne à souffrir des aberrations de l'exclusivisme
orthodoxe; qu'il a, tous les jours de sa vie, fait
l'amère expérience de cet anti-christianisme qui ne
parle que d'Évangile et de grâce, mais qui, en réalité, hait la lumière et n'admet pas que le Saint-
Esprit se manifeste sur la terre sans arborer la
cocarde de sa confession particulière; qu'il a vu
ses intentions les plus pures, ses actes les plus généreux, ses paroles les plus véridiques, sa vie
privée elle-même, odieusement défigurées par cette
hypocrisie dévote qui ne pardonne pas à quiconque
la démasque. Mais tout cela n'empêche pas qu'au
point de vue de la justice pure on ne puisse lui
reprocher une certaine fougue iconoclaste qui jure
avec ses théories elles-mêmes sur l'origine et la
genèse des religions. Il savait bien que chaque
forme religieuse, que nous a léguée le passé, a été

vraie en son temps, c'est-à-dire qu'à un certain
moment du développement de l'esprit humain,
elle a été la forme correspondante à ce que cet
esprit pouvait concevoir de Dieu. Mais, s'il en est
ainsi, l'orthodoxie protestante, la dernière de ces
formes religieuses du passé, n'aurait-elle pas
quelque droit à ces égards avec lesquels, dans de
touchantes pages, Parker sait parler de la religion
des pauvres Cherokees?

Il est à présumer aussi qu'au point de vue de
notre théologie moderne européenne, les idées
religieuses de Parker auront quelque chose d'incomplet ou d'inconséquent qui soulèvera de nombreuses objections. Parker avait le coup d'œil
profond, il n'avait pas le génie spéculatif. J'entends par là qu'il saisissait avec une rare promp-
titude les deux points extrêmes d'une série de
vérités connexes, mais qu'il était moins heureux
dans l'art de dérouler les anneaux intermédiaires.
De là parfois des démonstrations heurtées, qui
laissent l'esprit du lecteur en suspens. C'est surtout
dans ses discours sur le mal physique et moral
qu'à côté d'admirables morceaux d'éloquence on
trouve des exemples de ce défaut dialectique.
Fidèle sur ce point à la vieille méthode apologé-
tique, il a prétendu démontrer que la douleur en
soi était un bien, qu'elle était nécessaire à l'ordre

des choses, sans voir que, pour la pensée religieuse, la difficulté est précisément dans le fait de cette nécessité elle-même. Peut-être une manière plus philosophique, plus austère, d'envisager ce grand problème, l'eût-elle préservé de la faute de goût qu'il commet souvent en appelant Dieu *Père et Mère*. Ni l'une ni l'autre de ces dénominations ne doit prétendre à la rigueur métaphysique, et ce n'est pas un défaut à nos yeux, car on ne définit pas Dieu; mais celle de *mère* a précisément l'inconvénient de donner plus de relief à l'antinomie apparente qui existe entre les faits de l'expérience et l'affirmation religieuse de l'amour divin. Ses vues aussi sur la nature morale de l'homme ont péché selon nous par l'incomplet. Il ne semble pas s'être douté de la grave question du déterminisme, et dans sa fougueuse réaction contre le calvinisme qui enseigne la corruption totale de la nature humaine, penchant plus volontiers du côté de l'optimisme, il a mainte fois oublié qu'en nous l'ange commence par l'animal.

Une critique minutieuse pourrait prolonger ces remarques, mais à quoi bon? Ce n'est pas un professeur de théologie systématisée qu'il faut chercher dans Théodore Parker, c'est un initiateur, c'est un chantre inspiré de l'avenir. On peut rejeter beaucoup de ses idées : pour peu qu'on aime

le progrès religieux et la liberté, il faut sympathi-
ser chaleureusement avec lui. C'est bien moins
une doctrine qu'on doit lui demander que des
impressions, des consolations, des espérances, du
courage, de la foi. Sa religion n'est pas une théorie abstraite, c'est un fait spontané de sa nature.
*Sa tête n'est pas plus naturelle à son corps que sa reli-
gion à son âme!* Sa science, son érudition, très-
grandes en réalité et du meilleur aloi, sont, non
les servantes, mais les auxiliaires, les amies de
sa foi inébranlable au Dieu vivant, et lui servent
à écarter tout ce qui, dans les dogmes et les institutions du passé, l'empêche de savourer sa présence immédiate et de se baigner dans les eaux de
l'amour infini. On sent chez lui un besoin, une
passion de vérité, à laquelle on pardonne ses
allures un peu emporte-pièce en considération du
courage et de la loyauté dont elle fait preuve. Ce
n'est pas avec cette intrépidité que l'excellent
Channing se taillait dans les murs ébréchés de la
foi traditionnelle un modeste réduit auquel il ne
demandait qu'une chose, la vue paisible de l'amour
de Dieu et du cœur humain. Ce n'est pas avec
cette clarté de dessein et d'opération que Schleier-
macher et les méticuleux théologiens de son école
élevaient ces constructions d'ordre composite où
la pensée moderne et les vieux dogmes se confon-

14.

dent au prix de tant de peine et parfois de tant
de plâtre. Sans doute il y a bien des âmes qui con-
tinueront de préférer le doux moraliste, le Fénelon
américain, que M. Laboulaye a fait connaître à
l'Europe, ou l'onctueux prédicateur de Berlin qui
put un moment se flatter d'avoir réconcilié la
science et l'orthodoxie dans les profondeurs de son
sentiment religieux. Ne cessons pas d'admirer tous
ces hommes admirables, mais rappelons-nous que
le temps dans sa marche, que la société moderne
dans ses impérieuses exigences, réclament désormais des solutions plus radicales et plus nettes que
les compromis jusqu'à présent en vigueur. Pour
cela il faut nécessairement la généreuse audace
d'un Parker, marchant droit devant lui, sans se
préoccuper de la poussière qu'il soulève en tra-
versant tant de ruines, les yeux toujours fixés vers
la lumière éternelle. D'ailleurs, il serait bien injuste
de ne voir en lui que le lutteur énergique et âpre.
Il y a dans sa nature, et c'est ce qui en fait le
charme, à côté et au-dessous de son ardeur révolutionnaire, un mysticisme pur, ému, délicieux à
contempler. Si Parker est parfois la dupe de son
optimisme théorique, c'est que sa foi profonde au
Dieu vivant lui fait anticiper sur le pauvre monde
où nous vivons et le transporte avant l'heure dans
la région des harmonies célestes. Il est un des

penseurs qui ont su joindre aux censures les plus impitoyables des hommes et des choses de son temps les prévisions les plus sereines sur l'avenir définitif de l'humanité. Sa religion est aux agitations fiévreuses de sa carrière de réformateur ce que les profondeurs de l'Océan sont à la surface que les vents soulèvent. Après chaque tempête le calme inviolable des abîmes s'impose à la masse entière qui, de nouveau paisible et souriante, réfléchit l'azur immense.

Je me résume : Parker ne fut essentiellement ni un moraliste, ni un théologien, ni un philosophe ; ce fut un prophète, et il est une de ces apparitions contemporaines qui nous permettent mieux que bien des recherches de comprendre certains phénomènes que l'on croirait au premier abord appartenir exclusivement au passé. Qu'étaient les prophètes au sein du vieil Israël ? Non pas des devins, des diseurs d'oracles surnaturels, comme on se l'imagine trop souvent parmi nous. C'étaient les organes d'une grande idée, simple, austère, abstraite même, cachée dans les entrailles de la tradition nationale, l'idée du monothéisme pur. Pour dégager cette idée de ce qui la défigurait, des péchés du peuple qui la lui faisaient méconnaître, des abus du sacerdoce et de la royauté intéressés à ce qu'elle demeurât oubliée, les pro-

phètes ne reculaient devant rien, et malgré la
malveillance dont ils étaient à chaque instant les
objets, ils sortaient du vieux sol d'Israël toujours
plus convaincus et plus forts. Car leur force venait
de ce qu'au fond l'esprit d'Israël conspirait avec
eux, et plus cet esprit rencontrait d'opposition,
plus il prenait conscience de lui-même, plus il
s'affirmait clairement et ostensiblement. Et rois,
prêtres, peuple, tous pouvaient trouver les prophètes insupportables, mais au dedans une voix
secrète leur disait que les prophètes avaient pourtant raison.— De même l'esprit du protestantisme
et de la constitution américaine a saisi Théodore
Parker près du moulin paternel, comme jadis
l'esprit du monothéisme s'emparait du prophète
près de sa charrue ou des figuiers sauvages. Cet
homme, qui aurait pu vivre tranquille à l'ombre
de ses sapins, au milieu des fleurs de son presby-
tère, et qui s'en va de ville en ville prêcher
« contre les péchés du peuple, » cet homme, do-
miné par une idée simple, grande, implicitement
contenue dans la religion de son enfance et la
constitution de sa patrie, — l'idée du libre développement de la personne humaine, — qui con-
sacre sa vie à débarrasser cette idée de toutes les
entraves créées par les intérêts, les vices, les sacerdoces, les pouvoirs officiels; cet homme, qui

se refuse à tout compromis, qui n'a aucune espèce
d'indulgence pour les nécessités politiques ou
commerciales, qui, malgré tous les décourage-
ments, malgré toutes les amertumes dont on
l'abreuve, annonce joyeusement sur les toits et
prédit avec une assurance que rien ne déconcerte
la victoire définitive de la vérité et de la liberté,
— cet homme est un prophète.

Ce n'est pas seulement pour les États-Unis que
Parker a été un prophète. Son patriotisme n'était
pas exclusif, il se sentait à la lettre citoyen du
monde, et s'il aimait tant l'Amérique, c'est qu'il y
voyait le sol prédestiné où pourrait un jour se
réaliser l'idéal rêvé par notre Europe. Pour nous
aussi, au moment où les édifices et les traditions
séculaires menacent de s'écrouler, quand on se
demande avec anxiété s'ils n'écraseront pas sous
leurs décombres et ceux qui les ébranlent et ceux
qui les défendent, un homme tel que Parker est
un prophète de consolation et d'espérance. Il a
raison : pas de craintes lâches! Quoi qu'il arrive,
l'homme restera l'homme. Dans sa nature même
telle que Dieu l'a faite, il y aura toujours les révélations et les promesses qui font les belles vies
et les belles morts. Et que faut-il de plus? Heureuses les églises qui trouveront dans leurs principes essentiels le droit de s'ouvrir sans révolution

à ce christianisme impérissable dont Théodore
Parker a été le prédicateur inspiré! Beaucoup de
ses arguments seront réfutés, beaucoup de ses
opinions seront oubliées; mais la vérité fondamentale qu'il a soutenue, — à savoir que tout en
définitive repose sur la conscience, que Dieu se
révèle à quiconque le cherche, que le salut de
l'homme et de la société, sur la terre comme au
ciel, ne dépend ni des dogmes, ni des rites, ni des
miracles, ni des sacerdoces, ni des livres, mais
« du Christ en nous, » du cœur droit, de l'âme
aimante, de la volonté active et dévouée, — cette
vérité vivra et nous fera vivre avec elle. Et l'Église
qu'il a appelée de ses vœux, qui sera assez large
pour être la communion de toutes les sincérités,
de tous les désintéressements, de toutes les grandeurs morales, de toutes les innocences et de
toutes les repentances, cette Église vraiment universelle qui dans le passé réunit déjà tant de
nobles âmes séparées par des barrières aujourd'hui
chancelantes, ne périra pas davantage. Il ne faut
pas que les anathèmes dont ce christianisme de
l'avenir sera longtemps encore l'objet nous fassent
illusion. Ces anathèmes sont toujours les compagnons du progrès religieux en voie de formation,
et il manquerait certainement quelque chose à la
vérité qui tend à se dégager des erreurs du passé,

si son apparition n'était pas saluée par la foudre de toutes les réactions. La mort des prophètes elle-même ne saurait retarder d'une heure le triomphe de la vérité qu'ils ont prêchée, et le moment n'arrive pas moins où l'humanité confuse et reconnaissante s'aperçoit qu'elle lapidait sans le savoir les organes du Saint-Esprit.

Théodore Parker écrivit de Santa-Cruz à ses paroissiens qu'il ne devait plus revoir une longue et touchante lettre d'adieu dont nous détachons ce passage :

Près de l'Ile que j'habite, en temps de guerre et par une nuit obscure ; un vaisseau de guerre anglais passa près d'une masse indécise qui fit à l'équipage l'effet d'un vaisseau ennemi filant toutes voiles dehors. Le capitaine héla l'étranger qui ne répondit pas. Il recommença : même silence. Alors il envoya un boulet au travers de cette proue insolente et, comme elle ne répondait pas davantage, il fit tirer dessus, en plein bois ; mais il n'obtint pas un mot de réponse. A la fin il ordonna le branle-bas, et bientôt la vigueur britannique fit pleuvoir les projectiles sur le taciturne navire. Mais celui-ci ne riposta pas, et l'on n'entendit que le bruit sourd des boulets qui rebondissaient et allaient se perdre dans l'abîme. Tout à coup l'aurore parut : elle vient vite sous les tropiques. Et le capitaine s'aperçut qu'il avait usé sa poudre à bombarder un grand

roc debout au milieu des mers. Ainsi bien des hommes
se battent longtemps contre une vérité qu'ils prennent
pour une apparition flottante et devant céder à leurs
caprices. Mais à la fin la lumière se fait, et ils voient
que ce qu'ils combattaient était tout autre chose qu'un
navire de bois, de cordages et de voiles, poussé par le
vent et ballotté par les vagues, mais un rocher reposant
sur les fondements du monde et n'obéissant ni aux som-
mations des vaisseaux passant au large, ni aux remous de la mer sur laquelle ils vont et viennent. On
peut se réjouir de la maladie et de la mort d'un hérétique dont la vie a été courte : cela ne donne pas le
pouvoir d'altérer la constitution de l'univers ni de détruire un quelconque de ces faits spontanés de la
conscience humaine qui est aussi une révélation de
Dieu.

# FRAGMENTS

TRADUITS

## DES ŒUVRES DE THÉODORE PARKER.

---

## I.

### CE QUI PASSE ET CE QUI DEMEURE DANS LE CHRISTIANISME.

(A discourse of the transient and permanent in christianity.)
Voy. p. 54.

> « Le ciel et la terre passeront, mais mes
> paroles ne passeront pas. » Luc xx:, 31.

Nous trouvons dans ce texte une indication très-claire de la foi que Jésus avait dans l'éternité de la religion qu'il enseignait. En substance, du moins, elle devait, croyait-il, durer toujours. Il est pourtant des âmes qui s'épouvantent au moindre bruissement que peut faire un hérétique au milieu des feuilles sèches de la théologie. Elles tremblent de peur que le christianisme lui-même ne périsse sans retour. Aujourd'hui comme jadis on entend retentir le cri : « Voici les Philistins ! Le christianisme est en danger ! » Le moindre doute concernant la théologie populaire ou le mécanisme actuel

15

de L'Église, le moindre signe·de défiance vis-à-vis de
la religion de la chaire ou de la rue, passent aux yeux
de quelques braves gens pour une déclaration de guerre
à la foi chrétienne, capable d'ébranler le christianisme
lui-même. D'autre part, un petit nombre d'hommes
malintentionnés et un autre petit nombre d'hommes
religieux, dit-on, affirment des deux côtés de l'Océan
que le christianisme a fait son temps. Ils voudraient
nous persuader que la piété doit revêtir une nouvelle
forme, que les enseignements de Jésus sont dépassés,
que la religion doit prendre un nouvel essor et s'envo-
ler vers les cieux bien plus haut que le christianisme,
comme l'aiglon dont les ailes ont poussé abandonne
pour toujours le nid qui protégea sa faiblesse. Consa-
crons quelques moments à ce sujet. Observons quels
sont les éléments *passagers*, quelle est l'essence *permanente* du christianisme. Ce thème me paraît actuel et
en rapport avec la circonstance qui nous rassemble ici.

Le Christ dit que sa parole ne passera pas. Cependant,
à première vue, rien de plus fugitif qu'une parole. Une
parole n'est qu'une ondulation momentanée du plus léger des éléments. Elle ne laisse pas trace de son passage
à travers les airs. C'est pourtant à la parole et seulement à la parole que Jésus a confié la vérité dont il
était porteur, une vérité qui devait sauver le monde !
Il ne s'est pas donné la moindre peine pour garantir la
perpétuation de ses idées. Il les émit devant des auditoires d'occasion, au bord du lac ou près d'un puits,
dans une chaumière ou dans le temple, dans une barque

de pêcheur ou dans une synagogue. Il ne fonda pas d'institution conservatrice de ses enseignements, Il n'érigea pas d'ordre chargé de protéger ses brillantes et joyeuses révélations. Il pria seulement ses amis de répandre gratuitement la vérité qu'ils avaient reçue gratuitement. Il n'écrivit même pas ses paroles. Avec une noble confiance, résultat de sa foi inébranlable, Il les dispersa par le monde, abandonnant ces semences à leur vitalité propre. Il savait que ce qui est de Dieu ne peut périr, parce que Dieu garde ce qui est à lui. Il sema donc dans les cœurs, puis Il laissa à la rosée et au soleil des cieux le soin d'arroser et de réchauffer le grain semé. Il sentit que ses paroles étaient destinées à l'éternité. C'est pour cela qu'il osa les confier à l'air incertain ; et depuis dix-huit siècles cet élément fidèle les a retenues, claires et distinctes comme lorsqu'elles sortirent de ses lèvres. Aujourd'hui elles sont traduites dans toutes les langues humaines. Les milliers d'idiomes qui se partagent le monde les répètent, depuis les forêts de sapins du Nord jusqu'aux bois de palmiers des Indes. Elles se mêlent aux bruits confus des cités populeuses comme aux murmures des mers solitaires. Le dimanche matin elles sont reproduites d'église en église, d'île en île, de terre en terre, jusqu'à ce que leur mélodie ait fait le tour du monde. Ces paroles sont devenues le trésor des bons, l'espérance des sages, la joie des pieux, et cela pour des millions de cœurs. Elles font les prières de nos églises, nos meilleurs élans vers Dieu, l'enchantement de nos âmes, près de notre foyer

comme au bord de nos champs. Elles continuent de faire
des miracles auprès desquels ceux que l'on a les premiers enregistrés ne sont rien comme grandeur et
comme utilité. Ce sont elles qui bâtissent nos temples
et embellissent nos demeures. Elles élèvent notre sens
de la sublimité, elles purifient notre idéal de pureté,
elles sanctifient notre prière en la dirigeant vers l'amour
et vers la vérité. Elles rendent belle d'une beauté divine la vie d'hommes tout ordinaires. Elles donnent des
ailes à nos inspirations. Quelle puissance magique ont-
elles donc ? Le chagrin s'endort à leur commandement.
Elles enlèvent son aiguillon à la maladie et à l'adversité
ses déceptions amères. Elles donnent de la vigueur et
des ailes à l'âme pieuse, dont le cœur est brisé, qui a
fait naufrage dans son voyage à travers la vie. Elles l'en-
couragent à reprendre encore une fois la route péril-
leuse. Elles font que tout est à nous, que le Christ est
notre frère, le temps notre serviteur, la mort notre alliée
et le témoin de notre triomphe. Elles nous révèlent la
présence de Dieu, qu'autrement nous n'eussions pu voir
si clairement, dans la première fleur du printemps, dans
le passereau qui tombe, dans la détresse d'une nation,
dans le chagrin comme dans le ravissement du monde.
Supprimez la voix du christianisme, et le monde est en
proie au silence morne : elle n'est plus, cette douce
musique qui tenait en respect les chefs des peuples,
qui soutenait la pauvre veuve dans sa tâche solitaire, et
qui venait, comme l'aurore quand elle frappe le matin
nos fenêtres, relever des hommes abattus et faibles,

dont les yeux tombaient et dont le cœur avait faim ; —
elle n'est plus, c'en est fait ! Le monde reste devant eux
seul, froid, décoloré, mort.

Telle est la vitalité de ces paroles, tel est l'empire
qu'elles sont parvenues à exercer sur le cœur des
hommes ! Pendant le même temps des paroles d'hommes
forts et puissants, dont les noms ébranlaient des con-
tinents, des paroles gravées sur le métal ou sur la
pierre, protégées par des institutions spéciales, défen-
dues par des tribus entières de prêtres et par des armées de sectateurs, — ces paroles sont descendues au
tombeau et l'écho du monde ne répond plus à leur bruit.
Les grandes œuvres aussi des vieux temps, le château,
la tour, la cité, les villes et les empires ont péri, laissant à peine sur le sol une marque attestant qu'ils
furent autrefois. La philosophie du sage, l'art du vir-
tuose, le chant du poète, le rituel du prêtre, bien
qu'ayant reçu les honneurs divins, ont disparu dans
l'abîme de l'oubli. Le silence s'est étendu sur eux, leurs
spectres seulement hantent aujourd'hui le monde. Un
déluge de sang a inondé les nations, une nuit de ténèbres, plus profonde que les fabuleuses ténèbres
d'Égypte, est descendue sur ce déluge pour détruire ou
cacher ce qu'il avait épargné. Mais à travers tout cela
les paroles du christianisme, sorties des lèvres du jeune
Hébreu, nous sont parvenues, douces et belles comme
la clarté d'une étoile, n'ayant rien perdu de leur force
dans ce long voyage à travers le temps et l'espace; Elles
nous ont fait une civilisation nouvelle, telle que le plus

sage des Gentils n'eût osé en espérer une semblable,
telle que le plus pieux des Hébreux ne l'a pu prédire.
A travers des siècles d'horreurs, ces paroles sont venues
à nous comme une colombe dans la tempête, et maintenant elles planent sur les cœurs purs et dévoués pour
descendre sur eux, comme l'esprit du Père, nous est-il
dit, descendit sur son Fils bien-aimé. Le vieux ciel et
la vieille terre sont passés, mais la parole de Jésus demeure, et rien ne montre plus clairement ce qu'il y a
de léger dans ce que l'homme appelle grand et ce qu'il
y a d'immortel dans ce que Dieu déclare vrai.

Après cet hommage rendu à l'impérissable puissance de l'Évangile, le prédicateur arrive aux variations sans nombre qui remplissent l'histoire du
christianisme. Il montre quelle énorme distance
sépare les diverses conceptions de l'Évangile qui
se sont succédé à travers les siècles, distance
plus grande parfois que « celle qui sépare Mahomet
du Messie ou Jésus de Platon. » Notre conception
actuelle du christianisme passera aussi. Mais il y
a, depuis les premiers jours, un élément *transitoire*
et un élément *permanent* dans le christianisme, de
même que dans la nature il est une foule de phénomènes particuliers qui se succèdent, mais qui
reposent tous sur la grande loi naturelle qui les
amène et les relie entre eux. Il arrive souvent qu'on
attache plus d'importance au fait particulier du

moment qu'à la loi Immuable dont il provient.
C'est ainsi qu'on se passionne dans l'Église chrétienne pour des formes et des doctrines qui peuvent
être belles et utiles, mais enfin « qui sont la tu-
nique, et non pas l'ange lui-même. »

On peut s'assurer du caractère variable et pas-
sager des doctrines théologiques en étudiant leur
histoire. Prenons un exemple dans l'idée qu'on
s'est faite de l'autorité de l'Ancien et du Nouveau
Testament. Il fut un temps où l'on envoyait au
bûcher des hommes dont tout le crime était d'affirmer des thèses d'astronomie ou de physique opposées à quelques passages de la Bible, où chaque
mot du recueil juif passait pour miraculeusement
inspiré, pour infailliblement vrai, et combien de
croyances absurdes, de prétentions exorbitantes,
d'idées grossières et même immorales de la Divinité n'a-t-on pas fondées sur cette autorité qu'on
croyait absolue ! Pourtant ni Jésus ni Paul n'avaient
attribué un pareil caractère aux livres saints des
Juifs. Aujourd'hui, la critique, même élémentaire,
et le bon sens des populations empêchent absolument qu'on ne revienne aux mêmes errements.
On peut observer les mêmes variations et des faits
analogues au sujet du Nouveau Testament. « Le
« respect idolâtre de l'Écriture est la pomme
« d'Atalante qui arrête les théologiens dans leur

« coûrse vers la vérité divine. » Les modestes
écrivains du recueil de la nouvelle alliance ne se
seraient jamais attendus au culte qu'on leur voua
par la suite. Les opinions aujourd'hui changent
aussi à leur sujet et changent en bien.

Rien de plus facile que de signaler des variations plus nombreuses encore sur la nature du
Christ et son autorité. L'opinion fut très partagée
sur ce point parmi les premiers chrétiens, les uns
voulant qu'il fût homme, les autres qu'il fût Dieu,
d'autres qu'il fût intermédiaire entre l'homme et
Dieu. Vint ensuite la doctrine devenue orthodoxe
d'après laquelle il est à la fois pleinement homme
et pleinement Dieu. Depuis le xvi° siècle de nouvelles variations se sont fait jour.

Le temps viendra où l'on sentira généralement le
véritable caractère de la Bible. Alors on verra qu'en
dépit des contradictions de l'Ancien Testament, de ses
légendes si belles comme fictions, si inadmissibles
comme histoire ; en dépit de ses prédictions non ac-
complies, de ses conceptions puériles de Dieu et des
malédictions cruelles qui déparent les psaumes et les
prophéties, — il y a dans ce livre un respect de la nature humaine, une confiance en Dieu, une profondeur
de piété que nos cœurs d'hommes du Nord ressentent
bien rarement. Alors le sens religieux des auteurs hébreux, leur sainte fierté, la majesté de leur vie, redou-

bleront pour nous de charme et de puissance. Le prophète et le psalmiste réchaufferont plus que jamais nos
cœurs. Leur voix réjouira la jeunesse et sanctifiera les
cheveux blancs, nous charmera dans le labeur de la vie
et adoucira la coupe que nous tend la mort quand elle
vient déchirer ce manteau de chair. Alors on verra que
les paroles de Jésus sont une mélodie céleste chantée
par une voix terrestre, et que l'écho de ces paroles
chez Paul et chez Jean doit sa puissance à leur vérité, non
pas à quelque élément accidentellement lié avec elles.
Alors la Parole, qui était au commencement et qui est
toujours, trouvera accès jusqu'au fond du cœur de
l'homme et lui tiendra un langage qu'elle parle bien
rarement aujourd'hui. Alors la Bible, cette bibliothèque
des plus profondes pensées, des plus sincères sentiments de piété et d'amour que les langues humaines
aient jamais exprimés, sera lue bien plus qu'aujour-
d'hui, non pas avec l'esprit de superstition, mais avec
la raison, la conscience et la foi déployant toute leur
énergie. Alors elle sera le soutien des hommes courbés
sous le poids du chagrin, elle sera la censure du péché,
l'encouragement de la vertu, et elle répandra au loin
et au large cette semence d'amour qui fournit à l'homme
sa moisson pour l'éternité.

Malgré tous les obstacles entassés sur sa route, que
de bien la Bible n'a-t-elle pas fait au genre humain !
Aucun abus n'a été assez fort pour nous priver de ses
bénédictions. Vous pouvez suivre sa trace à travers le
monde depuis les jours de la Pentecôte jusqu'à présent.

15.

Comme au cœur d'un continent de sable s'élance le
fleuve dont le père est dans les cieux et le lieu de naissance dans les montagnes lointaines; comme son cours
va s'élargissant toujours, se créant le long de la plaine
aride une fraîche et verte ceinture qui le suit partout
où ses détours le mènent, faisant naître les bois de palmiers et les champs fertiles, où les chaumières exhalent
leur fumée le soir et où les cités de marbre renvoient
au ciel le rayonnement de leur splendeur, — telle a été
la marche de la Bible sur la terre. Malgré les monuments idolâtres construits sur le sable de ses bords,
elle a fait sa marque plus profondément dans le monde
que toute la riche et magnifique littérature des païens.
Le premier livre de l'Ancien Testament dit à l'homme
qu'il a été fait à l'image de Dieu ; le premier livre du
Nouveau nous dit : « Soyez parfaits comme votre Père
qui est aux cieux ! » Il n'a jamais été dit rien de plus
grand que cela. De quelles bénédictions les vérités con-
tenues dans la Bible ont été pour nous la source ! Il
n'est pas un enfant sur les collines de la Nouvelle-
Angleterre, il n'est pas une pauvre fille née dans quelqu'une de ces horribles caves qui déshonorent les capi-
tales de l'Europe et crient contre la barbarie de la
civilisation moderne, — dont après tout le sort n'ait
été amélioré par ce grand livre.

Sans doute aussi le temps viendra où l'on verra Jésus
tel qu'il est. En vérité, il pourrait nous dire : « Je suis
depuis si longtemps avec vous, et vous ne me connaissez pas encore ! » Nous avons fait de lui une idole, et

nous avons ployé les genoux devant lui en disant :
« Salut, roi des Juifs ! » Nous l'avons appelé « Seigneur !
Seigneur ! » mais nous n'avons rien fait de ce qu'il disait. L'histoire du monde chrétien pourrait se résumer
dans ce seul mot de l'évangéliste : « Et ils le cruci-
fièrent là ! » Car à chaque siècle on a crucifié de nouveau le Fils de Dieu. Mais si l'erreur prévaut pour un
temps et vieillit dans le monde, la vérité pourtant
finira par triompher, et alors nous verrons le Fils de
Dieu tel qu'il est. Il attirera, de sa hauteur, toutes les
nations à lui. Alors on comprendra cette parole de
Jésus qui ne saurait passer. Alors nous verrons et nous
aimerons la vie divine dont il a vécu. Quelle influence
que la sienne ! Quel changement son esprit a opéré
dans les cœurs de ses disciples qu'il trouva rudes,
égoïstes, fanatiques ! Quel changement dans le monde !
Ses paroles jugent les nations. Le plus sage des fils des
hommes n'a pu encore mesurer leur hauteur. Elles
parlent à ce qu'il y a de plus profond chez les hommes
sérieux, à ce qu'il y a de plus saint chez les hommes
de bien, à ce qu'il y a de plus divin chez les hommes
religieux. Elles rallument la flamme de la piété dans
des cœurs depuis longtemps refroidis. Elles sont esprit
et vie. La vérité proclamée par Jésus ne lui est pas
venue de Moïse ou de Salomon : la lumière de Dieu a
resplendi à travers son âme, sans mélange, sans dévia-
tion. Sa vie est le reproche de tous les temps. Elle condamne l'ancienne civilisation, elle condamne la moderne. Nous avons eu, depuis, des sages et des saints,

mais ce jeune Galiléen marche en avant du monde pour
des milliers d'années, tant il y avait en lui de divinité !
Ses paroles résolvent les questions de notre âge. En lui
le divin et l'humain se sont rencontrés et embrassés,
une vie divine est née. Comparez à Jésus les plus grands
des enfants du monde : qu'ils sont pauvres à côté de
lui ! Mesurez à sa taille les meilleurs des hommes :
qu'ils paraissent petits et infimes ! Exaltez-le autant
que vous pourrez : vous resterez peut-être encore au-
dessous de ce qu'il mérite. Mais pourtant ne fut-il pas
notre frère, fils de l'homme tel que nous, fils de Dieu
comme nous-mêmes ? Sa perfection n'a-t-elle pas été
une perfection humaine ? Sa sagesse, son amour, sa
piété, si douce, si céleste qu'elle fût, serait-elle au-
dessus de ce que nous pourrions atteindre ? En lui,
comme dans un miroir, nous pouvons contempler
l'image de Dieu et marcher de gloire en gloire jusqu'à
ce que nous soyons transformés à son image, conduits
par cet esprit qui illumine les humbles. Considérée à
ce point de vue, que la vie de Jésus est belle ! Les cieux
sont descendus sur la terre, ou plutôt la terre est montée aux cieux. Le Fils de Dieu est majeur et a pris possession de son droit d'aînesse. C'est la plus brillante
des révélations, car elle nous révèle ce qui est possible
pour tous les hommes, sinon dès à présent, du moins
dans l'avenir. Combien pur est son esprit et combien
encourageantes ses paroles ! « Pauvre affligé, » semble-
t-il dire, « vois comme je porte la croix ! Pauvre travailleur, sois fort : vois comme j'ai travaillé pour les

Ingrats et les égoïstes! Pécheur égaré, vois ce dont tu
es capable! Relève-toi et sois béni! »

Mais si, comme quelques-uns des premiers chrétiens
en donnèrent l'exemple, vous vous formez du Christ
une idée païenne, si vous faites de lui un Dieu, le Fils
de Dieu dans le sens exclusif, vous perdez une grande
partie du sens de son caractère. Sa vertu n'a plus de
mérite, son amour plus d'héroïsme, sa croix n'est plus
un fardeau, son agonie n'est plus une souffrance, sa
mort n'est qu'une illusion, sa résurrection qu'une apparence. Car s'il n'était pas un homme, s'il était un
Dieu, que signifient toutes ces choses? Que sont ses
paroles, sa vie, sa perfection? Elles ne sont plus rien,
en comparaison de la grandeur immense de Celui qui a
créé les mondes et qui remplit le temps et l'espace.
Dès lors sa résignation ne nous enseigne plus rien, sa
vie n'est plus notre modèle, sa mort n'est plus un
triomphe pour vous et pour moi, qui ne sommes pas
des dieux, mais des mortels, qui ne savons pas ce qu'a-
mènera le jour de demain et qui marchons par la foi,  ·
en tâtonnant, sur notre chemin tout semé de périls.
Hélas! nous avons désespéré de l'homme et par là détruit sa plus brillante espérance.

Doctrines et formes, nous les voyons toutes soumises
au changement. Partout instabilité et incertitude. C'est
sur les points considérés comme les plus vitaux que les
opinions ont le plus varié. Si nous pouvions ressusciter
un docteur chrétien d'un autre âge, du vi⁰ au xiv⁰ siècle,
par exemple, un docteur d'une orthodoxie incontes-

table, dont la parole a rempli les églises de la chrétienté, c'est tout au plus si les clergés d'aujourd'hui lui
permettraient de s'agenouiller à leur autel ou de s'asseoir
avec eux à la table du Seigneur. Ses idées sur le christianisme ne trouveraient pas d'expression dans notre
langue et nous ne pourrions lui présenter les nôtres
sous une forme intelligible à ses oreilles. Les questions
de son temps, celles dont on pensait alors que le christianisme dépendait, des questions qui embarrassaient
et divisaient les docteurs subtils, ne sont plus des
questions pour nous. Les querelles qui rendaient alors
les sages furieux, ne provoquent plus maintenant qu'un
sourire ou une larme, selon que nous sommes disposés
à rire ou à pleurer de la faiblesse humaine. Nous avons
d'autres fétus pour nous quereller aujourd'hui. Leurs
anciens livres de dévotion ne nous disent plus rien,
leur théologie n'est qu'un bruit de mots. Sans même
remonter si loin, les spéculations théologiques de nos
pères pendant les deux derniers siècles, leur théologie
pratique, leurs sermons eux-mêmes, malgré le talent
et la piété de leurs auteurs, tout cela, à bien peu d'ex-
ceptions, est devenu illisible, tant les doctrines ont
changé !

..... La postérité regarde ordinairement d'une même
hauteur les traqueurs d'hérétiques et les hommes tra-
qués pour hérésie ; et elle s'étonne également des uns
et des autres... La dispute sur la transsubstantiation,
celle concernant la pureté des textes hébreux et grecs
de l'Écriture, furent poussées avec une amertume dont

rien n'approche de nos jours. Le protestant sourit de
l'une; le catholique, de l'autre; l'homme de bon sens,
de l'une et de l'autre. ˙

..... Quand on laisse là les discussions entre catholiques et protestants, trinitaires et unitaires, ancienne
et nouvelle école, pour en venir aux paroles mêmes de
Jésus de Nazareth, le christianisme est chose simple,
très-simple. Il est moralité pure, absolue;religion pure,
absolue; l'amour de l'homme et l'amour de Dieu agis-
sant indépendamment de tout obstacle ou empêchement.
La seule doctrine qu'il pose est la grande vérité qui
surgit spontanément du cœur religieux : « Il est un
Dieu ! » Sa devise est : « Soyez parfaits comme votre
Père céleste ! » La seule forme qu'il exige est celle d'une
vie divine, et cette vie consiste à faire le mieux pour le
mieux, pour les plus saints motifs, à obéir parfaitement
à la grande loi de Dieu. La sanction, c'est la voix de
Dieu dans vos cœurs, la présence permanente de Celui
qui nous a faits, nous et les étoiles qui sont sur nos
têtes, c'est le Christ et le Père habitant au dedans de
nous. Tout cela est très-simple, un enfant le compren-
drait; et très-beau, l'esprit le plus élevé ne pourrait
trouver rien d'aussi doux... La fin du christianisme,
c'est de faire que tous les hommes soient uns avec Dieu,
comme le Christ; de les amener à un tel état d'obéissance et de bonté que nous pensions des pensées divines, que nous sentions des sentiments divins, et que
nous gardions la loi de Dieu en vivant d'une vie d'amour
et de vérité. Ses moyens sont la pureté et la prière, qui

va chercher de la force en Dieu et qui en use pour le
bien de nos semblables comme pour le nôtre. L'Évangile
autorise la liberté parfaite. Il ne demande pas à tous
les hommes de penser de même, mais d'avoir de hautes
et nobles pensées et d'approcher autant que possible de
la vérité; il ne leur demande pas de vivre tous de même,
mais de vivre saintement et d'approcher, autant que
possible, d'une vie parfaitement divine. Jésus ne pose
pas de colonnes d'Hercule au delà desquelles il est
interdit de faire voile en quête de la vérité. « J'ai bien
des choses à vous dire, mais vous ne pouvez maintenant
les comprendre... Vous ferez de plus grandes œuvres
que celles-ci, » voilà son langage. Le christianisme
n'abaisse pas une main brutale sur l'individualité sacrée
du génie et du caractère. Au contraire, il n'est pas de
secte chrétienne qui n'enchaîne plus ou moins l'homme.
Elles voudraient toutes que tous les hommes pensassent
de même, ou qu'ils étouffassent leurs convictions dans
le silence. Si tous les hommes étaient quakers ou catholiques, unitaires ou baptistes, il y aurait beaucoup
moins de diversité de pensée, de caractère et de vie,
beaucoup moins de vérité agissante qu'aujourd'hui. Mais
le christianisme nous donne la liberté la plus large, la
liberté des fils de Dieu, et si tous les hommes étaient
chrétiens à la manière de Jésus, la variété serait mille
fois plus grande qu'elle ne l'est. Car le christianisme
n'est pas un système de doctrines, il est une méthode
pour atteindre l'union avec Dieu. En conséquence, il
demande une bonne vie, de piété au dedans, de pureté

au dehors, et nous promet que celui qui fera la volonté de Dieu connaîtra aussi la vérité de Dieu.

Dans un âge de corruption, comme sont tous les âges, Jésus se leva et regarda vers Dieu. Il n'y avait rien entre lui et le Père de toutes choses, pas de vieille parole, qu'elle fût de Moïse ou d'Ésaïe, d'un rabbin ou d'un sanhédrin de son temps; il n'y avait pas non plus de péché ou de perversion de la volonté finie. En conséquence de cette pureté virginale et de cette parfaite obéissance, la lumière de Dieu vint resplendir dans les profondeurs de cette âme et lui donna tout ce que la chair peut recevoir de divinité. Dieu veut que nous fassions de même, que nous l'adorions directement, que nous agissions, pensions, sentions, vivions en toute obéissance à sa volonté; et nous ne serons jamais *chrétiens*, comme Jésus était le *Christ*, jusqu'à ce que nous adorions, comme Jésus, sans intermédiaire, sans médiateur entre nous et le Père de toutes choses. Jésus sentit que la parole de Dieu était en lui, qu'il était un avec Dieu. Il dit ce qu'il voyait, la vérité; il vécut, comme il sentait, d'une vie d'amour. La vérité qu'il mit en évidence a toujours été la même aux yeux du Dieu qui voit tout, dix-neuf siècles avant le Christ ou dix-neuf siècles après lui. Une vie que dirige le principe et qu'anime le sentiment de la religion est une même vie à Nazareth et dans la Nouvelle-Angleterre. Mais cet homme divin reçut ces vérités de Dieu, fut éclairé plus vivement par « la lumière qui éclaire tout homme, » combina ou impliqua toutes les vérités reli-

gieuses et morales dans sa doctrine, et les manifesta
dans sa vie. C'est ainsi que ses paroles et son exemple
passèrent dans le monde et ne peuvent pas plus en disparaître qu'on ne peut effacer les étoiles du firmament.
Les vérités qu'il a enseignées, ses doctrines concernant
l'homme et Dieu, les rapports des hommes entre eux et
des hommes avec Dieu, avec les devoirs qui en résultent,
sont toujours les mêmes et ne pourraient changer que
si l'homme cessait d'être homme et que la création fût
anéantie. Non ; les formes et les opinions changent et
périssent ; mais la parole de Dieu ne peut tomber. La
forme que la religion revêt, les doctrines dont elle est
entourée ne peuvent jamais être les mêmes dans deux
siècles ou chez deux hommes différents ; car la somme
des doctrines religieuses est à la fois le résultat et la
mesure de la croissance de l'homme en sagesse, en
vertu, en piété, et les hommes devant toujours différer
sous ces divers rapports, les doctrines et les formes religieuses différeront toujours, par conséquent passeront
à mesure que le christianisme avancera et sèmera la
semence dont il a la main pleine. Mais le *christianisme
que les saints portent dans leur cœur,* le Christ nais-
sant au dedans de nous, est toujours le même pour
toute âme qui le sent en elle-même. Il diffère de l'un à
l'autre en degré, non en genre. Il y a quelque chose
dans le christianisme qu'aucune secte n'a entièrement
oublié, depuis les « Ébionites » jusqu'aux « saints des
derniers jours. » Voilà le christianisme universel dont
la flamme brille dans les cœurs pieux.

..... Cette religion idéale que Jésus vit sur la montagne de la vision, et dont il fit l'âme de son humble vie de paysan galiléen, qui fait de sa croix l'emblème de tout ce qu'il y a de plus saint sur la terre, qui a sanctifié le sol où ses pieds se posèrent, qui est le plus grand des trésors pour les meilleurs des hommes, cette religion ne peut passer. On aura beau avancer en civilisation, s'élever sur les ailes de la religion et de l'amour, on ne pourra jamais dépasser la sphère de la vérité et du christianisme, elle sera toujours plus haut. C'est comme si l'on s'envolait vers une étoile qui devient plus grande et plus brillante à mesure qu'on approche, jusqu'à ce qu'on y entre et qu'on soit absorbé dans sa gloire.

Si nous ne jetions qu'un regard frivole sur les âges qui nous ont précédés, ou à la surface des choses qui nous entourent, il y aurait lieu de craindre; car nous confondons la vérité de Dieu avec la parole de l'homme. C'est ainsi qu'à distance le nuage et la montagne ne font qu'un. Et quand l'horizon change avec le vent qui passe, un œil inexpérimenté pourrait croire que la montagne elle-même a disparu. Mais la montagne demeure pour attirer les nuages et s'approprier les bénédictions qu'ils renferment; puis elle les envoie en bas pour arroser la débile violette, pour former des ruisseaux qui réjouissent la vallée et la prairie, pour courir enfin vers la mer en fleuves profonds qui portent des flottes. Ainsi les formes de l'Église, les doctrines des sectes, les opinions contraires des docteurs, tout cela gravite

sur les flancs de la montagne chrétienne, tout cela
grossit et s'agite, s'élève et descend, darde sa lumière
et roule son tonnerre; mais rien de tout cela ne fait
ou ne gâte la montagne elle-même. Son majestueux
sommet domine de bien haut le tumulte, ne sachant
rien de la tempête qui gronde en bas, se parant, le soir
et le matin, d'une lumière toute rose, reflétant les
splendeurs du soleil de midi, voyant la lumière du
grand astre lorsque les ombres épaisses se traînent sur
la plaine et le marais; toute la nuit, sa tête est dans les
cieux, visitée par des armées d'étoiles qui n'ont pas de
coucher et ne voilent jamais leur face à ces hauteurs
sereines.

Laissez passer ce qui passe, laissez-le flotter comme
il veut; et Dieu veuille nous envoyer une nouvelle ma-
nifestation de la foi chrétienne, qui remue les cœurs
des hommes, comme ils n'ont pas encore été remués;
une parole nouvelle qui nous enseigne ce que nous
sommes et nous renouvelle tous à l'image de Dieu; une
vie meilleure qui accomplisse la prophétie hébraïque
et répande l'esprit de Dieu sur les jeunes gens et les
jeunes filles, les vieillards et les enfants; qui réalise la
parole du Christ et nous donne le consolateur, nous ré-
vélant tout ce dont nous avons besoin. Il y a nombre
de Siméons dans les chaumières et les églises de la
Nouvelle-Angleterre, hommes droits et pieuses femmes
qui attendent la consolation et mourraient en paix si
leur dernier souffle pouvait agiter les ailes qui doivent
nous l'apporter. Il y a nombre d'hommes, malades et

« abattus, incapables de se relever eux-mêmes, » qui
seraient guéris s'ils pouvaient seulement baiser la main
de leur Sauveur ou toucher le bord de sa robe; des
hommes qui ont faim et ne sont pas rassasiés, parce
qu'ils demandent du pain du ciel et de l'eau du rocher,
non des traditions ou des illusions juives ou païennes,
nouvelles ou anciennes; des hommes qui, le cœur pal-
pitant, prient pour que l'esprit de guérison vienne sur
les eaux que d'autres que des anges ont si longtemps
troublées; des hommes qui sont depuis longtemps
couchés, malades de théologie, et que beaucoup de médecins n'ont pu soulager, qui sont morts aujourd'hui,
trop morts même pour enterrer leurs morts, et que de
bonnes nouvelles feraient sortir de leurs tombeaux.
Que Dieu nous envoie une réelle vie religieuse qui
dessille les yeux de nos cœurs et fasse de nous de meilleurs pères, de meilleures mères, de meilleurs enfants,
une vie religieuse qui ira partout où nous irons, faisant
de chacune de nos demeures une maison de Dieu, de
chacun de nos actes une prière. Il nous faut travailler
pour cela, prier pour cela, dussions-nous, tout en
priant, pleurer des larmes de sang.

11.

LA JOIE RELIGIEUSE.

(*Discourse of Matters pertaining to Religion*, B. I, ch. vu, 3.)
Comp. p. 03.

Assurément il y a de la joie dans la réussite des
projets terrestres. Il y a de la joie pour le misérable qui
remplit d'or sa main frémissante et pour le fou qui
gagne au jeu. Mais après? Son désir est assouvi et la
pauvreté envahit son âme.

Il est délicieux de prendre part aux fêtes de la
terre, ce voile derrière lequel Dieu cache la splendeur
de sa face, de s'enivrer du parfum des fleurs, du chant
des oiseaux, du bourdonnement des abeilles, des murmures sourds de l'Océan, du vent d'été qui souffle le soir
à travers les sapins, du frais ruisseau qui court, des
collines qui ondulent et se déroulent toutes gracieuses;
et la grandeur des forêts vierges, la majesté de la montagne, la beauté virginale du matin, la grâce maternelle
du soir, les pompes sublimes et mystiques de la nuit, les

muettes sympathies de la nature, oh ! que tout cela est
beau !

Il y a de la joie, certainement il y a de la joie pour
le génie quand la pensée fond sur lui comme un soleil
tropical qui déchire un nuage; quand de longues séries
d'idées se déroulent à travers son âme comme des orbes
constellés devant l'œil d'un ange; quand de sublimes
idées et des mots brûlants volent à son cœur; quand la
nature lui dévoile un de ses secrets, qu'une de ses
grandes lois perce tout à coup à l'esprit d'un Newton,
et que le chaos se transforme en lumière. A l'heure de
l'inspiration, lorsque la joie du génie est en lui, c'est
alors que l'enfant du ciel goûte de divines délices. Il
sympathise avec la vérité.

Il est une bénédiction plus paisible et encore supérieure : c'est quand un cœur communie avec un cœur,
quand deux âmes s'unissent en une seule, comme deux
gouttes de rosée sur une rose, reflétant le ciel dans
leur petite sphère; quand l'amour pur transforme deux
âmes, une âme d'homme et une âme de femme, l'une à
l'image de l'autre; quand un seul cœur bat dans deux
poitrines, qu'un seul esprit parle avec deux langues,
qu'une même âme parle dans deux regards... Il y a un
ravissement profond, serein, pénétrant jusqu'au fond du
cœur, qui tient à ce mystérieux sentiment réciproque
de deux âmes, et qui dépasse de bien haut les froides
sympathies de la nature aussi bien que la joie extatique,
mais courte, du génie en ses jours de bonheur.

Mais la joie religieuse est plus encore que chacune de

ces joies et que toutes ensemble. L'assurance heureuse
qui remplit alors le cœur, le sentiment de la confiance,
le repos en Dieu, la paix débordant l'âme, l'universelle
harmonie, l'infini au dedans, la sympathie avec l'Ame
universelle : voilà un bonheur que des mots ne peuvent
décrire. Celui-là seulement le connaît qui l'a goûté. La
langue même d'un prophète ne saurait raconter ce qu'il
en est, non, quand même un séraphin aurait touché ses
lèvres avec le feu du ciel. Dans les grandes heures de
la visitation du Dieu vivant, il semble qu'il n'y a plus
de pensée distincte. Le flot de la vie universelle passe
à travers l'âme. La pensée de soi-même a disparu. On
se soucie peu d'être roi ou paysan, d'être père ou
enfant. On est un avec Dieu et Dieu est tout en tous.
Ni la beauté de la nature, ni la joie du génie, ni le
doux bruit de deux cœurs à l'unisson, qui font en bat-
tant une si suave musique, rien de tout cela ne peut
égaler la joie de l'âme religieuse qui est une avec Dieu,
et si pleine de paix qu'elle n'a plus même besoin de
prier.

Cette joie, la plus profonde de toutes, ajoute un
charme nouveau à toutes les autres. La nature est trans-
figurée. Une vieille histoire raconte que le soleil levant,
en tombant sur la statue de Memnon, éveillait des accords mystérieux dans cette poitrine de pierre. C'est
ce que la religion fait à la nature. Du serpent qui reluit
à la cataracte qui mugit, tout en elle parle de Dieu.
Comme Jean, dans l'Apocalypse, on voit un ange dans
le soleil. Les séraphins se suspendent aux fleurs. Dieu

parle dans le moindre gazon qui frange le roc de la
montagne. Alors le génie lui-même devient capable
d'une félicité supérieure. Ses pensées acquièrent une
splendeur nouvelle quand elles sont exposées à la lumière de la religion. Par elle aussi, l'amitié et l'amour
deviennent infinis. On aime Dieu en aimant son ami.
Telle est la joie que la religion procure, son repos
éternel, son impérissable vie. Elle n'est pas l'effet du
hasard. On la possède à la condition de demander et de
travailler, de travailler et de demander. Elle n'est pas,
comme d'autres dons, refusée à quelques-uns d'entre
nous. La nature dit peu de chose au sourd, à l'aveugle,
à l'ignorant. Tout homme n'est pas un génie et n'en a
pas les joies. Bien peu trouvent un ami qui vaille pour
eux le monde. Ces trois sympathies ne sont donc pas
possibles à tous. Mais la joie de la religion, la plus profonde, la plus vraie, l'impérissable, la sympathie avec
Dieu est à la portée de tous ses enfants.

## III.

Discours prononcé par Th. Parker à l'occasion de son installation comme pasteur de la vingt-huitième congrégation de Boston, 4 janvier 1846. (Voy. p. 96.)

Voici près d'un an que nous nous réunissons chaque semaine dans cette enceinte. Je pense que ce n'est pas en vain. Je sais que vous ne vous rassemblez pas dans un but vulgaire. Vous venez de vous organiser en vue d'une action religieuse commune. Aujourd'hui, sur votre demande, j'inaugure mon ministère au milieu de vous. Que faisons-nous? Que voulons-nous faire? Nous voulons former une église chrétienne, et une église chrétienne, à mon sens, est une société d'hommes et de femmes réunis dans un désir commun de perfection religieuse et dans une sympathie commune pour celle de Jésus de Nazareth considéré comme le plus noble exemple de sainteté et de religion, donc, et sous ce double rapport, comme notre modèle. Une telle église peut avoir beaucoup de rites, comme nos frères catholiques,

ou n'en avoir que très-peu, comme nos frères protestants, ou n'en avoir pas du tout, comme nos frères
les Amis. Elle peut être néanmoins une église chrétienne;
car le principe essentiel qui en fait une société religieuse, c'est l'union de ses membres en vue de nourrir
l'amour de Dieu et de l'homme, et le fait essentiel qui
en fait une société chrétienne, c'est la sympathie pour
Jésus considéré comme la plus haute représentation de
Dieu que nous connaissions. Ce n'est pas la forme, doc-
trinale ou rituelle, c'est l'esprit qui constitue une église
chrétienne. Une canne peut aider un vieillard dans sa
marche ou servir de jouet dans les mains d'un jeune
homme, mais la marche est toujours la marche, quand
même on n'a de canne ni pour l'ornement, ni pour le
support. L'esprit chrétien peut exister sous les rituels
et les dogmes les plus divers. Il serait dur de dire à
quelqu'un qu'il n'est pas chrétien, parce qu'il ne croit
pas à la Trinité ou au pape, puisque Jésus n'a rien enseigné de semblable; il serait absurde de lui dire qu'il
n'est pas chrétien, parce qu'il nie l'existence du diable,
bien que Jésus y ait cru. Faire dépendre le nom chrétien de la croyance à tout ce qui est raconté par les
nombreux écrivains de la Bible est aussi ridicule que
de le faire dépendre de la foi à tout ce qu'ont pu dire
Luther, Calvin ou Augustin. Ce n'est pas à moi de
dire qu'un homme n'est pas théoriquement chrétien,
parce qu'il croit que l'esclavage est une institution divine et chrétienne; que la guerre est chose agréable à
Dieu; qu'il dit, avec l'Ancien Testament, que Dieu lui-

même est un guerrier qui apprend aux hommes à se
battre et maudit ceux qui s'y refusent; ou parce qu'il
croit que tous les hommes naissent totalement dépravés,
que la majorité doit être damnée éternellement par
« un Dieu jaloux, » et qu'un petit nombre ne sera sauvé
que parce que Dieu a puni injustement un innocent
dans l'intérêt des autres. Je ne dirai pas qu'un homme
n'est pas chrétien, bien qu'il croie à toutes les choses
mélancoliques attribuées à Dieu pour quelques passages de l'Ancien Testament. Et pourtant je connais
peu de doctrines aussi notoirement hostiles à la vraie
religion que celles-ci. De nos jours on peut voir le
spectacle étrange d'une petite secte, stigmatisée elle-
même comme « incrédule » par le reste de la chrétienté, et qui nie le caractère chrétien de ceux qui rejettent publiquement les miracles bibliques. Le temps
sans doute corrigera cette erreur. Qu'on dise ce qu'on
voudra, le feu est du feu, les cendres sont des cendres,
et chacune de ces deux choses agit à sa manière. Maintenant si le christianisme est la religion absolue, il doit
autoriser toutes les croyances conformes à la vérité; il
peut exister et se développer en connexion avec toutes
les formes pouvant se rattacher à la religion absolue et
au degré de cette religion représenté par Jésus.

L'action d'une église chrétienne me semble double :
elle doit agir d'abord sur ses membres; puis, et par
eux, sur les âmes qui vivent en dehors d'elle. Disons
quelques mots de cette double action. Si je vous de-
mandais pourquoi vous êtes venus ici aujourd'hui et les

dimanches précédents, ceux d'entre vous qui sont sérieux répondraient : C'est afin de devenir meilleurs,
plus humains, intègres devant Dieu et francs devant les
hommes, afin d'être chrétiens, bons et pieux, selon le
type enseigné par Jésus. Le premier but d'une église
comme la nôtre est donc de vous aider à devenir chrétiens. A présent la substance du christianisme, c'est la
piété ou l'amour de Dieu, et la bonté ou l'amour des
hommes. C'est une religion dont les germes ont apparu
dans votre cœur dès votre première enfance, se sont
développés à mesure que vous deveniez hommes et four-
nissent en réalité la mesure exacte de votre vie. Comme
la roche primitive repose au fond des mers et apparaît
au sommet des plus hautes montagnes, ainsi, dans
un caractère humain, la religion soutient tout et couronne tout. Le christianisme, pour être parfait et entier,
requiert un développement complet de la nature humaine, esprit, conscience, cœur et âme. Il ne vise pas
à détruire l'individualité sacrée du caractère personnel.
Il aime et développe les individualités dans leur excellence, laissant Paul être Paul, et non Pierre, Jean être
Jean, et non Jude ou Jacques. Nous sommes nés différents les uns des autres dans un moule où les
choses dissemblables sont réunies, de sorte qu'il y a
quelque chose de spécial à faire pour chacun de nous.
Le christianisme respecte cette diversité dans l'homme
et ne cherche pas à contredire la volonté de Dieu. Il
ne façonne pas tous les hommes d'après un seul modèle,
de sorte qu'ils pensent de même, qu'ils agissent de

même, qu'ils sentent de même, qu'ils volent de même.
C'est quelque chose de fort différent du christianisme
qui veut cela. Une vraie église chrétienne n'impose donc
pas de chaînes à l'homme. Elle doit avoir l'unité de
but, mais laisser la plus entière liberté à l'individu. Si
vous sacrifiez l'individu à la masse dans l'Église ou dans
l'État, l'Église ou l'État devient un malheur, une pierre
d'achoppement sur la route du progrès, une telle Église
ou un tel État doit tomber ou se réformer. Plus est
grande la variété individuelle dans l'Église ou dans
l'État, mieux cela vaut, aussi longtemps du moins que
les individus sont réellement humains, vaillants et de
bonne volonté. Une église est nécessairement partielle,
elle n'est pas catholique dans le vrai sens du mot, quand
tous ceux qui la composent pensent de même, étroitement et petitement. L'orgue de votre église, pour avoir
sa proportion et son volume, doit contenir des tuyaux
de sons divers : l'artiste habile n'en détruit aucun, il
les fait vibrer tous en harmonie; sinon, il ne sait pas
son métier. En devenant chrétiens, ne cessons pas d'être
hommes, ou plutôt, pour devenir chrétiens, il nous faut
être hommes en premier lieu. Il ne serait pas chrétien
de préférer le christianisme à la vérité ou le Christ à
l'humanité.

Après avoir montré dans quel sens Jésus doit
être le modèle de l'homme qui veut devenir chrétien, l'orateur revient encore une fois à cette
question de la liberté d'action dans l'unité du but.

Le grand problème actuel dans l'Église et dans l'État consiste en ceci : produire l'unité d'action et pourtant ne pas restreindre la liberté individuelle; balancer, dans une proportion harmonieuse, la masse et l'individu, les forces centripètes et les forces centrifuges, de même que Dieu, par [un] mécanisme merveilleux, a su les balancer dans les mondes qui sont sur nos têtes. Dans l'État, nous l'avons déjà résolu, ce problème, plus habilement qu'aucune autre nation jusqu'à présent. Dans les églises il reste encore à résoudre. Mais l'homme est capable de tout ce dont Dieu le charge. Ses désirs sont proportionnés à ses devoirs et à ses destinées. Le cri énergique des nations qui veulent la liberté et la demandent, comme des affamés demandent du pain, montre ce dont la liberté est digne et ce qu'elle est destinée à faire. Laissez la pensée libre, et il y aura de la vérité; l'activité libre, et nous aurons des œuvres héroïques; la vie libre, et nous aurons de l'amour pour les hommes et de l'amour pour Dieu. L'histoire du monde, notre propre histoire en font foi. Jésus, notre modèle, fut l'homme le plus libre que le monde eût jamais vu!

Donc une véritable église chrétienne doit aider ses membres à se développer religieusement et moralement par la recherche de la vérité, par le progrès de la piété du cœur, par l'accomplissement des bonnes œuvres. Elle doit communiquer de

l'un à l'autre l'inspiration et offrir à tous l'instruction, le bon conseil et les secours dont chacun a
besoin. Mais l'Église a aussi une mission extérieure à
remplir.

Nous devons nous attendre à voir les péchés du commerce trouver dans la rue des auxiliaires, les péchés
de l'État être accueillis par des applaudissements les
jours d'élection, au congrès ou le 4 juillet [1] : d'habitude
on les appelle la justice de la nation. Là, c'est l'avarice
ou l'ambition de quelques hommes avides qui souvent
mesure ces péchés publics et il faut s'attendre à voir ces
péchés examinés par la passion, qui ne regarde qu'aux
résultats immédiats et aux fins partielles. Ici ces péchés
doivent être jugés par la conscience et la raison, qui
regardent aux résultats permanents et aux fins uni-
verselles. Ils doivent être considérés en rapport avec
les lois de Dieu, ces idées éternelles sur lesquelles seules
repose la prospérité du monde. Ici nous devons les
examiner à la lumière du christianisme lui-même. Si
l'Église est fidèle, bien des choses, qui semblent avan-
tageuses dans la rue et de bonne politique au sénat,
seront dénoncées ici comme mauvaises, et tout gain
qui en peut dériver signalé comme une perte. S'il y a
dans le pays un péché public, si l'État est envahi par
un mensonge, c'est à l'Église de donner l'alarme, c'est

---

1. Jour anniversaire de l'indépendance américaine.

chez elle qu'il faut attaquer de front mensonges et péchés : plus ils sont acceptés ou pratiqués, plus ils sont pernicieux, plus il faut les combattre. Ici pas d'idée fausse, pas d'action fausse, qui passe sans être dénoncée et stigmatisée. Mais ne laissons pas non plus l'héroïsme contemporain, les nobles hommes de nos jours passer sans recevoir l'honneur qui leur est dû. S'il est bon d'honorer les saints du passé et l'héroïsme de nos pères, il est mieux encore d'honorer les saints d'aujourd'hui, l'héroïsme vivant des hommes qui combattent lorsque le combat se livre autour de nous. Je connais quelques saints de ce genre, çà et là un héros de ce caractère, et je n'attendrai pas qu'il soit mort et classique pour l'appeler ainsi et l'honorer comme tel.

L'Église, pour être à la hauteur de sa mission, doit aussi faire rayonner autour d'elle sa bienfaisance éclairée. Elle doit activer le mouvement de l'éducation populaire, de la philanthropie sociale, combattre le paupérisme, l'ivrognerie, s'occuper des criminels et des abandonnés. En particulier elle a un devoir national à remplir au sein de l'Union.

Le Christ n'a-t-il pas dit : « Ce que vous voudriez que l'on vous fît, faites-le de même à vos frères? » Et n'y a-t-il pas dans notre pays trois millions de vos frères et des miens en esclavage, victimes sans espoir d'un

décret sauvage, exclus de la civilisation de notre âge,
les barbares de notre siècle, mis à la porte du soi-disant
christianisme, païens d'un pays chrétien, dépouillés de
la liberté inaliénable de l'homme, esclaves d'une république chrétienne? Un cri d'indignation ne s'élève-t-il pas
de chaque législature du Nord? La presse ne rugit-elle
pas par ses milliers d'organes, et du cœur des hommes
libres ne monte-t-il pas de l'orient au couchant une
grande voix de réprobation? Non. Aucun cri de ce genre
contre le plus énorme péché de ce siècle! Le rocher de
Plymouth, sanctifié par les pieds qui conduisirent une
nation à la liberté, est tout aussi muet que la pierre la
plus aride des montagnes de l'ouest. Les quelques
hommes qui fassent entendre un langage viril, on les
appelle des fanatiques. De grâce, qu'ils se taisent, ils
vont gâter le marché! Grand Dieu! en être venu à ce
point qu'on reste muet devant un pareil péché! C'est
pourtant comme cela. Donc l'heure est venue où toute
église qui ose porter le nom du Christ va tonner contre
ce mal hideux! Non. L'État est silencieux, mais l'Église
est muette; les serviteurs du peuple dorment, mais les
« ministres de Dieu » sont morts.

Et au milieu de tous ces maux, de tous ces péchés,
de tous ces crimes individuels et sociaux, en face de
l'ignorance, du paupérisme, de l'esclavage, l'Église n'a
rien à dire? rien à faire? rien pour les auteurs du mal,
rien pour ses victimes? On nous le dit, on ajoute même
que c'est la seule voie conforme à la prudence! Oh! si
je pouvais penser pareille chose, je n'entrerais plus

qu'une fois dans l'Église, et ce serait pour appuyer mon
épaule contre son plus gros pilier, pour jeter bas ses
colonnes, ses arceaux, ses dômes, ses murs, son toit,
son clocher, sa tour, dussé-je, comme Samson, m'ense-
velir moi-même sous les ruines de ce temple qui a profané le culte du Dieu très-haut, du Dieu bien-aimé. Je
le ferais au nom de l'homme, au nom du Christ, je le
ferais au nom du Dieu que j'aime et que je bénis.

Voilà ce qu'une église doit être et doit faire, si
elle ne veut pas être simplement une église de
théologie, mais qu'elle veuille être surtout une
église de religion. Ce n'est pas pour rester tranquille qu'on en devient membre. La persécution a
changé d'allures et de méthode. On n'allume plus
de bûchers et on n'envoie plus aux galères ; mais
le martyre des âmes vaillantes qui bravent la ca-
lomnie, l'abandon, le mépris pour faire le bien
que réclame notre siècle, n'en est pas moins réel.
L'avenir verra encore la masse chercher par tout
le pays assez de marbre blanc pour construire des
tombeaux aux prophètes lapidés par ses pères.
Une véritable église chrétienne au xixᵉ siècle doit
être celle de ces généreux précurseurs, ou bien
elle est morte.

C'est ainsi que l'église chrétienne redeviendra la
conductrice des âges modernes, ce qu'elle a cessé

d'être, depuis que, par un attachement sénile pour
le passé, elle a refusé de marcher vers l'avenir.
Les grands mouvements de la société moderne
s'opèrent en ce moment en dehors d'elle. Elle se
défie du siècle. Si le Christ nous devance tous, on
n'en peut pas dire autant des églises qui portent
son nom. Elles n'ont pas son esprit. « Elles n'ont
« ni cette tendresse qui pleura sur Jérusalem, ni
« cette virilité qui fit descendre du ciel assez de
« chaleur pour allumer sur l'autel du monde un
« feu qui brûle depuis bientôt deux mille ans. »

...... L'Église, destinée à marcher en avant de ce
siècle, ne sera pas une église se traînant et rampant,
une église de gémissements et de doléances, baissant la
tête et regardant en arrière. Ce sera une église pleine
de l'esprit viril et courageux du temps actuel, sachant
garder aussi les bonnes choses du passé. Il y a de nos
jours un redoutable déploiement d'énergie. L'homme
n'a jamais été si développé, si maître de lui-même. De
grandes vérités morales et politiques ont été mises en
lumière. Leur vol est rapide. La presse, ce prophète
de fer, publie, au loin comme au près, ses visions de
bonheur ou de malheur. Cet âge merveilleux a inventé
la vapeur et le télégraphe électrique, symboles appro-
priés à son caractère, en comparaison desquels les
miracles de la fable ne sont plus que de vains contes.
Il demande avec plus d'instance que jamais la liberté

pour elle-même, l'utilité dans les institutions, la vérité dans les enseignements, la beauté dans les actions. Vienne une Église qui réunisse cette liberté, cette utilité, cette vérité, cette beauté, et toute l'énergie des temps sera pour elle. Mais l'Église qui suffit au 1ᵉʳ ou au xvᵉ siècle ne suffit plus à celui-ci. Ce qui satisfait Rome, Oxford ou Berlin, ne satisfait pas Boston. L'Église que je veux doit avoir nos idées, le parfum de notre sol; elle doit provenir de la religion qui est dans notre âme. Il faut que la liberté américaine pénètre l'Église pour que l'énergie américaine vienne la vivifier. Il faut que la sagesse du xixᵉ siècle règne dans nos églises pour que sa science y puisse habiter; autrement, cette science passera aux « infidèles. »

... Ayons donc une Église qui ose imiter l'héroïsme de Jésus, qui cherche l'inspiration comme il la chercha lui-même, qui juge le passé comme lui, qui agisse sur le présent comme lui, qui prie comme il priait, qui fasse comme il faisait, qui vive comme il vivait. Ayons des doctrines et des formes qui soient à nos âmes ce que les membres sont au corps dont ils proviennent et avec lequel ils grandissent. Ayons une Église qui fasse du bien à l'homme tout entier, donnant de la vérité à son intelligence, de bonnes œuvres à ses mains, de l'amour à son cœur, et à son âme cette aspiration vers la perfection, cette foi inaltérable en Dieu, qui, semblable à l'éclair dans la nue, ne brille jamais plus vivement que lorsque l'obscurité règne partout ailleurs. Que notre Église soit adaptée à l'homme, de même que les cieux le sont à la terre!

17

En d'autres termes, à la transformation scientifique, industrielle, commerciale de notre âge, doit
correspondre un progrès religieux parallèle. Ou
l'Église saura se transformer dans ce sens, ou bien
elle perdra toute influence.

Au moyen âge on avait des idées bien erronées sur
la religion, sans doute ; et pourtant c'était l'Église qui
menait le monde. Quand elle entrait en lutte avec l'État,
c'était presque toujours l'État qui avait le dessous.
Voyez les résultats de cette suprématie par toute l'Europe, les monastères, ces palais élevés à la science
d'une petite élite, ces cathédrales, ces dômes, ces miracles de l'art, dont chacun vaut la fortune d'une province. Telle fut l'incorporation des idées religieuses
du temps, les prières sculptées en pierre d'un âge de
piété, psaumes pétrifiés, dirait-on, au moment où ils
sortaient de la bouche du monde. C'était sans doute une
chétive offrande, mais c'était la meilleure que l'on sût
présenter au ciel.

Et aujourd'hui, si l'on portait dans les choses religieuses le sérieux et l'énergie qu'on applique au commerce, aux arts, à la politique ; si la religion absolue,
si le christianisme de Jésus-Christ était appliqué à la
vie avec la puissance de notre âge, comme le christianisme de l'Église le fut alors, quels résultats n'obtiendrions-nous pas ? Nous élèverions un grand État sur la
base de l'unité nationale et de la liberté du peuple, un

État où il y aurait du travail honorable pour toutes les mains, du pain pour toutes les bouches, des habits pour tous les corps, de la culture pour tous les esprits, de l'amour et de la foi pour tous les cœurs. La vérité serait notre sermon perpétuel, tirée de la plus vieille des Écritures, du livre de Dieu qui se lit soit dans la nature, soit en l'homme. Les œuvres du devoir quotidien seraient notre sacrement. Des prophètes inspirés seraient les ministres de la parole, et la piété ferait monter au ciel son psaume, sa prière aux accords suaves et joyeusement prolongés. Le plus splendide des monuments élevés en l'honneur du Christ, le plus beau trophée de sa religion, c'est un noble peuple, où tous sont nourris, habillés, industrieux, libres, instruits, courageux, religieux, sages et bons.

# IV.

## LES VIEILLARDS.

(*A sermon of Old Age.* — Voy. p. 134.)

Telle que la lumière qui brille sur
le saint chandelier, est la beauté du
visage dans la vieillesse.

(Ecclésiastique, xxvi, 17.)

On m'a souvent demandé de prêcher un sermon sur
la vieillesse, et jusqu'à présent j'ai décliné cette invi-
tation, me fondant sur ce que je ne pouvais en parler
d'après ma propre expérience. J'espère être en état de
parler sur ce thème dans un certain temps : assurément,
si je vis, je pourrai corriger mon défaut actuel. Aujour-
d'hui pourtant, j'essayerai, me bornant à demander à
toutes les personnes âgées de me pardonner les imperfections de ce discours. Elles savent et sentent ce que
je ne puis qu'observer du dehors. Mais quand je naquis,
le père qui me reçut dans ses bras avait cinquante et
un ans, et devait vivre encore un quart de siècle. Je

fus bercé par une grand'mère qui avait plus de quatre-vingts ans à ma naissance, et près de cent quand elle cessa d'être mortelle. Mon premier « ministère chrétien » fut donc consacré à des vieillards, et par là je pense connaître quelque chose du caractère des hommes et des femmes que le temps rend vénérables.

Il est une saison où le pommier fleurit en même temps que ses compagnons des bois et des champs. Quelle belle saison! Toute la nature aime et est aimée. Le monde visible chante ses amours végétales, et les corolles des fleurs, touchées par les vents du printemps, annoncent partout le mariage universel de la nature. Le quadrupède, l'oiseau, l'insecte, le reptile, le poisson, la plante, la mousse et ses couleurs prophétiques, tout baigne et s'avance dans la marée montante de la vie nouvelle. Puis vient l'été. Plus d'une fleur est tombée à terre sans porter de fruit, tapissant le sol de sa beauté, qui ne sert plus à rien. De larges feuilles protégent ce travail de la nature, qui d'abord s'étalait dans les fleurs purpurines, qui maintenant continue, mais ne se montre plus. C'est ainsi que les heures les plus profondes et les plus fécondes de la vie cherchent la protection du mystère. Les pommes grossissent sur tous les arbres. Elles grossissent pendant tout l'été et au commencement de l'automne. Enfin le fruit est pleinement formé, les feuilles commencent à tomber et permettent au soleil de le réchauffer de plus près. La pomme est encore suspendue à la branche, mais ce n'est plus pour grossir, c'est pour mûrir. Pendant des

semaines encore elle tient à son arbre, ne gagnant plus
rien en poids, ni en grosseur. Mais à sa surface il y a
accroissement de beauté. Ayant achevé son œuvre au
dedans, la nature ajoute la couleur au dehors. Ce n'est
pas une peinture mignarde et plaquée, c'est une beauté
interne qui se révèle, c'est un parfum et une fraîcheur
qui proviennent de l'intérieur même de la pomme.
En même temps les éléments qui la composent se mo-
difient. La pomme devient moins âpre, plus savou-
reuse. Elle s'adoucit, s'attendrit; en un mot, elle mûrit.
L'une de ces nuits, la force vitale de l'arbre s'endor-
mira, et l'automne, de son souffle aimable, va secouer la branche qui laissera partir son doux produit, bien coloré et bien mûr, pour qu'il tombe avec
un bruit sourd et joyeux dans le giron de la saison
des fruits. Le mariage du printemps a tenu ses promesses.

Tel est le cours naturel de la croissance de tous les
fruits : fleurir, grandir, mûrir.

La même loi divine est applicable à toute espèce
d'animal, depuis le dernier des reptiles jusqu'à l'homme,
roi de la terre. C'est bien beau ! Chaque partie de ce développement est parfaite, le tout est achevé. La naissance,
c'est la floraison humaine ; la jeunesse, la virilité, c'est
notre croissance d'été ; la vieillesse, c'est la vraie matu-
rité. Les mains alors se détachent de l'arbre mortel. C'est
la mort naturelle. C'est un Dieu doux et bon qui a tout
ordonné pour le pommier et pour le genre humain. Que
dis-je? son arche universelle protège aussi l'araignée et

le crapaud, le loup et le lézard et le serpent. Car il est
Père et Mère pour tout le monde.

Suit alors une description des faits physiques,
des goûts, des inclinations, des habitudes qui ca-
ractérisent la vieillesse. En particulier elle aime à
revenir, soit en littérature, soit en théologie, à ce
qui charma sa jeunesse. Elle a, tout aussi bien que
l'âge mûr et la jeunesse, ses défauts et ses dangers.
Elle court le risque d'être grondeuse, acariâtre,
routinière, rétrograde. Ces défauts ne lui sont
pas nécessairement inhérents. On peut voir des
vieillards, hommes et femmes, qui ont un véritable
« été indien, » dont l'automne est encore plus
beau que le printemps.

Tout dépend de la fidélité plus ou moins grande
que l'on a gardée à ce qu'il y a de meilleur dans
notre nature. Moralement le vieillard est plus fort
que l'homme encore jeune. Il peut aimer plus et
mieux. Il est plus pacifique, plus religieux, il
espère moins dans ce monde et plus dans l'autre.
Tel est du moins le vieillard qui a bien usé de la
vie. Mais malheur à l'homme qui a menti aux promesses de son printemps! Y a-t-il quelque chose
de plus triste que la vieillesse du vieux débauché,
du vieil avare, du vieil ambitieux, de la vieille
coquette! Après avoir tracé de vigoureux portraits

de chacune de ces déplorables vieillesses, l'orateur
passe à celles qui ont couronné de leur beauté
sereine une vie chrétienne et dévouée.

Miss Kindly est la tante à tout le monde, et depuis
si longtemps que personne ne se souvient de l'avoir
connue autrement. Les petits enfants l'aiment beaucoup.
Il y a quelque soixante ans qu'elle aidait leurs grand'-
mères à faire leurs toilettes de noces. Et c'est à sa
bourse que le grand-père de ce jeune garçon doit d'avoir
été au collége. Les générations qui lui succèdent la
bénissent. C'est son travail patient qui a fourni au père
de cet homme le moyen de prendre son essor. C'est elle
qui lui a mis dans la main le germe de la grande fortune qu'il possède aujourd'hui. C'est sa bonté qui a
rempli la coupe, source de cette renommée brillante
qui se répand aujourd'hui comme un fleuve sur le
monde. Aujourd'hui elle est vieille, bien vieille. Les
petits enfants qui rôdent autour d'elle, ébahis et roulant
de grands yeux, s'émerveillent qu'on puisse être vieux
comme cela, et qu'un jour tante Kindly ait eu aussi une
maman qui l'embrassait sur la bouche. Pour eux, elle
est du même âge que le soleil, et, comme lui, une des
institutions du pays. A Noël, son arrivée est toujours
accompagnée de tant de jolis cadeaux, qu'ils la prennent
pour madame Saint-Nicolas [1] en personne. Ce qui ne

---

1. Saint Nicolas est, dans les pays du nord, le distributeur
des cadeaux mérités par les enfants sages.

l'empêche pas d'avoir préparé la crèche du Messie dans plus d'une pauvre cabane.

Ses mains sont maigres, sa voix faible, son dos courbé. Elle marche en s'appuyant sur une canne, la meilleure de ses trois jambes. Elle porte un chapeau de forme antique, mais de sa façon et luisant de propreté. Elle a de grandes lunettes rondes, et, quand elle lit, elle met son livre de l'autre côté du bougeoir. Voilà plus de soixante ans qu'elle est la providence spéciale de la famille. Combien de fois est-elle sortie, sœur de charité du bon Dieu, pour consoler, guérir et bénir! Que ses mains sont industrieuses! et sa pensée sérieuse et spirituelle! Son cœur a condensé le pouvoir d'aimer pendant les quatre-vingt-six années de sa vie laborieuse. Quand l'ange de la naissance arrivait dans une maison parente, c'est elle qui servait de mère à l'accouchée, et de mère aussi au petit être nouveau-né. Et quand les ailes de la mort bruissaient dans la rue et frappaient à quelque porte du voisinage, c'est elle qui relevait l'oreiller sous la tête défaillante, qui apaisait et calmait l'esprit du mourant et qui lui ouvrait les cieux pour qu'il pût contempler la face bienveillante du Père infini. Et elle lui prêtait les ailes de sa propre piété, forte et éprouvée, pour l'aider à monter vers Dieu.

Maintenant tout cela est passé. Non, tout cela n'est nullement passé. Tout cela est recueilli dans la mémoire du bon Dieu, et chacune de ses bonnes œuvres a enrichi le trésor de son cœur. La bulbe a renfermé l'été

17.

en elle-même, et quand viendra l'hiver, Il en sortira une hyacinthe parfumée. Son caractère est comme une roche formée du dépôt consécutif de ses bonnes œuvres, désormais impérissables.

Il est près de midi. Elle est seule. Tout le matin elle a été pensive, se parlant à elle-même. La famille s'en est aperçue, mais n'en a rien dit. Seule dans sa chambre, elle prend dans un tiroir secret un petit écrin, et dans cet écrin un livre à fermoirs dorés sur tranche. Les fermoirs sont usés, la dorure est rougie, la reliure fanée par un long usage. Sa main tremble en l'ouvrant. D'abord elle lit son nom écrit sur la feuille blanche, rien que son nom de baptême « Agnès, » et la date. Il y a précisément aujourd'hui soixante-huit ans qu'il fut écrit sur cette page, en lettres bien nettes, tracées par une main jeune et forte, avec un léger frisson pourtant, comme si le cœur eût battu trop vite. Elle est bien usée, la chère vieille Bible. Elle s'ouvre d'elle-même au quatorzième chapitre de l'évangile selon saint Jean. Il y a là un carré de papier plié dont les extrémités touchent au premier et au vingt-septième verset de ce chapitre. Elle ne voit ni l'un ni l'autre, elle lit les deux versets dans son âme : *Que votre cœur ne se trouble pas! Vous croyez en Dieu, croyez aussi en moi. — Je vous laisse la paix, je vous donne ma paix. Je ne vous la donne pas comme le monde la donne.* Puis elle ouvre le papier. Il y a dedans un peu de poussière brune. On dirait les restes d'une fleur. Elle prend la précieuse relique dans sa main froide d'émotion. Une larme tombe sur la pous-

sière et la transfigure. C'est une belle rose du printemps, à peine éclose, toute fraîche de rosée. Oh! l
tante Kindly n'est plus vieille à présent. C'est « sa
douce Agnès, » telle qu'elle était à dix-huit ans, il y a
soixante-huit ans de cela, un jour de mai que la nature
entière avait revêtu sa robe de mariée et que chaque
fleur était une petite cloche carillonnant les fiançailles
de l'année. Son bien-aimé venait de placer cette rose
dans sa main, tandis que sur sa joue candide le bon
Dieu en faisait naître une autre, à peine éclose, fraîche
de rosée comme la première. Le bras du jeune homme
l'a entourée. Ses boucles brunes reposent sur l'épaule
de son fiancé. Elle sent son souffle sur son visage, leurs
lèvres se rapprochent et, comme deux gouttes de rosée
s'unissent dans la rose, leurs âmes se confondent dans la
communion d'un saint amour. C'est que le jeune homme
doit partir pour un pays lointain. Ils penseront l'un à
l'autre toutes les fois qu'ils regarderont l'étoile du nord.
Elle lui a donné sa Bible. Il a vu l'étoile du nord planer
sur les tours de mainte ville étrangère. Mais son âme
est remontée vers Dieu. On y va aussi aisément des
Indes que de tout autre terre. Agnès a vu revenir sa
Bible, pleine, comme toujours, de l'amour de Dieu, mais
sans l'homme qu'elle aimait. Une page était pliée, de
manière à indiquer ces mots bénis de saint Jean, premier
et vingt-septième verset du chapitre quatorzième. Elle y
a mis la rose pour marquer le passage. La marque contient maintenant ce symbole de leurs jeunes amours.
Aujourd'hui son âme est avec lui, son âme virginale avec

son âme d'ange. Un jour les deux âmes, comme les deux
gouttes de rosées au sein de la rose printanière, se réu-
niront dans une immortelle alliance, et la vieillesse de
la terre deviendra l'éternelle jeunesse du royaume des
cieux.

Grand-père est vieux. Son dos est courbé. Dans la
rue, il voit quantité de gens qui lui paraissent terri-
blement jeunes et qui marchent avec une rapidité effrayante. Il se demande où sont donc les vieilles gens.
Jadis, quand il était jeune garçon, il ne trouvait personne assez jeune pour lui, et se joignait au premier
jeune étranger qu'il rencontrait le dimanche, et ne
comprenait pas pourquoi Dieu avait fait le monde si
vieux. Maintenant il se rend à l'Académie pour voir ses
petits-fils prendre leurs degrés, et il s'étonne de la jeunesse de l'auditoire. « Ceci est nouveau, dit-il, on ne
faisait pas ainsi il y a cinquante ans. » Au temple, le
ministre lui paraît étonnamment jeune, l'auditoire
jeune, il regarde autour de lui et il est surpris de voir
si peu de têtes vénérables. L'auditoire ne lui paraît pas
respectueux. On arrive tard, on sort de bonne heure,
on laisse déclaquer la porte en sortant, avec un bruit
irrévérent. Grand-père, lui, tient au décorum, il a de
bonnes manières, il est de bonne heure à sa place.
Coudoyé, il ne riposte pas ; pressé par la foule, il ne
pense pas à mal. Il est comme il faut avec le mal-appris,
obligeant avec l'homme insolent et vulgaire. Car Grand-
père est un *gentleman,* non pas un homme gonflé de

son argent, mais un homme distingué. L'âge a fait
une vertu de ses bonnes manières.

Maintenant Il est nuit. Grand-père est assis près de
son feu arrangé à l'ancienne mode. Toute la famille est
au lit. Il rapproche du feu son vieux fauteuil. Sur la
table qu'il tient de sa mère sont des chandeliers, aussi
du bon vieux temps. Les bougies sont aux trois-quarts
brûlées, le feu s'éteint doucement dans la cheminée.
Grand-père a été pensif toute la journée, se parlant à
lui-même, chantonnant un bout de psaume, fredonnant
un vieux refrain. Il a embrassé, plus tendrement que de
coutume, l'enfant gâté de la famille, sa dernière petite-
fille, avant qu'elle gagnât son lit. Il tire de son sein un
petit bracelet que personne ne voit jamais. Il y a dedans deux petites mèches de cheveux, cheveux ordinaires, qui pourraient être les vôtres ou les miens.
Mais lorsque Grand-père les contemple, ces cheveux deviennent toute une tête couverte de boucles
parfumées. Il se rappelle les entrevues secrètes, les
rencontres au clair de lune, et comme l'étoile du soir
luisait doucement, et comment il pressait sa bien-
aimée contre son cœur. « C'est vous qui êtes mon étoile
du soir, » lui disait-il. Il se rappelle aussi les claires
fontaines et les bois silencieux. Il pense à l'heure de ses
fiançailles.

La grande ville sommeille paisiblement. La vie ne se
manifeste plus que par ce souffle régulier qui entr'ouvre
des cent milliers de lèvres, et le silence autour de lui
est complet. Mais la cloche de l'église, de son doigt de

métal, frappe gravement les douze coups de minuit. Il
regarde encore son bracelet. Les autres cheveux sont
ceux de son fils premier-né. A cette même heure de
minuit, il y a maintenant bien des années de cela, une
longue torture avait cessé, et lui, tombant à genoux,
priait en disant : « Mon Dieu, je te rends grâces de ce
que je suis père et encore époux! Oh! qu'ai-je fait, que
suis-je, pour que tu m'aies donné une vie et que tu
m'aies conservé celle de la mère! » Maintenant il a des
enfants et des enfants de ses enfants, la joie de sa
vieillesse. Mais voilà plusieurs années que sa femme le
contemple de plus haut que l'étoile du soir. Oh! elle est
toujours son étoile du soir, plus belle encore, une étoile
qui ne s'éteint plus, non plus une mortelle, mais un
ange; et Grand-père dit : « Combien longtemps, Seigneur! quand laisseras-tu ton serviteur s'en aller en
paix pour que mes yeux voient ton salut? »

Le dernier tison s'est rompu sur les chenets de fer.
Deux charbons fumants sont tombés des deux côtés.
Grand-père les rapproche, la flamme reparaît, les deux
fumées ne font plus qu'une flamme. « Puisse-t-il en
être ainsi dans les cieux, » dit Grand-père.

Le docteur Priestley, encore très-jeune, affirma dans
un sermon que la vieillesse était le temps le plus heureux
de la vie. Et quand il eut atteint l'âge de quatre-vingts
ans, il écrivit : « J'ai vu que c'était vrai ! » Mais la
vieillesse de l'homme intempérant, ou frivole, ou avare,
ou ambitieux, ou bigot, ou celle de la femme acariâtre,

que doit-elle être? Songez à la vieillesse d'un *kid-napper!* C'est seulement une vie noble, humaine, profondément pieuse, qui peut rendre la vieillesse si belle. Alors nous sommes mûrs pour l'éternité. Le bon Dieu nous regarde des cieux et pose sa main sur la tête vénérable : « Viens, mon bien-aimé, entre dans le royaume préparé pour toi. »

# V.

LE DEVOIR D'OBÉIR

A LA LOI DES ESCLAVES FUGITIFS.

(Voy. p. 172.)

Ce fragment est tiré d'un sermon, intitulé l'*État du pays*, prêché à Boston le 28 novembre 1850, sur ce texte : *La justice élève une nation, mais le péché est l'opprobre des peuples* (Prov. xiv, 34). L'argumentation de ceux qui, comme Daniel Webster, croyaient que le Nord devait se soumettre à la loi des esclaves fugitifs, revenait en résumé à ceci, qu'après tout c'était *la loi*; que le salut de l'Union dépendait de son acceptation ; que s'il était pénible aux hommes du Nord de l'observer, il n'y avait pas de mérite à n'accomplir que des devoirs agréables ; qu'il serait beau de « vaincre ses préjugés » et de maintenir ainsi les lois et l'Union en remplissant avec empressement ses obligations consti-

tutionnelles. « La loi de Dieu » disait D. Webster,
« n'ordonne jamais de désobéir à la loi humaine. »

Parker, à ce propos, cite plusieurs cas mention-
nés dans la Bible où la loi du pays et la conscience
se sont trouvés en formel désaccord. Il demande
ironiquement si c'était un devoir pour le vieux
Daniel d'obéir au roi Darius qui avait défendu de
prier le vrai Dieu, pour les apôtres de ne plus prêcher l'Évangile à cause de la défense du sanhédrin,
pour les parents de Moïse de jeter leur enfant dans
le Nil conformément au décret de Pharaon.

Cependant, continue-t-il, j'avise encore un autre cas,
également rapporté par la Bible, et dans lequel la loi
ordonnait une chose, et la conscience précisément le
contraire. Voici le texte de la loi : « Article unique : Les
souverains sacrificateurs et les Pharisiens ordonnent
que si quelqu'un sait où se trouve un certain Jésus de
Nazareth, il ait à le leur faire savoir, pour qu'on puisse
l'arrêter. » — Dès lors, ce fut la tâche officielle, le devoir
légal de tous disciples, sachant où était le Christ, de
donner aux autorités du pays l'information qu'elles réclamaient. Sans doute un Jacques, un Jean, avaient pu
tout quitter pour le suivre, d'autres en avaient fait autant, ignorant comme eux la loi de Moïse et maudits
comme eux. Des femmes même, une Marthe, une Marie,
l'avaient aidé de leur petit avoir, avaient lavé ses pieds

avec leurs larmes, et les avaient essuyés avec leurs cheveux. Mais elles avaient fait tout cela joyeusement ; c'était, je suppose, leur volonté et leur plaisir ; il n'y a donc pas grand mérite à cela. « Chacun de nous remplit aisément des devoirs agréables. » Mais il se trouva enfin un disciple assez fort pour « accomplir un devoir désagréable. » Il alla, peut-être même avec empressement, dénoncer son Sauveur au *marshal* du district de Jérusalem (qu'on appelait alors un centurion). N'avait-il donc aucune affection pour Jésus ? Certainement, il en avait ; mais il sut « vaincre ses préjugés », tandis que ce Jean, cette Marie, ne le surent pas.

Et Judas Iscariote a mauvaise réputation dans le monde chrétien ! On l'appelle « le fils de perdition ! » On taxe sa conduite de criminelle, et même le Nouveau Testament prétend que le diable dut entrer en lui pour lui inspirer son hideux forfait ! Ah ! dans quelle erreur nous sommes ! D'après nos légistes et nos hommes d'État républicains, l'Iscariote n'a fait que remplir ponctuellement ses « obligations constitutionnelles. » C'était uniquement sur le fait de dénoncer la retraite du Seigneur que la loi le sommait de se mêler de cette affaire. Il prit donc ses trente pièces d'argent, environ quinze dollars (un Yankee l'eût fait pour dix, « ayant moins de préjugés à vaincre »). C'était son honoraire légitime, reçu comptant. A la vérité, les chrétiens ont pensé que c'était « le salaire d'iniquité », et même les Pharisiens, — qui, d'ordinaire, annulaient le commandement de Dieu par leurs traditions, — n'osèrent pas souiller le

temple avec « ce prix du sang. » Pourtant, c'était un
honnête argent, honnêtement gagné. C'était un argent
aussi honnête que la prime touchée par un commissaire
américain pour un service du même genre. Dans quelle
erreur sommes-nous donc! Judas Iscariote, un traître!
Allons donc! Ce fut un grand patriote! Il sut vaincre
ses préjugés! « Il sut accomplir un devoir désagréable »,
un devoir de « haute moralité! » Il a maintenu la loi et
la constitution! Il a fait tout ce qu'il pouvait pour
« sauver l'Union! » Judas, tu es un saint! « La loi de
Dieu n'ordonne jamais de désobéir aux lois humaines!»
*Sancte Iscariote, ora pro nobis!*

# VI.

## LES PÉCHÉS CAPITAUX DU PEUPLE.

(Voy. p. 183.)

C'est le titre que Théodore Parker donna à un
sermon prononcé le 10 avril 1851, le jour du jeûne
public annuellement annoncé, selon une vieille
coutume, par les autorités de l'État du Massachussets. Parker profita de cette accusation pour faire
entendre un de ces vigoureux discours où il stig-
matisait les vices publics qui déshonorent l'Union,
ceux surtout qui sont contraires à l'idée mère
de la constitution américaine. Après avoir montré les excellents fruits qu'a portés la fidélité
à cette idée, il passe aux contradictions qu'elle
subit dans la pratique et dans la politique de la
nation. La conscience libérale de l'Amérique subit
une éclipse dont la cause première est la soif
de l'argent. C'est au point qu'une aristocratie se

forme de toutes pièces, appuyée sur une véritable superstition pour le tout-puissant dollar, et que les autorités du pays ferment les yeux sur une foule d'illégalités, parce qu'elles rapportent de l'argent, tandis qu'on promulgue des lois infâmes, vraiment criminelles, parce qu'elles empêcheront d'en perdre ou permettront d'en gagner encore. Preuve en soit l'exécrable loi des esclaves fugitifs qui transforme les magistrats de l'Union en ravisseurs de cette liberté individuelle qu'ils avaient pour mandat de protéger, et qui fait un devoir éventuel à tout homme libre des États-Unis de prêter main-forte à la perpétration de ce meurtre qui s'appelle l'asservissement d'un autre homme. On ne se figure pas la démoralisation que cette loi, effrontément proposée, votée et appliquée, apporte dans le pays tout entier, dont la conscience est odieusement lésée, mais qui ne sait comment se tirer de l'impasse où il s'est laissé acculer. On lui fait, au nom de la légalité, un devoir d'obéir à cette loi. Pourtant l'histoire religieuse et politique est pleine d'exemples qui prouvent combien l'on a eu raison d'obéir à la loi de Dieu plutôt qu'à celle des hommes. On est encore à Boston sous la douloureuse impression causée par la capture et l'extradition de Thomas Sims. On a pu voir par là combien se trompaient ceux qui prétendaient

que le vote de la loi des esclaves fugitifs serait une
garantie de paix et de concorde dans l'Union. Depuis les jours des grands deuils qui précédèrent
le triomphe de la liberté américaine, Boston n'a
pas connu de si tristes heures : ses rues occupées
par la force armée, des chaînes tendues autour du
tribunal, l'explosion menaçante de l'indignation
populaire, le déshonneur de la magistrature vio-
lentée, moralement forcée de condamner un innocent à pire que la mort, tout cela ne s'était jamais
vu, rien de tout cela ne semblait possible. Tel est
le résultat actuel, visible, de cette maudite passion
de l'argent qui fait que l'Union s'oublie elle-même
et s'avilit devant les hommes et devant Dieu.
Voici la fin de cet énergique discours dont nous ne
donnons ici qu'un bien pâle résumé.

Vous dirai-je de désespérer de la liberté et des droits
de l'humanité ? Je crois que l'argent, pour le moment,
triomphe. Nous le voyons à Boston, à Philadelphie, à
New-York, à Washington. Nous le voyons dans les chaînes entourant notre cour de justice, sur les fronts in-
clinés de nos juges, sur les épées des *policemen*, dans
les menaces de notre presse qui déclare que le commerce de Boston se retirera des villes qui protégent les
droits inaliénables de l'homme!

L'Union subsistera-t-elle ? Je n'en sais rien. Mais si
l'on continue d'appliquer la loi des esclaves fugitifs,

j'ignore dans combien peu de temps elle sera dissoute ;
je ne me soucie pas de le savoir. Je crois en la justice
de Dieu ; donc je crois qu'enfin le droit prévaudra. Le
mal peut l'emporter pour un temps et même se concilier l'admiration publique. J'ai vu dans une boutique
de mercerie le buste d'une femme de bois, brillamment
parée, tournant sur un pivot, qui faisait l'ébahissement
de tous les passants. Peu de temps après, on n'y pensait plus. Il en sera de même de cette passion de l'esclavage qui s'est emparée pour un temps de Boston.
Mais la passion du droit durera autant que le granit des
montagnes du New-Hampshire. Je ne vous dirai donc
pas de désespérer de la liberté, parce que des hommes
politiques la trahissent. Cela leur arrive souvent. Désespérer de la liberté des noirs! Non, jamais, jamais!
à moins que les cieux ne secouent loin d'eux les étoiles!
à moins que le cœur de l'homme ne cesse de battre
pour la liberté! à moins que l'Éternel Dieu ne soit jeté
à bas de son trône et que le diable n'ait pris sa place !
Tous les artifices des méchants ne sauraient prévaloir
contre le Père et non plus, à la longue, contre son Fils.

Les scènes elles-mêmes dont nous avons été témoins,
la Cour de justice enchaînée, les lois du Massachussets
méprisées, la république déshonorée, tout cela parle
au peuple avec une éloquence supérieure à tout ce
qu'une parole humaine pourrait dire. Voilà un grand
argument pour notre cause. Cette œuvre d'iniquité se
crée de nouveaux ennemis à chaque forme de mal
qu'elle revêt. Il y a un demain à aujourd'hui, et une

éternité après demain. Soyons courageux et actifs, calmes et tranquilles, pleins d'espérance.

Ceci n'est qu'un commencement de douleurs. Nous en
verrons d'autres, et de sévères. La prospérité matérielle continue est ordinairement funeste à un homme ;
elle l'est toujours à une nation. Je crois que le temps
approche où il y aura un terrible duel entre la liberté
et l'esclavage. Actuellement, c'est l'heure de répandre
des idées, pas encore celle de prendre les armes. Je
sais qui triomphera : cette passion momentanée de l'esclavage n'est qu'un remous sur le grand fleuve de
notre vie nationale. Peu à peu il descendra avec le courant, et il sera oublié. La liberté se déploiera sur nous
comme le printemps sur les collines de la Nouvelle-
Angleterre. Un terrain fleurira, puis un autre, jusqu'à
ce qu'enfin le printemps ait couvert toute la contrée et
que chaque montagne se réjouisse de sa splendide verdure.

O Boston ! tu fus un jour la prière et la fierté de tous
les citoyens de la Nouvelle-Angleterre. Ce furent des
mains saintes qui versèrent l'eau du baptême sur ton
jeune front. Tu es a ville aujourd'hui. Tu as accueilli à
bras ouverts les ennemis des hommes. Tu as trahi l'esclave. Le sang de ton frère crie de la terre contre toi.
Tu es une voleuse d'hommes. Jadis on plaça dans ton
enceinte le berceau de la liberté. Le serpent doré du
commerce s'est enroulé tout autour, et il a fasciné l'enfant tandis qu'il dormait. Passez doucement, soldats : il
pourrait s'éveiller ! Oui, il s'éveillera, et Boston flétrira

la mémoire de ceux qui ont foulé ses lois sous leurs
pieds, violé les plus précieux instincts de son cœur et
profané sa religion. De Boston enflée de sa richesse,
ivre de passion et dépitée contre la liberté, — j'en appelle à Boston calme et sobre.

O Massachussets, noble contrée, notre mère à tous,
toi qui as enfanté ces belles institutions et ces nobles
hommes dont les grandes idées ont été la bénédiction
de ce pays, — que tu es à cette heure abaissée, déshonorée, souillée ! C'est l'un de tes serviteurs à gages
qui t'a infligé cette honte, déchirant le sein qui l'avait
adopté. En sera-t-il toujours ainsi ? Je t'en conjure par
tes champs de bataille, par la mémoire de tes grands
hommes, champions de la justice, par ton Franklin, ton
Hancock, tes trois Adams, par tes idées et ton amour
de Dieu, — défens pour toujours le retour de pareils
actes et lave-toi de ta souillure !

Amérique, toi la plus jeune dans la famille divine des
nations ! tu es un géant dès ta jeunesse, chacune de tes
deux mains touche un océan, tu as les lacs derrière
toi, et devant toi le golfe du Mexique. As-tu aussi oublié
ta mission ici-bas, et n'es-tu fière que de ton immense
territoire, de ton bétail, de ton blé, de ton coton et de
ta toile ? Voudras-tu accueillir le héros de Hongrie, et en
même temps garder des esclaves, donner la chasse à de
pauvres nègres à travers tes campagnes ? Il n'est pas un
roi chrétien qui ne puisse te railler, toi et tes esclaves.
Oublies-tu tes grands hommes, ton Washington, ton
Jefferson ? Est-ce seulement pour protéger ta richesse

18

que tu t'es faite nation? Et ta richesse consistera-t-elle
en esclaves? Non, tu es égarée. Cela ne sera pas. Un
jour il te souviendra des leçons du passé, tu te tour-
neras vers Dieu, et tu arracheras de ton livre la page
odieuse où l'esclavage est écrit. Et tes fils qui t'entraî-
nèrent dans cet égarement, comment t'apparaîtront-ils
alors?

Et toi, notre Dieu, père de nous tous, père et mère
aussi, père de l'homme libre, et père aussi de l'esclave,
daigne regarder notre pauvre pays. Regarde tes saints
et bénis-les; bénis aussi tes pécheurs et sauve-les de
leur mauvais cœur. Bénis cette ville avec ton châtiment,
cet État avec les afflictions, cette nation avec ton
sceptre de justice. Enseigne-nous à résister au mal par
le bien, jusqu'à ce que nous ayons brisé les derniers
fers et mis en liberté le dernier des opprimés. Qu'ainsi
ton règne vienne! Qu'ainsi ta volonté soit faite sur la
terre comme au ciel!

# VII.

## LE TEXTE DU JOUR.

*(A Lesson for the day. — Voy. p. 103.)*

Ce discours remplaça la lecture de la Bible le dimanche 29 mai 1854, quand tout Boston était livrée à l'émotion causée par l'arrestation récente d'Anthony Burns, esclave fugitif, et par les scènes sanglantes qui l'avaient suivie.

Je vois à vos visages, aussi bien qu'à votre nombre, ce que vous attendez de moi aujourd'hui. Quelqu'un vient de me demander : « Ne pourriez-vous pas improviser un sermon pour aujourd'hui? » Il est plus facile d'obtempérer que de refuser. Mais je n'improviserai pas de sermon aujourd'hui, j'improviserai l'Écriture. Je passe donc les paroles de la Bible que mon dessein était d'emprunter à l'Ancien et au Nouveau Testament, et je prendrai mon texte ce matin dans les circonstances de la semaine qui vient de finir. Le temps n'est pas venu

pour moi de prêoher un sermon sur ce grand péché qui
s'accomplit en ce moment dans cette ville. L'acte n'est.
pas encore pleinement perpétré. Tout conseil que je
pourrais donner serait plus à sa place ailleurs qu'ici,
dans un autre moment qu'à présent. Ni vous ni moi ne
sommes assez calmes aujourd'hui pour regarder la chose
en face et bien voir ce qu'elle signifie. Avant les événements de la semaine précédente, je m'étais proposé de
prêcher ce matin sur la guerre. Je comptais prendre mon
sujet dans les commotions actuelles de l'Europe, commotions qui nous atteindront et nous ont même déjà at-
teints. Dimanche prochain, je prêcherai sur les *Périls
que court l'Amérique en suite du nouveau crime commis
contre l'humanité*. Mais aujourd'hui, j'ai quelques mots
à dire au lieu de lire une portion de l'Écriture.

Depuis notre dernière réunion, un homme a été enlevé
dans cette cité de nos pères. Ce n'est pas le premier,
ce ne sera pas le dernier. Il est en ce moment dans le
Cachot-aux-Esclaves de la cité de Boston. Il y est con-
trairement aux lois de la république, qui, si je suis bien
informé, n'autorisent pas, en pareil cas, qu'on se serve
des édifices de l'État pour en faire des prisons fédérales.
Je puis me tromper. Toute tentative d'arracher par la
force le malheureux de son cachot serait impuissante.
Car, outre les soldats en congé qui appartiennent à la
cité de Boston et qui sont prêts à tirer sur leurs frères
pour une cause juste ou injuste, du moment que l'autorité leur donne ses ordres et sa liqueur, j'apprends que
cent quatre-vingt-quatre marins de l'Union sont logés

dans le palais de justice, chaque homme ayant sa carabine, sa baïonnette, son sabre et vingt-quatre balles
dans sa cartouchière. Ils sont postés d'ailleurs dans un
bâtiment très-fort que cinq hommes défendraient contre
vingt-cinq ou cent. Pour « maintenir la paix », le maire
qui, l'autre jour, regrettait l'arrestation de notre frère
Anthony Burns et déclarait que ses sympathies étaient
tout entières pour le fugitif, donc tout entières contre
celui qui le réclame et le *Marshal*, pour maintenir la
paix, dis-je, le maire doit s'engager comme caporal
dans le corps des *kidnappers* de Virginie. Il doit maintenir la paix de notre cité et défendre les hôtes de
Boston sur les tombes, les tombes sans monument, de
John Hancock et de Samuel Adams.

Un homme a été tué. Quelques-uns disent qu'il l'a été
par ses propres compagnons. Je le crois sans peine. Il
est assez évident qu'ils étaient fort effrayés. Ce n'étaient
pas des soldats des États-Unis, c'étaient des volontaires
qui, pour de l'argent, avaient quitté les rues de Boston
et s'étaient engagés à aider au rapt d'un de leurs frères.
Ils avaient tellement peur qu'ils ne surent pas même
se servir des sabres qu'ils avaient à la main, mais qu'ils
tirèrent de droite et de gauche, comme des coquins
ignorants et peureux qu'ils sont. Ils peuvent avoir ou
n'avoir pas atteint leur camarade, ou non : je ne puis
le dire. D'autres veulent qu'il ait été tué par une main
assaillante, d'une balle, disent ceux-ci ; avec une hache,
disent ceux-là ; avec un couteau, disent d'autres encore.
Jusqu'à présent personne ne sait bien ce qu'il en est.

Mais un homme a été tué. Il était là volontairement. Il
aimait l'œuvre d'asservir un homme, et il est allé rendre
compte à Dieu de sa méchanceté gratuite. Douze hommes
sont arrêtés et sont maintenant en prison sous prévention de meurtre.

Voilà donc un homme assassiné et douze autres exposés à perdre la vie. Pourquoi cela? A qui la faute?

Il y a huit ans de cela, un négociant de Boston fit
*kidnapper* un homme entre Faneull-Hall et Old-Quincy,
et l'envoya à l'esclavage perpétuel. Le jour d'après, des
ouvriers de Boston montraient les demi-couronnes qu'ils
avaient reçues pour voler cet homme. La chose fut dé-
férée au grand jury du comté de Suffolk, et l'on fournit,
comme je l'appris, d'abondantes preuves du fait; mais
le grand jury déclara qu'il n'y avait lieu. Un riche négociant, au nom du commerce, avait volé un nègre
venu à Boston à bord d'un navire, l'avait fait empoigner
par ses gens, le leur avait donné à garder un certain
temps, et, comme il s'était échappé, l'avait *kidnappé*
une seconde fois dans la cité de Boston. Boston ne pu-
nit pas ce crime!

La loi des esclaves fugitifs nous fut présentée, et
Boston se leva pour lui souhaiter la bien-venue!
L'homme le plus éminent du Nord vint chez nous pour
nous dire que le Massachussets devait obéir avec empressement à cette loi, et que nous devions vaincre nos
préjugés en matière de justice et de droits inaliénables.
Et Boston vainquit ses préjugés en matière de justice et
de droits inaliénables.

Vous rappelez-vous le *meeting* pour *l'Union*, qui fut
tenu à Faneuil-Hall, et où « l'officier de fortune politique, » celui qu'on appelait parfois « le prince démocrate des démons » hurla à l'idée qu'il y eût une loi
de Dieu supérieure à celle des esclaves fugitifs? Il demanda en ricanant : « Voudriez-vous de la loi supérieure de Dieu pour vous gouverner? » Et la multitude
qui remplissait le parquet, et la multitude qui remplissait les galeries, tous hurlèrent contre la loi supérieure de Dieu! Ils accueillirent la loi supérieure de
Dieu avec des moqueries et des hurlements! C'était le
mardi la nuit, le mardi avant le jour des Actions de
grâce [1]. Ce jour des Actions de grâce, je dis à ma congrégation que les hommes qui avaient hurlé contre la
loi supérieure du Tout-Puissant devraient régler leur
affaire avec le Tout-Puissant, qu'ils avaient semé le vent
et qu'ils moissonneraient la tempête. A ce meeting,
M. Choate dit au peuple : « Souviens-toi! SOUVIENS-TOI!
SOUVIENS-TOI! » Alors personne ne sut ce dont il fallait se souvenir. A présent vous le savez. Tel est l'état
de la question.

Puis, vous vous rappelez comment les *kidnappers*
vinrent ici pour s'emparer de Thomas Sims. Thomas
Sims fut arrêté. Neuf jours durant il fut mis en jugement pour plus que la vie, et ne vit pas un juge, ne vit
pas un juré. La cité de Boston le renvoya dans les fers.

1. Service annuel commémoratif de la déclaration d'Indépendance.

Vous vous souvenez des chaînes qui entouraient le palais de justice. Vous vous souvenez des juges du Massachussets se baissant, rampant, se traînant, se couchant, sous la chaîne de l'esclavage, pour gagner leurs siéges. Vous vous souvenez de tout cela. Boston ne résista pas. Elle offrit son dos aux bâtons du Sud, elle ne détourna pas son visage des mépris de la Caroline du Sud et accueillit parfaitement les crachats des *kidnappers* de Virginie. Aujourd'hui nous payons ce que nous avons fait. Vous n'avez pas oublié les « quinze cents *gentlemen* » qui reconduisirent volontairement Thomas Sims à l'esclavage, les gentlemen du marshal Tuckey. Ils s'en souviennent, eux. Ils en sont assez tristes aujourd'hui. Pardonnons, mais n'oublions pas. Souviens-toi! Souviens-toi! SOUVIENS-TOI!

Le bill du Nébraska vient de passer. Qui l'a fait passer? Les quinze cents *gentlemen* qui, en 1851, à Boston, reconduisirent volontairement Thomas Sims à l'esclavage. Ce sont eux qui ont fait passer le bill. Si Boston avait puni le rapt de 1845, il n'y aurait pas eu, en 1850, de loi des esclaves fugitifs. Si, en 1850, le Massachussets avait déclaré que cette loi ne serait pas exécutée, pas un *kidnapper* n'aurait osé montrer sa face dans les rues de Boston. Si, à défaut de cela, Boston avait dit, en 1851 : « Thomas Sims ne sera pas emmené, » et que, pacifiquement ou à force ouverte, elle se fût opposée à son enlèvement, pas un *kidnapper* n'eût osé revenir ici. Il n'y aurait pas eu de bill du Nébraska. Mais, à chaque demande du pouvoir esclavagiste, le Massachussets a répondu : « Ouï ! ouï ! Nous garantissons tout ! L'agitation doit cesser ! Sauvons l'Union ! »

L'esclavage du Sud est une institution prise au sérieux. La liberté du Nord ne l'est pas. Nos pères la prirent au sérieux en 76 et en 83. Il n'en a plus été ainsi plus tard. Les *compromis* ne sont que provisoires, l'esclavage est le but. Maintenant que le bill du Nébraska est passé, on s'ingénie à ajouter l'insulte aux insultes, l'injure aux injures. La semaine dernière, à New-York, un frère du révérend Pennington, un ministre à poste fixe, de grande réputation, d'un beau caractère, d'une science reconnue, qui tient son diplôme de l'université de Heidelberg, en Allemagne, — c'est-à-dire d'une source plus honorable que celle dont n'importe quel ministre du Massachussets a reçu le sien, — son frère et ses deux neveux ont été *kidnappés* à New-York, et, sans jugement, sans défense, renvoyés en servitude. Et à Boston, vous savez ce qui se passe depuis quatre jours. Pesez les conséquences de la doctrine qu'il n'y a pas de loi supérieure de Dieu ! Voyez Boston aujourd'hui ! Il n'y a pas de chaînes autour de votre palais de justice, il n'y a que des cordes cette fois. Cent quatre-vingt-quatre marins de l'Union l'occupent. Ce sont, m'a-t-on dit, pour la plupart des étrangers, l'écume de la terre. Dans une contrée comme la nôtre, il n'y a que de pareilles gens qui se fassent simples soldats. Je le dis avec pitié pour eux. On ne peut les blâmer pour être nés où ils sont nés, ni pour être ce qu'ils sont. J'ai pitié de l'écume aussi bien que de la masse des hommes. Les

soldats sont là, vous dis-je, et leur métier est de tuer.
Pourquoi cela?

Vous vous rappelez le meeting de vendredi dernier à
Faneuil-Hall, quand toute l'éloquence de mon ami
Wendell Phillips, une éloquence comme l'Amérique
n'en a pas entendue dans ce siècle, put à peine empêcher la multitude d'aller donner l'assant à la maison de
justice. Qui l'animait, cette multitude? C'était l'esprit
de nos pères, l'esprit de justice et de liberté qui bat
dans votre cœur, dans mon cœur, dans nos cœurs à
tous. Quelquefois il parle plus haut que la prudence
humaine, surtout dans des occasions comme celle-ci,
et cette assemblée de cinq à six mille hommes était si
excitée que même l'éloquence d'un Wendell Phillips
put à peine les empêcher d'aller en masse à la maison
de justice pour la raser jusqu'au sol.

Boston est la plus pacifique des cités. Pourquoi?
Parce que nous avons d'ordinaire une paix qu'il vaut la
peine de garder. Aucune cité ne respecte autant ses
lois. C'est que ses lois sont faites par le peuple, pour le
peuple et respectent la justice. Mais voici une loi que
le peuple n'observera pas. C'est une loi de nos maîtres
du Sud, une loi qui est faite pour n'être pas observée.

Pourquoi Boston est-elle toute en émoi aujour-
d'hui? Le commissaire exécuteur de la loi des esclaves
fugitifs a semé le vent, nous moissonnons la tempête.
L'ancien commissaire n'est plus là; il est allé à la recherche de « sa popularité personnelle. » Mais un
autre est venu, et c'est la première fois qu'il cherche à

*kidnapper* son homme dans la cité de Boston. Le juge
Loring est un homme que j'ai respecté et honoré. Sa vie
privée est, autant que je sache, irréprochable. Il est, je
crois, généralement aimé. Son caractère lui donne des
titres à l'estime de ses concitoyens. Je l'ai connu quelque peu. Je ne l'ai jamais entendu prononcer une
mauvaise parole, au contraire. Il fut autrefois l'associé
d'Horace Mann, et il a pris ainsi des leçons d'humanité
auprès d'un grand maître. Je l'ai beaucoup respecté.
C'est un homme respectable, dans le sens que ce mot
comporte à Boston et dans un sens supérieur encore,
du moins, je le pensais. Il a bon cœur, il est charitable,
bon voisin, ami sûr quand la politique n'intervient pas,
généreux de sa bourse, excellent mari, bon père, bon
parent. Et j'eusse trouvé aussi vraisemblable que
l'homme vénérable assis devant moi et qui a vu notre
révolution (M. Samuel May), s'avisât de *kidnapper*
Robert Morris, ou tout autre des hommes de couleur
que je vois autour de moi, qu'à apprendre du juge Loring qu'il a fait ce qu'il a fait. Mais il a semé le vent, et
nous moissonnons la tempête. Je n'ai pas besoin de vous
dire ce que je pense de lui maintenant. Il doit se décider demain, et peut-être agira-t-il enfin comme un
homme. Attendons. Peut-être y a-t-il encore de l'humanité dans son cœur. Mais, ô mes amis! toute cette
confusion est son ouvrage. Il savait qu'il allait voler un
homme né avec le même droit inaliénable que lui « à la
vie, à la liberté et à la poursuite du bonheur. » Il savait
que les maîtres d'esclaves n'ont pas plus de droit sur

Anthony Burns que sur sa propre fille. Il savait les conséquences qui devaient résulter de ce vol d'un être humain. Il savait qu'il est à Boston des hommes qui n'ont pas encore « vaincu leurs préjugés, » des hommes qui respectent la loi supérieure de Dieu. Il savait qu'il y aurait un meeting à Faneuil-Hall, des rassemblements dans les rues. Il savait qu'il y aurait résistance ouverte.

ÉDOUARD GREELEY LORING, juge d'instruction pour le comté de Suffolk, dans l'État du Massachussets, commissaire exécuteur des États-Unis pour la loi des esclaves fugitifs, en présence de ces citoyens de Boston, réunis aujourd'hui dimanche pour adorer Dieu, je vous accuse de la mort de cet homme qui a été tué dans la nuit de vendredi dernier. Il était votre serviteur et votre complice dans le rapt de Burns. Il est mort de votre main. C'est vous qui avez lâché le coup qui a fait de sa femme une veuve et de son enfant un orphelin. Je vous accuse du danger que courent les douze hommes arrêtés sous prévention de meurtre et exposés à perdre la vie. Je vous accuse d'avoir rempli le palais de justice de cent quatre-vingt-quatre coquins soldés par l'Union, et, non-seulement d'avoir alarmé cette cité, dont les libertés sont menacées, mais encore d'avoir excité, dans toute la république du Massachussets, une indignation qu'on ne sait comment arrêter, que personne ne peut arrêter. C'est vous qui avez fait tout cela.

Ceci est mon texte d'aujourd'hui.

# VIII.

## LA VÉRITÉ EN LUTTE AVEC LE MONDE.

### PARABOLE.

Ce morceau est une des premières productions de Théodore Parker et le peint déjà tout entier. Il parut dans le *Dial* d'octobre 1840. Cette parabole était aussi une prophétie.

Un jour Abdiel vint rendre visite à Paul, qui était de retour à Tarse après son voyage de Damas. Il le trouva assis et pensif sur le seuil de sa maison : les instruments de son métier et ses livres favoris gisaient négligemment sur le sol derrière lui. « J'apprends d'étranges choses sur ton compte, » dit froidement le Rabbin, « tu es devenu sectateur du Nazaréen ! Quelle carrière vas-tu poursuivre après cette belle conversion ? » — « J'irai prêcher l'Évangile à toutes les nations, » répondit doucement le nouveau converti, « je pars demain. »

Le Rabbin, qui nourrissait une secrète aigreur contre

Paul, le regarda avec une incrédulité affectée et lui dit:
« Sais-tu le sacrifice que tu fais? Il te faut renoncer à
ton père et à tes amis, à la société des grands et des
sages. Tu vas au-devant de rudes épreuves et de graves
dangers. Tu seras pauvre, stigmatisé de noms offensants,
persécuté, flagellé, peut-être mis à mort. » — « Rien
de tout cela ne m'émeut, » répondit-il, « j'ai fait mon
calcul. Je n'estime pas la vie la moitié autant que l'observation de la loi de Dieu et que la proclamation de la
vérité en dépit de tous les hommes. Je marcherai à la
lumière de Dieu, sans peur. Je ne suis plus esclave de
la vieille loi de péché et de mort, je suis un affranchi
de Dieu, rendu libre par la loi de l'esprit de vie qui est
en Jésus-Christ. » — « Ici », répliqua le Rabbin, « tu
acquerras du bien-être et de la renommée; dans ta
nouvelle œuvre tu n'auras que de la peine, l'infamie et
la mort. » — « La voix de Dieu me dit : Va! » s'écria
l'apôtre avec fermeté, « je suis prêt à dépenser et à
me dépenser pour la vérité. »

« Meurs donc, » rugit le Rabbin, « meurs comme un
Nazaréen insensé, comme un athée que tu es. Celui qui
s'adonne aux nouveautés, préférant de sottes convictions et cette lubie de conscience au bien-être solide et
à l'avis de ses amis, mérite le gibet. Meurs dans ta folie.
Désormais je te désavoue; ne m'appelle plus ton ami. »

Les années passèrent. La parole divine grandit et
prévalut. Un jour une rumeur se répandit sur la place
de Tarse et circula bientôt de bouche en bouche :
« Paul l'apostat est en prison à Rome et attend tous les

jours l'ordre qui l'enverra aux lions. Sa prochaine
épreuve sera la dernière. » Et Abdiel dit aux vieilles
femmes dans la synagogue : « Je savais bien qu'il en
viendrait là. Comme il eût été plus sage en restant ici
dans son commerce et dans les anciennes voies de nos
pères et des prophètes, sans se monter la tête avec cette
lubie de conscience! Il aurait pu vivre honorablement
dans Tarse jusqu'à un âge avancé, il serait père de fils
et de filles, et on l'eût appelé *Rabbi* dans les rues. »

C'est ainsi qu'on parlait à Tarse. Au même moment
Paul, dans sa prison de Rome, était assis tout consolé.
Le Seigneur se présenta devant lui en vision et lui dit :
« Paul, ne crains pas. Tu as combattu le bon combat.
Je suis avec toi jusqu'à la fin du monde. » Le tranquille
vieillard répondit : « Je sais qui j'ai servi, et je suis entièrement persuadé que Dieu gardera ce que je lui ai
confié. Je n'ai pas l'esprit de crainte, mais d'amour, et
mon intelligence est saine. Je finirai ma course avec joie,
car je vois la couronne de justice descendre sur ma tête,
et maintenant mon salut est plus parfait, mon espoir
plus ardent que lorsque je crus pour la première fois. »

Et dans son cœur retentit la même voix qui avait naguère parlé sur la montagne de la Transfiguration :
« Toi aussi, tu es mon fils bien-aimé, en qui je me suis
complu. »

FIN.

# TABLE.

—

## FRAGMENTS

### TRADUITS DES ŒUVRES DE THÉODORE PARKER.

FIN DE LA TABLE.

# ERRATUM.

Page 280, ligne 0, *au lieu de* : attribuées à Dieu pour, *il faut lire* : attribuées à Dieu par...

www.ingramcontent.com/pod-product-compliance
Lightning Source LLC
Chambersburg PA
CBHW031342070726
47496CB00017B/1413